U0148346

闻道学术作品系列

学术林中路

陈子善 陈 丹◎编

安徽师范大学出版社
ANHUI NORMAL UNIVERSITY PRESS
·芜湖·

图书在版编目(CIP)数据

学术林中路/陈子善,陈丹编. —芜湖:安徽师范大学出版社,2022.9
(闻道学术作品系列)
ISBN 978-7-5676-5889-9

Ⅰ.①学… Ⅱ.①陈… ②陈… Ⅲ.①中国文学—文学研究—文集 Ⅳ.①I206-53

中国版本图书馆CIP数据核字(2022)第185577号

学 术 林 中 路　　陈子善　陈　丹◎编
XUESHU LINZHONGLU

丛书策划:戴兆国　　桑　农
责任编辑:戴兆国　　责任校对:孙新文　翟自成
装帧设计:王晴晴　冯君君　　责任印制:桑国磊
出版发行:安徽师范大学出版社
芜湖市北京东路1号安徽师范大学赭山校区
网　　址:http://www.ahnupress.com/
发 行 部:0553-3883578　5910327　5910310(传真)
印　　刷:安徽新华印刷股份有限公司
版　　次:2022年9月第1版
印　　次:2022年9月第1次印刷
规　　格:880 mm × 1230 mm　1/32
印　　张:10.875
字　　数:185千字
书　　号:ISBN 978-7-5676-5889-9
定　　价:48.00元

编者前言

这本《学术林中路》是《现代中文学刊》所刊怀念中国现当代文学学人之文的汇编。书名系从海德格尔的“林中路”之说转化而来，收文起讫时间则为2011年至2021年。

《现代中文学刊》创办于2009年8月，由原《中文自学指导》改名，是一份研究中国近代以来文学和文化的学术刊物，迄今已走过十三个年头。在这十三年里，除了刊发各种学术研究成果，凡有研究中国现当代文学具有影响力的海内外学人逝世或适逢百年诞辰，《现代中文学刊》都会及时作出反应，或推出纪念专辑，或发表缅怀篇章，追忆他们饱满的生命和谨严的治学经历，探讨他们不懈的学术追求和杰出的学术成就。坚持如此安排，坚持以这些方式向逝者致敬，既是《现代中文学刊》的题中应有之意，也可以大言不惭地说，开了以往学术刊物一般不刊登悼亡文字的先河，形成了自己与众不同的一个特色。

在这十三年里，《现代中文学刊》先后推出了贾植芳、钱谷融、夏志清、樊骏、范伯群、吴福辉、冯铁（Raoul David Findeisen）等中外学者的纪念专辑，也在“特稿”“学术随笔”等专栏发表了纪念钱锺书杨绛夫妇、王瑶、徐中玉、王信、张毓茂、张恩和、王富仁等多位学者的文章。这些已经远去的前辈或同仁的大名，凡从事中国现当代文学研究的，想必都如雷贯耳。而就我个人而言，只有钱锺书杨绛夫妇仅通过信，未见过面，其他各位都有幸认识，甚至有经常请益聆教之雅。编发纪念他们的这些文字，也使我重温了与这些前辈或同仁的交往，他们的音容笑貌又历历如在眼前。这也是我特别看重这些深情之文的原因。

这些深情之文，既生动展现了李商隐所说的“平生风义兼师友”，也提示我们学术需要传承，学术更需要发扬。对中国现当代文学研究者来说，这些长长短短的纪念文字的作者在学术研究上也大都卓有建树，他们的回忆可以帮助我们进一步领会、感念逝者的道德文章，从中汲取在学术研究中不断前行的精神力量，进而有助于中国现当代文学的学科建设。在这些怀念文字的作者中，钱谷融、曾华鹏、朱德发、王信四位前辈也已经离开了我们，他们的遗作又具有了双重的纪念意义。而对广大读者来说，他们对逝者的人品文品未必了然，这些情真意切的回忆文字，篇篇都是感人肺腑的散文佳作，正可引导读者更真切、更全面地去认识逝者，获得一次难得的文学阅读体验。因而，它们给我们的启示应该是多方面的。

需要说明的是，《学术林中路》所刊并非《现代中文学刊》十年来所刊怀人文字的全部。徐中玉先生的《老贾仍活在我们心中》、彭燕郊先生的《我所知道绀弩的晚年》、庄信正先生的《忆陈世骧先生》、刘再复先生的《夏志清先生纪事》《想念你，樊骏好兄长》和刘祥安先生的《范伯群先生学术人生的三个时辰》诸篇，由于种种原因，未能编入。好在刊物俱在，感兴趣的读者仍可自行检索。

《学术林中路》的编集，所有具体工作都是我的同事陈丹小姐做的，没有她的认真、细心和努力，这书难以编成。桑农兄热情推荐此书，安徽师范大学出版社又慨然接受，列入“闻道系列”丛书。谨此一并深深致谢！

我始终认为，学术不是冷冰冰的，学术是有自己的温度的；学术刊物也不应该是冷冰冰的，也应该有自己的温度。《现代中文学刊》已在这方面做了自己的尝试。今年是我主编《现代中文学刊》的最后一年，《学术林中路》的编辑出版，对我十三年的编刊生涯，既是一个纪念性的回顾，也算画上了一个圆满的句号。

陈子善

2022年6月28日于海上梅川书舍

目　录

“跳出自己的凡躯俗骨”

——钱锺书百年诞辰纪念会致辞

◎ 陆建德

（中国社会科学院文学研究所）

站在这里代表文学研究所致辞，不免有点惶惑，因为很多人可能知道钱锺书先生对“百年诞辰纪念会”之类活动的态度。但是希望钱先生能同情地理解我们的“盛谊隆情”。要评说钱先生的深湛学问，非我所能。我今天要讲的无非是我读钱先生著作时一些粗浅的感受。

作为一位智者，钱先生善解人意，也正是由于他丰富的心理知识，使得他对自我与文饰有一种特殊的警觉和洞察，这在今天的学界是十分鲜见的。

钱先生富有幽默感，好自嘲，能与自己保持距离，这不是中国古典文学传统中固有的特点，更不是当今常见的趣味。然而钱先生又反对把幽默标为主张。他如此定义幽默：“幽默减少人生的严重性，决不把自己看得严重。真正的幽默是能反躬自笑的，它不但对于人生是幽默的看法，它对于幽默本身也是幽默的看法。”

对于学问，他也能反躬自笑，绝不会以“献身学术”“十年冷板凳”这样的表述来恭维自己。钱先生曾批评有人“对自己所学的科目，带吹带唱，具有十二分信念”。或许我们都应该像他那样带几分幽默做自己喜欢的事情，不带任何牢骚和抱怨，同时又不把它看得过于重要。

钱先生害怕纪念会，正如他害怕赞美。他曾经说：

> 作品有人赞美，我们无不欣然引为知音。但是赞美很可能跟毁骂一样的盲目，而且往往对作家心理上的影响更坏。因为赞美是无形中的贿赂，没有白受的道理；我们要保持这种不该受的赞美，要常博得这些人的虽不中肯而颇中听的赞美，便不知不觉中迁就迎合，逐渐损失了思想和创作的自主权。有自尊心的人应当对不虞之誉跟求全之毁同样不屑理会——不过人的虚荣心总胜过他的骄傲。

最后一句话略带无奈。然而，这种拒绝赞美的傲骨是不是也是一种引诱呢？钱先生当然是意识到的。他曾在《谈教训》一文对一种“不自觉的骄傲”做过辨析，并如此评说那些自以为献身理想的人：“最初你说旁人没有理想，慢慢地你觉得自己就是理想人物，强迫旁人来学你”。他是在讽刺“道学家”。料想不到的是，钱先生一方面指出有人借教训他人来增加自己的骄傲，一方面又不留情面地反问自己：“这篇文章不恰恰在教训人么？难道我自己也人到中年，走到生命的半路了？”

善于与自己过不去，拒绝为自己寻找借口，这是钱先生的特点。钱先生从来不会假作谦虚，也不会自命清高，孤芳自赏。别人请他写回忆录，他敬谢不敏。他认识到回忆都有点靠不住，自己的回忆也不例外，因为某种心理功能经常和我们恶作剧，一旦给它机会，它就捉弄人。他说：“我自知意志软弱，经受不起这种创造性记忆的诱惑，干脆不来什么缅怀和回想了。”

智慧再加上反躬自省的精神使他有一种特别的坦诚。他在《围城》初版序里提出，作者写序，首先要防止自己“精巧地不老实”。1988年年初，他在为香港版《宋诗选注》所写前言《模糊的铜镜》里说，一切类似的选本“都带些迁就和妥协”，《宋诗选注》也不例外，一是由于编选者的“懒惰、懦怯或势利”，二是因为，“不论一个时代或个人，过去的形象经常适应现在的情况而被加工改造”。因此他不想再作增删：

> 历史的写作里，现在支配着过去；史书和回忆录等随时应变而改头换面，有不少好范例。我不想学摇身一变的魔术或自我整容的手术，所以这本书的《序》和选目一仍其旧，作为当时气候的原来物证——更确切地说，作为当时我自己尽可能适应气候的原来物证。

只见他如此为文章作结：“我个人学识上的缺陷和偏狭也产生了许多过错，都不能归咎于那时候意识形态的严峻戒律，我就不利用这个惯例的方便借口了。”

既然我们必须与自己保持一点距离，那么自我也是在一定程度上有点分裂的。钱先生希望大家都应超越小我，以无我之心来观察世界，分析得失。他指出，人类区别于野蛮兽类，就在人类有一个“超自我（trans-subjective）的观点”：“他能够把是非真伪跟一己的利害分开，把善恶好丑跟一己的爱憎分开。他并不和日常生活黏合得难分难解，而尽量跳出自己的凡躯俗骨来批判自己。”中国文学传统中那些自诩为香草美人的“狷介之士”其实不具这种精神，因为他们太爱自己了，爱自己的崇高，爱自己的独醒，爱得“难分难解”。让我斗胆说一句，大到国家、社会，小到一个研究处室，和谐的氛围都离不开这种“超自我”的观点。钱先生的学问是一根标尺，可以测量我们的不足与欠缺；他的见识和幽默则是一道光焰，可以照亮我们内心一些黑暗的曲里拐弯的皱褶，那些隐藏在深处的自私的动机。

钱先生是古今并重的。他好像偏爱古典主义，然而又能欣赏各种新的理论，并在20世纪80年代就强调电脑在文学研究中的巨大作用。在流行肤浅进化论的年代，钱先生告诉我们应该具有历史意识，不能在文学领域简单地崇尚进化：后起的文学或许脱胎于过往的文字，但是在价值上而言却未必后来居上。他在书评《论复古》里如此表述我们与过往历史的关系：

> 有“历史观念”的人“当然能知文学的进化”；但是，因为他有“历史观念”，他也爱恋着过去，他能了解过去的现在性（the presentness of the past），他知道过去并不跟随撕完的日历簿而一同消逝。

钱先生逝世十二年了，但是他于我们既不是上面说的那种日历簿，也不是玻璃柜子里学问奇迹的展品。反之，钱先生自己是一本活生生的书，是我们案头常备之书，一本读不完而且常读常新之书。我们读它时深感精神不灭，于是身心渗透着愉快。那种乐趣口不能言，然而恰是钱先生所说的“素交”的本质，友谊的骨髓。那样的感觉不知不觉间产生，“看来像素淡，自有超越生死的厚谊”（《谈交友》）。如果我们读这本书的时候有那种渗透身心的愉快，那么是不是得到过钱先生的亲炙，是不是拥有他亲笔书写的信件，就变得不那么重要了。然而，要读好这本书，我们还必须“尽量跳出自己的凡躯俗骨”。

为了开好这次会，我们特意准备了钱先生这张照片。钱先生的眼里充满期许，但又不无嘲讽。那眼光调皮，宽厚，然而又有一种逼人的真率。让我们在他的注视下，说出一些让他感到智识上既痛又痒的话来。这是纪念他百年诞辰的最好方式。或许他就因此把我们引为同道，带着微笑来到我们中间，侃侃而谈。用他自己的话来说，那是读书人读书累了以后，放松一下，“嘶叫两三声”。

2010年11月9日

（原刊于《现代中文学刊》2011年第1期）

博学于文　行己有耻

——杨绛、钱锺书先生的两封信及其他

◎ 解志熙
（清华大学中文系）

“质本洁来还洁去”

2016年5月25日晨，百岁老人杨绛先生辞世。作为杨绛和钱锺书先生的母校，清华大学的文宣部门立刻做出反应，邀约本校中外文系的一些老师撰写纪念短文，其间也约我写几句话，于是我在26日以《杨绛先生：质本洁来还洁去》为题，写了下面这样两段话：

> 杨绛先生昨晨仙逝。听到这个消息，我心里自然不免黯然，但转念如此高龄的老人遽尔辞世，得以免受长期缠绵病榻之苦，这其实也是难得修来的福分。

杨绛先生的一生，总让我想起《红楼梦》中林黛玉《葬花吟》的一句——“质本洁来还洁去”。在现当代文人学者中，像杨绛和钱锺书两先生那样志行高洁而行事低调者，真是凤毛麟角。杨先生尤其令人敬佩。她是典型的贤妻良母，长期精心照顾夫女的生活，使他们各得成就、平静辞世，同时杨先生自己也尽其在我、勤奋著述、著译等身，是成就超卓的作家、翻译家和外国文学研究专家。到了晚年，钱、杨两先生都已是享誉中外的大名家了，可两位老人淡泊名利、远离浮华，却格外体恤贫寒学子、关心学术未来，因此把一生积攒的上千万稿费和版权收入捐赠给母校清华大学，设立了“好读书”奖学金，扶助优秀的贫寒子弟求学。子曰：“君子之德风。”杨先生高洁品德之流风余韵，必将嘉惠学林、启立后学。

这两段话就刊发在5月27日清华大学校报《新清华》上。坦率地说，当日匆匆属笔，略表悼念之情而已，实在无暇斟酌措辞，故而言不尽意，诚所谓“秀才人情纸半张”也。

近日翻检旧文件，又看到这则短文的电子版，连带着想起自己多年前也与钱锺书、杨绛两先生有几次通信联系，而有幸得到两老的亲笔回复，此番检出重读，可谓手泽如新。不待说，作为老辈学人的钱、杨两先生，其待人接物、信函存问，是极重礼数的，他们当日给我的回信中，对我这个年轻学子也不免有些过奖之词，那自然是客气话，不可当真的，而为免滋生误解，我一直没有披露，搁置箧中将近三十年了。而今时过境迁，似乎公布出来也无妨了，尤其是钱、杨两先生的两封回信，也说到当年《围城》创作的一些情况及其思想背景，学界还不甚清楚，所以现在就将这两封回信整理录出，并对昔日写信、复信的相关情况，略加说明，交付刊布，或者可供学界参考。而2018年5月25日是杨绛先生二周年忌日，12月19日则是钱锺书先生二十周年忌日，在此也顺便说说钱、杨两先生在上海沦陷时期默存待旦之坚守，和对一些无聊无耻之人之事的坚定应对，聊表对钱、杨二先生的敬意和纪念。

《围城》与《汤姆·琼斯》：杨绛先生的一封回信

志熙同志：

来函及附件均收到，锺书和我都向你表示感谢。大文早在《文学评论》上看到，但不知是经编辑擅改过的。锺书对于有关自己作品的毁誉，都不很关怀，因你花费那么大的心力，他很觉抱歉。有一点他愿意提供你参考。把《围城》和《汤姆·琼斯》比较是郑朝宗先生开始的。其实锺书对《汤姆·琼斯》并不太喜欢，也并未受到影响（他读的小说何止这一本呢），《围城》英译本译者序文早记载他在牛津时，“发现”了黑格尔的哲学和法国普罗斯脱的小说。

我们年老多病，未能详细作复，草此道谢。

即致

敬礼！

杨绛 十四日

锺书附笔问候

杨绛先生“十四日”的这封回信，写于1989年10月14日，是对我几天前的一封道歉和求教的信之回复。那时我在北京大学读博，对钱锺书、杨绛两先生的道德文章当然很佩服，我的博士论文也涉及《围城》，但因为不愿打扰两位老人，所以一直没有与他们联系。而之所以在前不久又冒昧写信给他们，是因为我刚在《文学评论》1989年第5期发表的论文《人生的困境与存在的勇气——论〈围城〉的现代性》出了差错，心里很不安，所以致信道歉。

我的那篇评论《围城》的文章，其写作和发表的过程有点曲折。1980年10月，人民文学出版社重新推出了《围城》，次年初我就买到一本，读得津津有味，觉得与中国现代文学史上的其他著名长篇大不一样，可究竟有怎样的“不一样”处，我却想不清楚、无力解释。于是去看当时陆续刊出的一些著名学者和批评家的文章，然而奇怪的是，这些文章对《围城》的好评，几乎众口一词地把它说得与《阿Q正传》《子夜》相差无几，同样推举为现实主义以至于革命现实主义的杰作。这让我非常纳闷和失望。带着这样的纳闷和问题，我后来到河南大学读研究生，视野渐渐开阔了，觉得与其说《围城》是一部现实主义的作品，不如说它更像一部现代主义的作品，更接近卡夫卡和加缪的杰作。于是我就依据自己的观感，在1985年写出文章的初稿，随后的1986年秋到北京大学读博，修改、充实，1987年初完成了全文，不久就被《文学评论》编辑部王信先生要去了，说是有点新意，准备在《文学评论》刊用。恰好那时台海两岸关系转好，两岸学术界也想推动彼此的学术交流，想互相推荐一些文章在对方刊物上发表。王信先生又与我商议，想把这篇文章推荐到台湾发表，我同意了。可是，那时出刊周期比较慢，文章尚未刊出就遇上了风波，两岸交流也中断了，《文学评论》编辑部觉得耽误了我的文章，决定赶在1989年第5期发表。由于我的稿子长达两万五千多字，其时《文学评论》积压的稿子较多，所以编辑部又与我商量，希望我删节一下，而我那时正在赶写毕业论文、没时间删订此文，于是托一位编辑朋友代为删削，结果是发表出来的文章，只留下开头和结尾的一万字。我理解编辑的不得已，但文章因此只剩下了开头和结尾，中间的具体分析全删了，我估计钱锺书和杨绛两先生也会看到，心里很感不安，所以立即写信给钱锺书先生解释此事。其时钱锺书先生正在病中，乃由杨绛先生给我回了这封回信。杨先生的复信说，“大文早在《文学评论》上看到，但不知是经编辑擅改过的”，指的就是此文此事。

同时，我在致钱锺书先生的信中也乘机向他请教了一个问题，那问题与郑朝宗先生有关。郑朝宗先生是钱锺书先生的大学同学，也是好朋友。当《围城》初版之初，郑朝宗先生1948年曾以“林海”的笔名，在《观察》第5卷第14期发表书评《〈围城〉与“Tom Jones”》，认为《围城》主要取法于英国小说家菲尔丁的流浪汉小说《汤姆·琼斯》。20世纪80年代郑先生此文重新发表且在学术界影响广泛，其说几乎是被普遍接受的论断。可是，我基于自己对《围城》与《汤姆·琼斯》的阅读体会，不大同意郑先生的看法，因此在致钱锺书先生的信中有所质疑，也顺便向他请教，于是杨绛先生在复信中代钱锺书先生回答道："有一点他愿意提供你参考。把《围城》和《汤姆·琼斯》比较是郑朝宗先生开始的。其实锺书对《汤姆·琼斯》并不太喜欢，也并未受到影响（他读的小说何止这一本呢）"。这个回答来自钱先生本人，而转述者杨绛先生则是菲尔丁专家，1957年就在《文学评论》第2期发表《论菲尔丁关于小说的理论与实践》的杰出论文。以钱、杨两先生的关系，我相信杨绛先生此函中所转述的钱先生的话以及她自己的进一步解释，足以祛除所谓《围城》取法于《汤姆·琼斯》的误解。这也正是杨先生这封回信的学术价值之所在——不知为什么，迄今为止的《围城》研究，似乎一直在重复郑朝宗先生的误解。

"默存"的存在主义：钱锺书先生的一封回信

志熙学人著席：

前读大文，高见新义，迥异常论，既感且佩。顷奉惠书并论文稿，欣悉已金榜题名，可喜可贺。不喜足下之得博士，喜博士中乃有学人如足下也。弟于存在主义，亦如弟于释老儒或西方诸哲学家然，皆师陆象山“六经注我”之法，撷取其可资我用者。犹忆四十年前征引Kierkegaard（如《谈艺录》三一二页），十五六年前征引Sartre，Heidegger(如《管锥编》一一五页、一〇六五页等），在当时吾国尚无先例，或且冒大不韪也。第三年前大病后，精力衰退，患失眠甚剧，不能用心读书作文，遵医嘱谢事谢客。去年十一月由急性喉炎引起哮喘宿疾，幸治疗及时，未致狼狈，然迄今尚未痊愈。故春节前足下来电话时，不克交谈，歉甚！垂询一事，自愧腹俭，又无书可检，只能曳白，奈何！草复即颂

近安

钱锺书上 二月四日

钱锺书先生“二月四日”的这封回信，当写于1990年2月4日，乃是对我不久前一封去信之回复。记得我去信的开头用了“默存先生道席”的尊称，所以钱先生也开玩笑地回称“志熙学人著席”——似乎称一些年轻学者为“某某学人著席”，也是钱先生回信的通例。我自己的原信自然早已无存了，所以现在无法确定我去信的准确日期，但大体应该在1990年1月下旬到2月初这个范围内。至于我去信的缘由和大意，则至今记忆犹新：那时我的毕业论文

《存在主义与中国现代文学》，涉及钱锺书、冯至和汪曾祺等前辈作家，他们当时也都还健在，但我一则不愿打扰他们，二则我也担心与他们有了联系，反而会影响自己学术观点的表达，所以在论文写作过程中，我一直没有主动与这些前辈作家联系过。待到1990年1月上旬，论文答辩通过了，导师严家炎先生提醒我说："你既然研究这些作家，他们都还健在，现在答辩通过了，何妨把论文的相关部分抽寄给他们看看呢？"我想想也是，所以在1990年的1月下旬或2月初，把讨论钱锺书、冯至、汪曾祺诸先生的部分，抽出来分寄给几位先生，很快就收到了他们的回音。钱先生的这封回信就是对我的去信及论文稿的答复。回信的开头所谓"大文"，指的是刊发于《文学评论》1989年第5期上的拙文《人生的困境与存在的勇气——论〈围城〉的现代性》的删节本，钱先生应该是从《文学评论》上读过，故而在此处顺便提及；回信中所谓"论文稿"，当即是我的博士学位论文《存在主义与中国现代文学》打印稿的第五章《钱锺书：人生的困境与创作的勇气》；至于回信中对我的祝贺和夸奖之辞，那当然是老辈奖掖后辈的客套话，不可当真的。信末所谓"垂询一事，自愧腹俭，又无书可检，只能曳白，奈何！"则是对我去信中顺便请教的一个问题之答复——那时，我正从美国学者Irving Howe的著作*Decline of the New* (New York, Harcourt, Brace & World, 1970)中，翻译其长篇论文“The Culture of Modernism”，该文末尾有几个字，似乎是一个拉丁成语，我请教多人不得其解，于是乘机请教钱先生。钱先生抱歉的谦辞，给我留下了非常深刻的印象。

也就在这封信中，钱先生确认了他与存在主义的关系并强调了他对存在主义的态度：“弟于存在主义，亦如弟于释老儒，或西方诸哲学家然，皆师陆象山‘六经注我’之法，撷取其可资我用者。犹忆四十年前征引Kierkegaard(如《谈艺录》三一二页)，十五六年前征引Sartre，Heidegger（如《管锥编》一一五页、一〇六五页等)，在当时吾国尚无先例，或且冒大不韪也。”这是对我的论文的回应。那时，我研读《围城》，能感觉到其中隐含着存在主义的思想因素，却一直苦于找不到钱先生与存在主义发生关系的确证，所以我虽然在论文里解读了《围城》的存在主义意蕴，但心里还是有点发虚的。如今看到钱先生在来信中坦然肯认了他与存在主义的关系，我自然非常高兴，同时也感到，正因为钱先生对存在主义是“六经注我”式的创造性发挥，所以溶注于《围城》里的存在主义元素，就恰如“水中之盐”，你能感觉到它的味道，却无法把捉它的存在颗粒——这也正是《围城》作为“形象的哲学”的艺术特点。

钱先生给我回信的时候，年纪很大了、记忆不免模糊，加上大病之后，不宜多想多写，所以聊说一二线索，而未能尽述其详。其实，钱先生与存在主义的关系，并不止于他回信里所说的那几点。颇感庆幸的是，随后的1990年7月间的一天，我在北京大学图书馆的旧报刊室里重新翻阅《观察》周刊，细读钱先生当年的一篇书评，又有新的发现。20世纪40年代中期竞文书局出版过一部《英文新字辞典》(葛传槼等编)，先是英语专家戴镏龄先生在《观察》上发表书评，随后，钱锺书先生也在《观察》第3卷第5期（1947年9月27日出刊）上发表了《补评〈英文新字辞典〉》。这两篇书评，我此前翻阅《观察》的时候曾经不止一次碰到过，但当时觉得那可能只是就词论词的评点文字，无关紧要，所以屡次略过未读。这一次翻阅，又碰到了钱先生的这则短评，心想何妨一读呢，殊不料一读之下，却意外地发现此文最有意义的一条，恰是纠正《英文新字辞典》第282页对“存在主义”之误解的：

> 第二八二页：“Existentialism：现代法国文学里的一种哲学。”这不大确切，只能说一派现代

> 哲学，战前在德国流行，战后在法国成风气。我有*Karl Jaspers: Existenzphilosophie*，就是一九三八年印行的，比法国*Sartre: L'Etre et le neant*，*Camus: Le Mythe de Sisyphe*要早四五年。近来Kierkgaard，Heidegger的著作有了英译本，这派哲学在英美似乎也开始流行。本辞典为“存在主义”下的定义，也不甚了了。

钱先生在清华学习的时候，就表现出对哲学的早慧，曾经在《新月》杂志上发表过关于西方哲学研究论著的评论文字，到欧洲留学时期更进一步加强了对西方古典哲学和现代哲学的修养，所以他对存在主义这种新哲学也接触甚早——他所谓“我有*Karl Jaspers: Existenzphilosophie*，就是一九三八年印行的”，算起来，此书当是钱先生1938年8月回国前在欧洲购买的；后文又说“比法国*Sartre: L'Etre et le neant*，*Camus: Le Mythe de Sisyphe*早四五年。近来Kierkgaard，Heidegger的著作有了英译本，这派哲学在英美似乎也开始流行”，这表明钱先生对存在主义诸大家的著作确实知之甚详、对存在主义哲学所讨论的问题相当关心。显然，这种关心被他艺术地转化到当时的文学创作——尤其是《围城》中去了。

“行己有耻”：临危有节的钱、杨二先生

当明清易代之际、家国危亡之时，著名学者顾炎武上承孔子之教，郑重提示学人：“所谓圣人之道者如之何？曰‘博学于文’，曰‘行己有耻’。自一身以至天下国家，皆学之事也；自子臣弟友以至出入往来、辞受取与之间，皆有耻之事也。”（《与友人论学书》）顾炎武重新揭橥的“博学于文，行己有耻”八字语录，事实上是所有有心的中国读书人公认的行为准则。

钱锺书、杨绛两先生作为“博学于文”的著名学者和作家，当然是毫无疑问的，自20世纪80年代以来，他们的这一面得到了众口一词的肯认并在社会上广泛传播。一些宣传甚至有意无意地将他们塑造成“两耳不闻窗外事，一心只读橱内书”的书虫形象，由此带来的负面影响是，钱、杨两先生关怀家国、行己有耻的一面则被长期忽视了，以至于不了解实情的年轻学子，不免会有这样的错觉——钱、杨两先生不过是只会读书的“书虫”而已，而在一些高调的“批判知识分子”眼中，钱、杨两先生甚至成了谨小慎微、读书避祸的鸵鸟型人物。

这是不应有的误解。其实，钱锺书、杨绛两先

生都是洁身自好而又行己有耻的仁人君子，尤其在抗战时期陷身沦陷区上海的艰难岁月里，他们默存待旦、坚韧守望，尽其在我地承担着国民的责任，在出入往来、辞受取与之间显示出可贵的人格风骨。全面抗战爆发后，钱锺书和杨绛正在欧洲留学，钱锺书的奖学金还可延长到1939年，并且，那时的钱锺书已在欧洲汉学界崭露头角，并不难在欧洲找到工作，可是，钱、杨二先生还是决意尽早回归抗战的祖国。如杨绛先生在《我们仨》中所回忆的："我们为国为家，都十分焦虑。奖学金还能延期一年，我们都急着要回国了。当时巴黎已受战事影响，回国的船票很难买。我们辗转由里昂大学为我们买的船票，坐三等舱回国。那是一九三八年的八月间。"回国之初，杨绛到上海侍奉老父，钱锺书在西南联大担任外文系教授，1939年11月又应其父钱基博之命，到湖南蓝田的国立师范学院工作一年半，1941年暑期回上海治病并与妻子杨绛团聚，年末太平洋战争爆发、日军进占租界，失去归路的钱锺书不得不滞留上海沦陷区。在艰难的沦陷岁月里，钱锺书在一家私立学院任教，业余给一些仰慕他的大学生私下授课，收入微薄，家计艰难，杨绛先生不得不尝试撰写剧本、赚取演出费来贴补家用，但钱、杨二先生相濡以沫、相敬为国，绝不与敌伪妥协、绝不在敌伪刊物上发表一个字。那时，也有附逆文人来拉钱锺书下水，被他严词拒绝。钱锺书作于此一时期的歌行体长诗《剥啄行》就透露了此中消息。《剥啄行》写于1942年，那时沦陷区里的一些汉奸文人们弹冠相庆，觉得自己侥幸走对了路，有些佞朋也来拉钱锺书下水。《剥啄行》的前半记述一位“过客”造访、极力劝诱钱锺书下水：“迂疏如子执应悟，太平兴国须英才。”看得出来，这位“过客”显然是所谓“云从龙、风从虎”的“识时务”者，一个附逆文人，他所追随的“大力者”应该就是与日和平的汪精卫氏。这位附逆的“过客”力劝钱锺书不要迂疏固执，还是出来“咸与和运”为好——“太平兴国须人才”呀！那么，钱锺书是怎么回答这位“过客”之劝诱的呢？在《剥啄行》的后半，钱锺书回顾了自己在国难当头之际，与那些撒手西去欧美的人背道而驰，毅然挈妇将雏、奔赴国难的坚定意志，作为对劝降的“过客”之回答：“彼舟鹢首方西指，而我激箭心东归。择具代步乃其次，出门定向先无乖。如登彼岸惟有筏，中流敢舍求他材。要能达愿始身托，去取初非视安危。颠沛造次依无失，细故薄物何嫌猜。岂小不忍而忘大，吾言止此君其裁。客闻作色拂袖去，如子诚亦冥顽哉！闭门下帷记应对，彼利锥遇吾钝椎。此身自断终不悔，七命七启徒相规。”其明心见性之旨趣、凛然不屈之节操，可谓掷地有声、断然不容纠缠！只是由于《剥啄行》对那位“过客”并未指名道姓，所以有人以为此诗或是钱氏拟想之词，未必属实。

其实是事实俱在——当年蛰居沦陷区的钱锺书另有一些旧体诗，就抒写了自己如何在“出入往来、辞受取与之间”做出抉择的情志，这些旧体诗也曾寄到大后方的报刊上发表过。只是时过境迁之后，钱先生不愿自我张扬，也不想让一些当事人难堪，所以未予收集，以致后来人对他当年的立身行谊不甚了了。好在今日还可从蓝田国立师范学院《国力月刊》等刊物上读到一些篇章，从中可以看出，那时已是享誉士林的青年学者钱锺书绝不把自己特殊化，而是尽其在我地自觉承担着国民的职守和为人的正道，展现出不屈的节操和凛然的风骨。

一方面，蛰居沦陷区的钱锺书在与师辈及小友的诗书交际中相濡以沫、相互砥砺、守望待旦，表现出真切的爱国情怀和可贵的担当精神。比如，1942年的重阳，钱锺书拜访老诗人李拔可而不值，乃如安史之乱中的杜工部之“花近高楼伤客心，万方多难此登临”一样，独登市楼，极目四望，遂兴“四望忽非吾土地，重阳曾是此霜风”之感怀：

重阳独登市楼有怀李拔病翁去岁曾招作重九

新来筋力上楼慵，

影抱孤高插午空。

四望忽非吾土地，

重阳曾是此霜风。

肃清开眼输宾客，

衰病缠身念秃翁。

太息无期继佳会，

借栏徙倚更谁同？

最让人动容的是1943年春季的某日，钱锺书耳语私闻我军克复失地，兴奋如老杜喜闻官军收复河南河北一样，写下了喜极欲狂的诗章，表达了坚韧守望以待江山重光的情怀：

漫兴

诗书卷欲杜陵颠，

耳语私闻捷讯传。

再复黄河收黑水，

重光白日见青天。

雪仇也值乾坤赌，

留命终看社稷全。

且忍须臾安毋躁，

钉灰脑髓待明年。

另一方面，钱锺书在上海沦陷区期间确曾遇到不止一个佞朋来访来函纠缠，多是为其附逆行径"诉委屈"的，其间也不无拉钱锺书一同"下水"之意。比如李释勘、龙榆生和冒孝鲁之流，他们或曾是钱锺书的父执辈，或曾是青年时期的诗友，后来因为这样那样的"苦衷"而附逆。就中数龙榆生和冒孝鲁最能黏人，他们登门拜访或常写诗函来纠缠钱锺书，而钱锺书答复他们的诗作，则直谅以待、委婉讽劝、克尽朋友之责。比如冒孝鲁困居上海期间，写来《夜坐一首寄默存》一诗，慨叹生活无奈、流露苟且偷生之意，钱锺书立即赋诗劝诫：

夜坐

试扪舌在尚成吟，

野哭衔碑尽咽音。

生未逢辰忧用老，

夜难测底坐来深。

忍饥直似三无语，

（东坡以毳饭戏刘恭父，谓饭菜盐三者皆无）

偷活私存四不心。

（方密之削发为僧口号云"不臣不叛不降不辱"）

林际春申流寓者，

眼穿何望到如今？

诗中“偷活私存四不心”一句及其夹注“（方密之削发为僧口号云‘不臣不叛不降不辱’）”，可谓针锋相对的提醒。方密之即明遗民方以智，他入清后即披薙为僧，遁迹山林，而不忘恢复，节慨可风。而钱诗末句所谓“眼穿何望到如今？”传达出殷切的瞩望之情。但冒孝鲁并未听劝，不久，就去南京出任伪行政院参事，成了伪府的笔杆子之一，而仍无耻地写诗来纠缠钱锺书，可能也试图拉钱锺书下水吧，钱锺书则毫不客气地将冒氏踢出了朋友圈，好几年置之不理。其实那时钱、冒二人的空间距离很近：一个在南京，间或也会回上海，而另一个则“默存”沪上，可是在《槐聚诗存》和《叔子诗稿》里却看不到二人在1943—1946年之间有任何诗书唱和之作，足证交道之不存了——对钱锺书来说，这是做人的原则问题。

词学家龙榆生也常写诗函来纠缠钱锺书。龙榆生此人名利之念甚深，好与汪精卫等政坛大腕交接。汪精卫出逃至上海之初，就派人与龙榆生接洽，达成默契，待到南京伪政府出笼，汪伪即发表龙榆生为伪府立法委员、伪中央大学教授。龙榆生“考虑”

不过一天，就赴南京就任了。可是，“佳人做贼”还要顾及脸面，所以龙榆生附逆之后，便频频向以前的师友写信写诗写词，反复表白自己的苦衷以乞求原谅。由于全面抗战前钱基博、钱锺书父子与龙榆生曾一度同任教于光华大学，从年龄上说龙榆生也算钱锺书的父执辈，所以龙榆生在1942年的岁末也给蛰居上海的钱锺书寄去了乞怜的诗函，钱锺书则徇情给他回了一首诗：

得龙丈书却寄

缄泪书开未忍看，
差堪丧乱告平安。
尘嚣自惜缁衣化，
日暮谁知翠袖寒！
浩劫身名随世没，
危邦歌哭尽情难。
哀思各蓄怀阙笔，
和血题诗墨不干。

此诗写得皮里阳秋、语含讽喻。譬如“尘嚣自惜缁衣化，日暮谁知翠袖寒”二句，就婉而多讽。所谓“尘嚣自惜缁衣化”乃指龙榆生的词友吕碧城劝他信佛事——从1938年到1942年，吕氏多次致函龙氏劝其信佛，其实是教他以逃禅出家之法保全节操，但龙氏却一直因为尘念太深而犹豫不决，并可能将其犹豫告诉了钱锺书，而钱诗所谓“自惜”其实是有歧义或多义的：“自惜”固然可以理解为“自爱”因而“缁衣化”，但“自惜”也可以理解为“自怜”，而一个“自怜”者是否能断然“缁衣化”，那可就不无疑问了。至于“日暮谁知翠袖寒”所檃栝的杜甫《佳人》诗句“天寒翠袖薄，日暮倚修竹”，乃赞颂佳人不畏天寒日暮翠袖薄而独倚修竹不改高洁，而钱氏诗句却暗含疑问——试想一个自怜日暮翠袖寒的佳人还能保持高洁吗？此所以钱氏最后有“哀思各蓄怀阙笔”之议，“怀阙笔”用古代遗民惯以“阙笔”暗寓铭感不忘之例，与龙榆生共勉身处沦陷而心存国家正朔也，但仔细体会“各蓄”一词，实含有你自你我自我、各自好自为之之意，可谓寓婉讽于劝勉而言尽于此矣——钱锺书其实并不相信龙榆生能够“哀思怀阙笔”，所以有“各自”好自为之之分析。事实是，那时的龙榆生一边恬不知耻地发表政论、主编伪刊，积极支持汪伪的“和平”主张、兴高采烈地诱劝蛰居上海的文人“咸与和运”，一边却装出一副可怜相，不断写诗写词给钱锺书“倾诉苦衷”、乞求谅解。对这样一个无耻的两面人，钱锺书再也不想搭理——双方的交际后来就中断了。

古人云："时穷节乃见"，信然。在钱锺书的现存诗作中，《重阳独登市楼有怀李拔病翁去岁曾招作重九》《漫兴》以及与冒孝鲁、龙榆生的应答诗，无疑最为坚定地表达了诗人"默存"待旦的爱国情怀、尽其在我的担当精神，和行己有耻、断然不与附逆文人同流合污的民族气节。不待说，钱锺书在彼时彼地写作这样的诗并且将它们寄回大后方发表，那是不无危险的，然而，他还是情不可遏地写了，寄了，发了。如此言行如一、诗人不二，足见钱锺书并非如今日的有些高人所说是什么"天下之至慎者"，更非一些妄人所谓对民瘼国运等大是大非超然复漠然的"乡愿"云。如今遥想钱锺书先生蛰居默存之际、夜坐漫兴之时，竟然勇敢地写出笔挟风霜、风骨凛然的诗篇，不能不让人肃然起敬。此诚所谓：默存仍自有风骨，锺书何曾无担当。对这样一个在非常时期慨然担当、行己有耻的钱锺书，学界确实长期忽视了。

的确，钱锺书先生的这些诗作及其事迹，实在湮没太久了。我也是前几年翻阅抗战时期的旧报刊，偶然发现了钱先生当年从上海寄给湖南蓝田国立师范学院刊物所刊发的这些诗作，它们大都作于1942—1943年之间的上海沦陷区。同时，蓝田国立师范学院的刊物也刊发了冒孝鲁、龙榆生向钱锺书纠缠诉苦的诗与词，那当是钱先生一并寄到蓝田刊发的。由此校读，我才略略知道钱锺书、杨绛两先生在沦陷区的立身行谊之大节，非常敬佩其为人，当时就把这些诗作打印出来，但并没有想要就此写什么文章，搁置案头直至纸张发黄。后来看到一些高人和妄人信口雌黄、非议钱锺书先生是“天下之至慎者”、是明哲保身的“乡愿”，而那些蝇营狗苟者却又沉渣泛起、咸鱼翻身，被吹捧为“国学大师”、其附逆的劣迹则被化解为“文化与政治夹缝中的悲剧”云云，真是是非颠倒。于是勉力撰写了《“默存”仍自有风骨——钱锺书在上海沦陷时期的旧体诗考释》一文，交给2014年的《文学评论》发表，以便杨绛先生能就近看到，略慰老人积郁之怀。这里撮述事迹之大概，希望略广知闻、以正视听也。

2018年3月23日于清华园之聊寄堂

（原刊于《现代中文学刊》2019年第1期）

从最初到最后的日子里

——为王瑶先生一百周年诞辰的零星感想

◎ 孙玉石

（北京大学中文系）

一

1960年夏天的一个早晨，在北大32楼四楼走廊里1955级全体毕业生同学大会上，我忽然被宣布为作王瑶先生的现代文学研究生。这是此前自己毫无知悉的。同时被宣布为王瑶先生研究生的，还有陈素琰。据说当时王瑶先生知道之后，这种既不倾听指导老师自己的意愿，也没有征求学生个人的志向，而完全由系里党总支、年级党支部，一手包办，“强加”给他的“招生”结果，使王瑶先生曾经很不满意地表示说，“我不承认，这不是我招的！”但这是“组织决定的”，系里决定的，他生气也没有用，只能服从。因为外校的应届研究生，不能“分配”人北大学习，需要年末参加北大研究生的招生考试，成绩合格才被录取。我在这等待的半年里，参加过《古代文学作品选》十几首唐诗的注释；给吴组缃先生的“《水浒传》研究”课，当了半年听课点名收发作业的助教。一直到1961年2月，我们几位研究生，陈素琰、于霖霞和我，才一起到家里，拜见了导师王瑶先生。王先生给我一种极为严厉肃穆、不苟言笑的感觉。他给我们开了一份“必读书目”,讲了要读的作品和杂志，提出随时写读书笔记，按期须交读书报告，并交给导师检查等要求。每次听了汇报读书情况，或看了读书报告之后，王先生很少说表扬性的话，往往批评多，很严厉，说话很不客气。我和其他几位研究生，没少挨先生的“训”和“尅”。每次去见先生，心里都要做好挨“训”的准备，有一种心怀惴惴、战战兢兢之感。有的学生，有时受了批评，回来之后，还委屈得暗自流泪。

对于学生稍微满意的读书成果，先生往往给予肯定，甚至出人意料地热情支持。我读研究生二年级初时，一日《北京大学学报》文学版编辑李盐女士，突然到我住的宿舍29楼找我，为的是给我送来一份《北京大学学报》拟刊发我的一篇文章的清样，让我校对。这篇文章题目是《鲁迅对中国新诗运动的贡献》。原来这是我这一年读完王瑶先生指定研究生阅读的《鲁迅全集》之后，于1962年10月写成的一篇读书报告。我心里很忐忑地交给了王先生。王先生看后，完全没有告诉我，他自己直接送给了《北京大学学报》编辑部，让他们看看能不能发表。他们很快决定采用了，才送清样给我，让我校对。此篇内容很肤浅的读书报告，很快在《北京大学学报》1963年第1期上发表了。这篇学习实践性论文，学术分量非常肤浅。但这一过程中，先生对于一个学生鼓励栽培的热忱和用心，却永远深深留在我的心里，让我终生不能忘记。

二

1983年春天，我被派往日本东京大学中国语中国文学研究室担任教师。在那里一年半的生活中、教学中、在与日本学术同行和友人的深入接触中，我总感觉王瑶先生远播海外的学术声望、我与王瑶先生之间的师生关系、许多日本友人对于王瑶先生学术成就和品格的景仰，给我的内心增加了许多交流的温暖和快悦。我是王瑶先生的学生这一身份，让我和许多日本朋友之间的友情深度、情感联系，得到了放大、增强，也让我得到了许多意想不到的真挚而温馨的厚爱。

1984年初，东京大学的日本朋友向我提出："趁你在这里的时候，能不能让你的老师王瑶先生，来日本访问？"我很高兴地回答："我想王瑶先生一定会很高兴接受你们的盛情邀请的。"日本学术界很早就全部翻译了王瑶先生的《中国新文学史稿》。还有的日本朋友正在翻译先生的《中古文学史论》一书。许多日本友人在北京王瑶先生家里访问过王瑶先生。如果他能够来日本访问，与老朋友在这里会晤交流，我想他一定会是很高兴的。丸山昇先生说，最好是孙先生在东京期间里，王瑶先生能来这里。如果由东京大学出面邀请，国立大学办起手续来，时间需要很长，最好是由私立大学出面邀请，这样会快一些。就这样，经他们自己商议结果，由日本大学的今西凯夫教授与他们学校商量，日本大学发出邀请，请王瑶先生来日本大学讲学访问。经过商议，事情很快办妥了。我这里保存着王瑶先生在办理赴日手续期间，于1984年8月17日赴日之前，写给我的一封信。全文是这样的：

玉石同志：

您好！我于七月卅一日接得今西凯夫先生信，内叙述日程安排及讲课内容甚详；后又接尾崎君电话，嘱将"协议书"签字寄还。八月五日接得日本大学对杜琇另发之邀请信及保证书，我已将“协议书”签字寄还今西先生。并写有长函，表示对安排同意云云。前后所寄邀请信及“协议书”、保证书等，皆已及时交到教育部专家局。八月十四日又到教育部催询，据云已发到外交部，并云估计赶到九月十日可以全部办妥，嘱我等候。看来此事已经办毕，今西先生来信云：“机票由我们预定，在北京届时送到您手里，请释念”等情。故现在诸事已毕，只待签证与机票，即可按时启程。恐您挂念，故简述如上。

但讲课内容并未很好准备，只能应付而已。我的日程最近已排满，八月廿一日起，教育部召开评议新报之教授及博士导师会议，在香山饭店，廿七日始毕。此次是临时会议，中央指定科学院、社科院及清华、北大、复旦、上海交大四校报一批五十岁上下之有成就的中青年知识分子，提升为教授及博士导师，作为特例，规定最高到55岁。中文系报严家炎、金申熊、袁行霈三人为教授，博士导师则尚有乐黛云、郭锡良等人。此会我本拟请假，学校不同意。闻北大共报教授30人，导师60余人，清华报教授26人。此会开毕后，八月三十一日我即去哈尔滨，主持现代文学会议，于九月八日始能返京。此外尚有许多琐事，故已无暇再对讲演内容加工，只能炒冷饭应付而已。有些恐尚须您临时帮忙，亦未可知。在我离校期间，只能让杜琇敦促教育部，并等待日本大学送来之机票。此外似无所用力。

我的《鲁迅作品论集》刚拿到一本样书，尚未装订毕，但估计可以带一些去，另外尚有以前所出之各种拙作，拟各带一点，以便送人。此外我还准备了两套《中国现代文学研究丛刊》及《鲁迅研究》，亦为送人之用，只是书籍体积颇重，担心乘机时超重，故带多少尚未想好。其余衣服及生活用具等皆已理好。请您帮我想想尚有何种应该注意事项或须携带之物，以免疏漏。关于讲演应该注意之处，亦望告知。关于办理护照情况，请转告尾崎君，请他们释念。

相晤在即，不胜企盼，即此顺颂

时绥

王瑶 八月十七日

此信为《王瑶全集》所未收的佚函。从信中可以看到，王瑶先生应邀赴日讲学访问之前的愉快心情，校系内外评定职称情况，于诸多学术事务繁忙中的各项赴日准备，特别还关注像“讲演应该注意之处”这样的细节问题。王瑶先生和杜琇师母，如期访日了。我因要求自己提前半年归国，在10月5日临离开日本之前，只应邀出席了日本大学文学部一次教授会议，具体商讨了王瑶先生讲学的日程安排及接待等诸多事项，参加了日本大学校长为王瑶先生举行的隆重欢迎宴会，同今西凯夫教授一起陪王瑶先生夫妇驱车到富士山五合目，观看了白雪披顶的富士山美景，与丸山昇先生一起陪同王瑶先生夫妇参观了日本现代文学馆，在那里还经丸山昇先生热情介绍，与刚好前来那里进行讲演的日本著名作家井上靖先生短暂相晤交谈。王瑶先生讲学之后，还往关西京都、大阪等地访问旅行。受到那里友人和教授们的盛情接待。这次访问日本，王瑶先生见到很多老朋友，结识不少新朋友，他们之间的友情，超越了个人交往的意义，将中日两国关于中国现代文学研究的学术交流、对话，提到了一个新的境界。它成为王瑶先生一生中最美好的一份记忆。

三

1989年秋天，王瑶先生在苏州最后一次主持中国现代文学研究会第五届理事会第二次会议。之后，特意前往上海，参加祝贺巴金八十诞辰及学术讨论会活动，因病重不支，先住进上海青浦医院，后来病情转重，转住进华东医院。最后，因呼吸窘迫综合征，割开喉管，进行输氧，经多口抢救无效，不幸病逝于上海。

王瑶先生在上海病重期间，得到上海市许多文艺界、学术界、高校的领导、教授和同行朋友们的热情关照。至今我们永远难忘王元化、徐俊西等领导，自始至终，对王瑶先生的病情和治疗，给予极大的热忱关注。上海的和前来上海开会的朋友们，贾植芳、王西彦、丁景唐、钱谷融、赵长天、王安忆、陈鸣树、章培恒、邵伯周、吴中杰、陈子善、陈允吉、朱立元、陈思和、石汝祥、应国靖、孙锡信、吴宏聪、樊骏、吴小美等许多友人，都前来医院看望王瑶先生。他们都怀着真挚的感情，祝愿王瑶先生能够早日康复。一些先生在留言簿上，写下了我们至今永远不会忘记的祝愿深情。如贾植芳先生留言说："祝你早日恢复健康，来我家里喝酒！现在多听医生的。"王西彦前来看望时，特别向亲属口述留言："让他在医院里多安心治疗休养！全上海的朋友都关心他的病早日痊愈！"上海友人们的这些深情关注和热情期盼，让王瑶先生自己和他的家属，让北大中文系的师生，深深感动，永远难忘。

11月26日中午1时40分，我接到王超冰电话："王先生病危，医院要通知单位。"我和李书磊、谢伟民、张菊玲一起，于晚间飞抵上海，立即前往华东医院病房，看望王瑶先生。先生呼吸困难，已经开始从鼻腔插管，用机器进行高压输氧。后来又切开喉管，实施皮下输氧。先生这时虽然已经完全无法说话，但还先后这样亲笔在纸上写道：

玉石同志，气管无一点发声能力，至歉。感觉尚好，无大痛苦，谢谢北大领导的关怀。一切问超冰他们，谢谢。

第二天，先生又嘱咐我与吴福辉、王超冰，一起代表他，前往巴金先生家里，去拜望和祝寿。先生十分清醒地亲笔写下了这样一些诚挚而真实的话：

表示我专程来沪祝嘏，最近十年，巴金学术研究收获颇大，其作者多为我的学生一辈，如陈丹晨、张慧珠等，观点虽深浅有别，但都是学术工作，不是大批判，这是迄今我引以为慰的。

12月2日，先生感觉稍好，便给王超冰又写了这样一些话：

我苦于太清醒，分析了许多问题，自以为很

深刻，但不必说，不如痴呆好！

12月13日，先生便病情加重，抢救无效，最终告别亲人和朋友，离开了人世。

王瑶先生走了。但他在生与死痛苦挣扎的短短时间里，写下的这些病危中“如是说”一类痛苦而真诚的话语，让我看到了一个智者内心深处一种深刻而痛苦的思考，一种“自以为深刻，但不必说，不如痴呆好”这样清醒者告别世事之前发出的最后的真实的声音。

今天，重新咀嚼王瑶先生这样一些痛苦的声音，于有愧于先生的内心惭然和自我省思的同时，我仿佛更深地看到了先生离世之前，内心里所拥有的一个西方智者曾经描述过的那样一种清醒而倔强的姿态：“我比您想象的更加孤独。”

2014年5月7日凌晨

（原刊于《现代中文学刊》2014年第3期）

回忆贾植芳

◎ 钱谷融
（华东师范大学中文系）

贾植芳先生人非常好。我跟他认识比较迟，1952年才认识。1952年院系调整，他从震旦大学调到复旦大学。我记得有一次他到华东师大来开会，见过一次面。在一个小饭店里吃饭，不止我们两个，还有其他开会的人。

贾先生这个人，我觉得他是一个真人，一点没有假。他自己讲，他不是个学校人，他是社会人。他大概经历的确很多，国民党监牢，还有日本人的监牢，都坐过。他的具体情况我也不清楚。日本人把他当作“共产党嫌疑犯”拘留起来。他坐监牢是因为抗日，也不是为了共产党。他家里是个大财主，但是他的生活也并不怎么讲究。

跟他在一起，我觉得最自在。这很难得，人要觉得自在，这很难。一个人往往有几副面孔，这个场合一个面孔，那个场合一个面孔。贾先生可能也有，他自己说，他是社会人。他也很世故，很懂得了。但至少我跟他在一起，我觉得他就是完全的真面孔，一点也没有假，我也不会假。刘备说自己得到诸葛亮，"如鱼得水"，我在贾先生面前，也是如鱼得水，很自在，完全可以保持真我。

我一看到他自然，就觉得可以和他随便讲，推心置腹，没有什么不可以谈的，没有什么禁忌和避讳。过去见面机会当然不多，到20世纪80年代，上海师范学院一个女教师陪他来看我。到我家里，就在那个朝北的房间，就我们两个人，那个女教师走了，我们喝酒，也没有什么菜，家里临时的小聚，我又不知道他来。我刚好有一瓶酒，一瓶北京的莲花白，两个人随便吃了，一面吃，一面谈，随便聊。我不大会喝酒，喜欢喝，但是喝不多，一瓶差不多他一个人喝掉。也没有什么菜，但是很自在，两个人都很自在。虽然交情还不深，但都比较自然，他很自然，我也很自然。然后到哪里开会，无论到什么地方，总归我跟他在一起，就很自在。

特别是到扬州去。有一次到扬州师院曾华鹏先生那里去讨论现代文学教材，我把我的外孙小扬扬也带去，我太太杨先生也去了。小扬扬那时候还很小，跟贾先生玩熟了，就说，贾爷爷，假的爷爷。

曾华鹏是他的学生，跟范伯群同班，范伯群也去了。还有吴宏聪，广东中山大学的，当了多年的中文系主任，他也教现代文学，都一起去了。贾师母也去了，玩得蛮开心。

后来就有了比较多的交往。我觉得跟他在一起，最自在。这很难，一个人，到了社会多少年了，还是完全一个真脸孔，没有一点假脸孔。我觉得，这个人是我所有认识的人里边，最真的一个人。贾师母也蛮真的。

我欣赏他，自然的、真的，很自然。虚假的这一套，我又不喜欢，我也不会。他呢，就没有这一套。贾先生几个学生都对他非常好，范伯群、曾华鹏、章培恒对他都很好。那就是，他这个人好，所以学生也对他好。陈思和对贾先生也很照顾，照顾得很好。

贾先生说话，我听不大懂。说完他就哈哈哈一笑。我也不知道他笑什么。一个他，一个王瑶，都是山西人。王瑶的话我也不大懂，他一讲完，就哈哈哈笑。听不太懂，就看他的表情，语气。贾师母也是山西人，她说话相对好懂一些。女同志嘛，声音比较柔和。

他在复旦大学的家，我去过。做客也做过，吃饭不在家里，去外面吃。他跟蒋孔阳住对面，两个人我都很熟。那时我还在工作。我工作到2000年，81岁才退休，他大概早就退了。

贾先生儿女都没有，生活也不安定。贾师母人真好，能跟他同甘共苦。这两个人真是……陈思和有一篇文章写得很好，我看过。这大概真是命运，他一生坎坷。

贾先生的文章，我没怎么看，他的《狱里狱外》我也没看。他自己说他不是一个学问中人，他写经济学、社会学文章。他翻译过俄罗斯文学，我看过一些，他送我的。

我就喜欢他这个人。人好，人一看就喜欢。好玩，有味道，真。最讨厌假的人，假的，虚伪的，而且喜欢自我标榜的，那种人我最讨厌。人在我面前作假也是比较难。

贾先生这个人，大家都知道，用不着我们来谈。这种人是不多的。他真啊，这样真的人不多。当然个别总归有，一般是不多，不多见。

无欲则刚，他没有什么要求。他自己也讲，最要紧的是一个“人”字写得好。做人要正。这个不容易，像贾先生这样不容易。他无所求。

2009年1月14日

王京芳笔录

（原刊于《现代中文学刊》2011年第2期）

怀念贾植芳师

◎ 曾华鹏
（扬州大学文学院）

贾植芳老师逝世已将近一年了，每想到先生已经永远离开我们，心情总是十分沉重；几次提笔想写点纪念文字，又感到千言万语也难以表达我对先生的怀念之情。现在，当我又一次拿起笔来，先生的音容笑貌，伴随着多少往事，历历出现在眼前，勾起我许多温馨的、痛苦的回忆。

从我在复旦读二年级时开始听先生的课到前年见先生最后一面，整整经历五十五年。这中间先生有二十多年和我们失去联系，我们也曾因此而走过泥泞的道路，但这隔离和坎坷并不能切断我们师生的感情链条，相反，它更增浓了我们患难与共、相濡以沫的情谊。

先生最先给我们开的课是“现代文学作品”，接着又开了“俄国文学”和“外国文学”，给我们上了整整三年课。先生当时所开的课程都是很受欢迎的。20世纪50年代初期正是“知识分子思想改造运动”前后，政治气氛很浓，学生对教师上课也颇多挑剔，在座谈会上发言或写信给报社反映教师上课的“问题”是常有的事，但贾先生的课从未有此遭遇，都是受到学生的普遍好评与肯定。他讲鲁迅小说，讲俄国文学，总是以进步的科学的观点，充满激情地赞扬美好的人和事，义正词严地抨击作品中揭露的丑恶现象。《前夜》里的革命者，《怎么办》里的进步青年，先生都给予热情的肯定；鲁迅作品里的农民，契诃夫小说里的小人物，先生则给予深切的同情；而对果戈理《死魂灵》里的地主，《钦差大臣》里的官僚和骗子，先生就加以辛辣的嘲笑与批判。由于先生是带着浓烈的感情在讲课，虽然他的山西口音让我们不一定能听清每一句话，但他的火样的热情、鲜明的爱憎却深深地感染着我们。所以听先生的课既有冷静的分析，更有强烈的感情冲击，让你久久不能忘怀。这成为贾先生课堂教学的一个重要特点。先生讲课的另一特点是紧紧扣住文本，又旁征博引，尽力拓展知识容量和学术视野。他决不在课堂上跑野马，空议论，如果是分析文学作品，他就着力于对文本内在思想艺术含量的深入挖掘。我记得先生在上“现代文学作品”这门课时，曾经以鲁迅的短篇小说《明天》为个案，讲授了好几个星期。他一方面细致分析作品里的人物形象、艺术结构、文学语言等，另一方面又结合作品讲述中国社会特点、妇女的命运、鲁迅的思想、鲁迅的杂文等等，然后布置我们每人写一篇读这篇作品的读书报告。又如先生开的“俄国文学”课，当时还没有教材，国外许多著名的评论文章也尚未译成中文，在这种情况下，先生就带了英文本和日文本的材料到课堂上来，当场翻译有关部分介绍给我们，以丰富他讲课的内容。别林斯基对果戈理作品的评论，杜勃罗留波夫对剧本《大雷雨》、小说《前夜》等的分析，最早都是贾先生翻译给我们听的。由于先生的影响，后来杜氏的著名论文《黑暗王国中的一线光明》《真正的白天何时到来》译成中文出版后，就成为我们百读不厌的文章了。后来先生开“外国文学”，讲俄国以外的外国作家，如歌德、莎士比亚、塞万提斯等，评论材料更加缺乏，先生在对作品做深入分析的同时，仍然广泛搜集各种有关的外文材料翻译给我们。在20世纪50年代那个比较封闭的环境中，先生这样上课是颇为“另类”的，然而这却大大地扩展了学生们的学术视野。贾先生上课的情景由于具有这些特点，所以虽然经过几十年岁月的磨洗，却仍然十分清晰地保留在我的记忆中。先生

20世纪80年代复出以后就没有再在大学本科开设基础课，主要是带研究生，所以有幸听过先生在本科课堂上讲课的人已很少了，我把亲自经历的这些写下来不会是没有意义的吧。

我们做学生的时候，除了喜欢在课堂上听贾先生讲课，在课外时间就常常去贾先生家里求教，先生十分热情地欢迎学生到他家做客。我们常带着一些问题去向他请教，或者带着自己习作的文章去请他评阅，有时也向他汇报同学听课的反应；而有很多时间是我们聆听贾先生的神聊：有文坛的掌故、作家的故事，也有出版的消息、社会的新闻，有日本留学生活的回忆，也有对眼前发生的事件的评论，等等。贾先生交游广阔，记忆力又特别好，每次听他谈话，信息量都很大，让我们都听迷住了。我们还时常向先生借书看，那时各个出版社赠送给贾先生的新出版的书很多，只要我们想看的就可以借走，有些当时在苏联被点名批判的文学作品也能在他那里看到。在贾先生家做客，有时谈兴正浓，又到了吃饭时间，先生就留我们吃便饭，我这个南方人吃到先生家的山西口味的面食特别新鲜，印象很深。总之，当时贾先生的家就像一块巨大的磁铁，强烈地吸引着我们，在他那里，每次都能收获课堂上所不能得到的教益。

贾先生教了我们三年，时间虽不很长，但留给我们的印象是很深的。经过漫长的二十多年，岁月无情，再相见都已白头，先生已从一个年轻教授变为六十多岁的老人了。

先生复出后就拼命地工作，想尽量追回一些失去的时间。恢复工作初期他被安排在资料室，先生就把精力用在现代文学资料的建设上，并利用自己熟悉情况的优势，以此为起点继续参与几套大型的现当代文学研究资料丛书的编辑与组织工作。他担任大型丛书《中国现代文学史资料汇编》的编委，除了审读该丛书的书稿外，还亲自主编其中的《文学研究会资料》和《外来思潮流派理论在中国现代文学史上的影响》（后改名《中外文学关系史资料汇编》出版）两种；他还参与发起主编《中国当代文学研究资料丛书》，并亲自主编其中的《巴金专集》《赵树理专集》和《闻捷专集》，后来先生又主编《中国现代文学总书目》《中国现代文学社团流派》等，这些大型资料丛书的编撰出版，填补了中国现代文学这个学科系统资料建设的空白。因此，贾先生重新恢复工作以后，除了继续自己的学术著述，带出一批优秀的研究生以及参加重建中国比较文学学科外，他在中国现代文学学科的资料建设方面所做出的贡献也是非常突出的。

在中国现代文学资料建设中我们有幸又一次做学生，直接受到先生的教诲。20世纪80年代，先生主编《中国现代文学社团流派》一书，我和范伯群作为先生的助手参加了一些工作。特别是1986年暑期我们在江苏省宜兴县的一个招待所里，对这部书的全部初稿进行审读，有机会同先生和师母一起度过了难忘的十多天。我们对三十多篇初稿一一认真阅读并进行讨论，在这过程中，先生的许多谈话对我们都有很大启迪，除了为我们介绍一些社团流派的具体背景、人事关系和活动状况外，还有一些观点也很精彩，我印象比较深的有：现代文学的社团流派往往是以刊物为中心；各个社团都有发展、变化、消亡的过程；中国现代文学接受外国影响是多元的，所以流派也是多元的；对左联评价要注意分寸，它有功劳但也有内耗；“鸳蝴”“九叶”都是文学流派；施蛰存的《现代》评价不能过低；引文要尽量采用最原始的版本；等等，先生的意见有时是在讨论书稿时发表的，也有的是在闲聊时随便讲的，但对我们来说，都是不上课的上课。

特别应该指出的是，先生担任资料丛书的主编或编委，绝不是仅仅挂名而不干实事，相反，他做了大量具体实在的工作。例如作为编委，他认真阅读了《郭沫若研究资料》的全部书稿并写了很长的审读意见；而对《外来思潮流派理论在中国现代文学史上的影响》这部书稿则写了一份18000字的审稿意见。先生在主编《中国现代文学社团流派》一书时，亲自审阅30多篇初稿并提出具体修改意见；审稿会结束后，他尚有关于“太阳社”和“湖畔诗社”的两篇初稿未看，就带在从宜兴返回上海的路上继续审读，再将意见留在苏州给范伯群。这种工作精神是异常感人的。贾先生在这方面也为我们许多人做出了榜样。

2007年11月28日上午，我利用赴复旦参加学术会议的时间，和范伯群、吴福辉一起去医院看望先生，他几次握着我们的手说：“这不是最后的握手！”或者先生有什么预感，这次见面却真的成为我和先生的诀别。虽然这个世界带给先生深重的苦难，但是他在生命的最后却仍有许多眷恋。我想，或者这是因为先生还希望能看到一个他所期待的变得更美好的世界。

2009年1月23日

（原刊于《现代中文学刊》2011年第2期）

纯粹的知识分子

◎南　帆

（福建省社会科学院）

我对我的研究生说，你们的师祖已经一百岁了，他们哇地惊叫了起来。一百岁！年轻人觉得，一百年差不多就是历史的同义词了。我高兴起来了，让他们看一看前年徐中玉先生与我一起在北京的一个会议上拍摄的照片。他们又哇地惊叫起来：看起来这么年轻！

大约三十年前，我投考到徐先生的门下有些偶然。我是"七七级"的大学生，曾经在厦门大学的海滩与棕榈树之间做了四年的文学梦。1981年底临近毕业，我从南京大学的研究生招生简章上发现了"文艺理论"专业，决定报考南京大学中文系。报名截止的前一天，两位同学突然找我商议。他们均为南京籍人士，试图利用读研究生的机会返回老家，希望我退出竞争。南京大学的文学理论专业仅仅招收两名，我没有理由坚持，只得改弦易辙。时间紧迫，我冲进了厦门大学那一间不到十平方米的招生办公室，重新在散落四处的招生简章之中慌乱地搜索。我从地上捡起一本华东师范大学的招生简章，第一次发现了徐先生的名字。当时并不清楚徐先生的学术成就和治学方式，仅是隐约地听说是个大人物。犹豫了一阵子，我还是决定冒险试一试。考试的感觉并不好。当年的研究生考场设在厦门市郊的一所中学，我所在的那一间教室与校外的民居紧邻。一户人家用最大的音量播放邓丽君的歌声，那些绵软甜腻的歌声令人心烦意乱。不久之后我竟然收到了华东师范大学寄来的复试通知，的确惊喜交加。

研究生复试的时候，我在华东师范大学中文系的一间寒冷的办公室里第一次见到徐先生。他坐在窗户旁边，戴一顶深蓝色的呢帽子，和蔼地问了几个问题。我想不起来自己如何回答，仅仅记得孤零零地坐在屋子的中央，十分不自在，大约没有说多少话就溜出来了。

进入华东师范大学就读之后，我常常见到徐先生拎一个公文包疾步穿过校园的背影。他担任中文系主任，兼任上海作家协会主席，还是《文艺理论研究》和《古代文学理论研究》两份学术刊物的主编，手边的事务极多。徐先生名声很大，我们这些没见过多少世面的小人物，遇到他的时候心里未免惴惴的。

我从图书馆找到了徐先生的多本著作，逐渐熟悉了他的文字风格：耿直硬朗，直陈要义，不遮掩，不迂回，摒除各种理论术语的多余装饰。我时常觉得，这种文字象征了老一辈知识分子的硬骨头。文艺必须有益于世道人心，这是徐先生年轻的时候就开始信奉的观点。徐先生的大部分时间生活在学院里，苦读精思，摘录了数万张的读书卡片，但是，他不是那种皓首穷经的书斋型学者，徐先生的心思很大。

每隔一段时间，我们会在徐先生家的书房上课。几个研究生坐在一张旧沙发上，手捧一杯热茶，自由自在地讨论乃至激辩。徐先生从不干涉我们的想法。他通常是坐在那把硬木椅上，仔细倾听我们的观点，最后略为点拨，或者做一个引导性的总结，留下让我们自己领悟的空间。上课结束后，有时还能在徐先生的家里蹭到一顿丰盛的午饭。

闲常的日子，我们不愿意打扰徐先生，总是觉得他正在忙碌一些大事。第三个学期刚刚开始，徐先生突然通知我，我的一份假期作业将在他主编的学术刊物发表。这时我才意识到，他的确花费功夫读过我们交上的那些浅陋的习作。最后一个学期，我到外地游学，返回之后得知，我的一篇论文获得了一个学术奖项。告诉我这个消息的同学说，他是从徐先生那儿听到的。我至今记得那个瞬间心中的暖流：我们这些初出茅庐的学生一直在他的视野之内。

我们都听说了徐先生的坎坷经历。因此，徐先生的身体如同一个奇迹。九十多岁的高龄仍然担任刊物主编，目明耳聪，他的清瘦身板仿佛蓄了无限的精力。徐先生年轻时抽了不少烟，偶尔也不忌惮呷一两杯烈酒，他的锻炼无非是到附近的公园散散步，我觉得他并不刻意保养身体。徐先生的心思全部托付于学术工作。我从未听到他抱怨什么。读书数百种，写下逾百万字的读书笔记，这是徐先生横渡二十年厄运的精神舟楫。对于这种性格，许多磨难不得不失效。

毕业之后的二三十年，到了上海多半要拜见徐先生。闲聊之中，他提到的通常是国计民生的大事，譬如高等教育问题，譬如台海局势，譬如金融危机，饮食起居这些琐碎的小事是没有资格成为话题的。徐先生年事已高，闲聊的时间愈来愈短，但是，每一回端坐在徐先生面前，总是有一种熟悉的感觉立即漾开来。当年我曾经是一个无知的学生聆听教诲，心中驰过各种憧憬；如今我的人生已经逐渐定型，身躯开始发胖，徐先生依然容貌清癯，言辞睿智，神态从容——时光仿佛在他的身边停下来了。最近一次拜见徐先生是今年的五月。入室坐定，谈笑甚欢，过了一会儿，徐先生对我说，你的脸很熟悉的，但想不起来是谁，能不能把名字写一下呢？我怔了一下，连忙写出名字，徐先生呵呵一笑：刚刚电话约好了，正想着怎么还没有到，原来就是你了。于是起身，热络地握手，重新入座——这时我终于意识到，坐在面前的是一个百岁长者了。

二三十年间，我拜见徐先生的地点始终是当年上课的那一间书房。徐先生一直住在华东师范大学的一幢旧的宿舍楼里，房间很小。书房木板地面的褐色油漆已经多处剥落，靠墙几架子书，窗下一张不大的老式书桌，四处一摞一摞的学术杂志、报纸和书籍。二三十年间，书房里的景象始终没有什么变化，仿佛只是一面墙上增添了一台空调机。

如此简朴的家居表明，徐先生显然不在乎各种生活享受。况且，即使工作到八十岁，徐先生业已退休二十年。二十年前中国教授的工资相当有限，徐先生不可能多么富裕。因此，听到他捐赠一百万作为奖学金的时候，我吃了一惊。不过，我很快释然了。这种事情发生在徐先生身上，真是再自然不过了。

我和太太谈到了徐先生，从她那儿听到一个说法：纯粹的知识分子。我想了想，的确，这就是我这篇小文章一直要找的那个词。三十年的时间说来不算太短，徐中玉先生在我心目中的形象始终就是——一个纯粹的知识分子。

（原刊于《现代中文学刊》2013年第6期）

入梦音容有旧知

——流金师与徐中玉先生的患难之交

◎ 虞云国

（上海师范大学人文学院）

徐中玉先生去世，纪念文章络绎不绝。我仅听过他一次讲座，那是1970年代末他应邀来上海师院讲中国古代文论。这篇小文仅据我编《程应镠先生编年事辑》时所见材料，为两位师辈的深挚交谊留下片断光影。

一

徐中玉先生忆及他与流金师的订交：

我们相识得很晚，那是在抗战胜利后的上海。当时我从青岛复校后的山东大学被迫回上海，写作以度日。应镠则在上海师专任教。在上海相识的时候，我们都是民盟盟员，都参加了“大学教授联谊会”，都已经发表过不少文字。几次交谈下来，发现彼此竟还有些共同的朋友。更重要的是，我们性格相近，喜欢直言，坦率，谈起共同关心的问题，总是一发而不可收。（《〈论史传经〉序》）

据流金师回忆，“1947年秋，我任教上海市立师范专科学校”；“大约中秋前后，孙大雨和戴望舒介绍我参加了大教联”（《回忆大教联片断》），他与徐先生的交往应始于是年秋后。“大教联”全称“上海大学教授联谊会”，是中共地下党领导的外围组织，曾积极推动上海高教界反饥饿、反内战、反迫害的斗争。

两年以后，天翻地覆，流金师出掌高桥中学，1954年重回高教界，参与筹建上海师院历史系；徐先生在1952年全国高校调整时成为华东师大中文系教授。1957年那个夏天，他们都进入了上海市委统战部组织的定期学习班。在疾风暴雨中，徐先生颇有宁折不弯的执拗劲。流金师经自我“严谴”痛苦拐弯，其1958年1月21日《严谴日记》记及：“徐中玉认识仍低，立场尚未端正。”足见徐先生倔强耿介的个性似乎更甚。

1958年9月起，他们都编入沪郊颛桥的“劳动学习改造班”。据徐先生忆述：

我们一度都被纳入一个劳动“学习”组织，在郊区颛桥半天劳动，半天学习，历时两个月。一道参加“学习”的，以民盟“分子”为多，如沈志远、徐铸成、王造时、许杰、彭文应、陈仁炳、吴茵、陆诒、陆晶清、钱瘦铁、姜庆湘、李小峰等近五十人。

两个月后，我们一起被编进上海社会主义学院第一期各组学习，作为原属“敌我矛盾”而作“人民内部矛盾处理”的一个开始，为期半年。我们先是在同一个小组，后来虽说不在一个组，实际却仍然生活在一起，我们所有的活动都在同样的氛围里。即使在社会主义学院结业，各自回到本单位分配工作后，我们每隔两星期，仍有一次在市政协内“巩固成果”的学习活动。（《〈论史传经〉序》）

《严谴日记》对“巩固成果”的学习活动颇有记载，恰与徐先生概述成为细节互补：

（1959年8月16日）去政协参加民主党派经

验交流会。遇到许多颛桥劳动学习时的朋友，觉得很亲热。会后偕中玉去吃饭，什么也没有吃到，去到一小店吃瓜和月饼，别有风味。偕中玉去陆诒家。（10月10日）下午去民盟市[委]参加座谈会，会后偕陆诒、徐中玉去一小馆子吃饭，吃得很好，也谈得很好。

11月1日，下午去陈仁炳家，参加在耑[颛]桥劳动学习的老一组组员的聚会。和吴赞廷、徐中玉、刘哲民在"绿野"吃晚饭，贵而不佳。

（1960年1月30日）下午去政协，参加统战部座谈会，至晚七时半。和刘哲民、徐中玉、徐际唐在外面吃饭。

陆诒是《文汇报》的名记者，刘哲民是知名出版家，其他诸位都是学习班"学友"。这些苦中作乐的聚会与餐叙确实"别有风味"，成为他们维系友谊的难得的机会。

二

即便在特殊年代里，这批"学友"仍难能可贵地延续着濡沫之谊。流金师去世后，陆诒唁函说："文革以后，我曾与刘哲民、徐中玉同志到府上拜访，和应镠同志握手倾谈，并同游桂林公园，每次都留下深刻印象。”当然，与流金师来往最亲密的还数徐先生。

1971年4月，流金师从大丰“五七干校”调回“二十四史标点组”。徐先生闻知消息，7月下旬邮简通问。27日，流金师“得中玉信，即复”，约定了晤面日期。其8月1日日记曰：

> 八点半到静安寺，九点过七分老徐始来。开始往襄阳公园。饭后，又去复兴公园，坐树荫下，不觉炎夏之可畏。

与知己快谈竟“不觉炎夏之可畏”，不禁令人莞尔，想起趣说相对论的那个妙譬。次日，流金师致函师母李宗蕖先生，让她分享老友把晤的愉悦：

> 老徐和我九点钟约在静安寺见面。老徐来后，就去襄阳公园，随便聊，快到十一点，便到“创新”吃饭。饭后，又去复兴公园。老徐不高兴搞那个工作，感到一切都难以适应，这是真的。在横沙，我也有过这种感觉。老年教师参加这次工作的，在中文系只有他和钱谷融。因此，也颇有寂寞之感。

信中提及徐先生不高兴搞的“那个工作”，对照流金师“在横沙我也有过这种感觉”，应是为响应当时“教育革命”编写专业教材。这年秋冬之际，传闻沪上五所高校即将合并。11月26日，流金师获知“中玉约后日来访”；其日记两天后云：“有大风，中玉来，偕往上海吃饭。”大风挡不住徐先生践约之心，流金师“最难风雨故人来”，相偕去市里餐叙。握别次日，徐先生即驰函老友，表达了欲借五校合并之机与流金师卜邻而居的愿望，这有流金师12月1日家信为证：

> 学校合并后，全在师大旧址，这最近两天才知道的。我们在音乐新村住了恰好十年，能不搬家，我还是不想搬。老徐昨天来信，他还希望搬到这里来，而不知我们要往他那里去了。他写完了讲义，有人认为杜甫、白居易的诗只是反革命的软的一手，真是令人啼笑皆非。因此，他颇羡慕我们这个“老朽”成堆的地方。但我以为要坚持马列主义，要坚持以历史唯物主义观点对待过去的文化（包括文学和艺术），鼓励他不要怕摆自己的观点，要在批判中撷取古代文化的精华。

徐先生倾诉了编讲义时的遭遇，老友鼓励他坚持正确的观点。在那非常的日子里，他们尤其珍惜难得的互访。1972年5月7日，流金师日记说，“许杰、中玉来，阔谈终日，快甚。”不久，华东师大与上海师院等五校合并为上海师范大学。7月3日流金师“去师大参加历史系合并会。访中玉、冯契”。自从友人兼为同事，双方往还更为频密，且往往偕夫人同行。据徐先生说：

过段时间，我们就会相约，不是我去看他和宗蕖，就是他来看我和瑰卿，一道喝几杯酒，谈谈新看过的书，讨论一些我们都感兴趣的问题，关心某种令人忧虑的现象。然后，我们会把对方一直送到可以上车的公共汽车站头。(《〈论史传经〉序》)

《郊居书事呈中玉》是非常时期流金师唯一标明赋赠徐先生的诗作：

江头日日看春归，每向西郊送夕晖。
无病老来原是福，得闲灯下自哦诗。
当窗云树成新侣，入梦音容有旧知。
偶与异书相邂逅，不知人静夜阑时。

"入梦音容有旧知"，深沉吟出了他与徐先生的真挚之交，令人动容。

三

1977年夏天，劫难刚过而改革未至，他们相约出游莫干山，恣意享受空仓期的悠闲。回沪以后，流金师有《莫干山归来赠徐中玉》，抚今追昔，真实倾吐了当时的情志：

幽居若此真嫌短，安得黄庭可换鹅。
早岁有心师士稚，中年无奈似东坡。
声名岂悔平生贱，忧患凝成侠气多。
无病老来原是福，长谣不用叹蹉跎。

他虽也感慨中年忧患，但不悔平生，不叹蹉跎，以"侠气"与老友共勉互励。徐先生次日即复函：

应镠兄嫂：

昨读赠诗，深感高谊。弟素不能诗，莫干归来，偶草八句，记一时实事，不仅麤直未能成章，调子亦稍抑郁，距当前要求尚远，诚所谓不足为人道者。但赠诗颇有切中鄙怀之不得已而仍不尽释然于心者，实为适时良药。因不复藏拙，寄呈一粲。

兄诗清切有味，娓娓动人。十余年来，屡蒙抄寄，虽经巨变，箧底幸略有存者，如《重到西湖四绝句》《横沙冬夜偶作》《闻宗蕖轮换返沪五律两章》等。甚望蒐集成册，因不止可以自怡悦也。

弟中玉 匆匆

廿七日

倘若“十余年来，屡蒙抄寄”之忆不误，则流金师1966年前已屡寄诗笺袒露襟怀。函中所举诸诗都写于特殊年代，《横沙冬夜偶作》作于1969年参加“教育革命”时，有“夜窗犹忆惊风雨，老眼婆娑泪万行”之句，虽是真情实感，在当时却是绝对犯忌的；“虽经巨变”，徐先生仍珍藏箧底，凡此都见证了两位师辈的莫逆之交。

在来函中，徐先生自序和诗云：“甲午夏，余曾登莫干，时年三十九。丁巳夏，从应镠、鸣山二兄重上此山，弹指一挥，忽已二十三载，怆然有感。”鸣山，即庄鸣山，民盟盟员，上海第一医学院物理教授，也是颛桥学友。徐先生诗云：

> 华年曾作此山游，今日重来半白头。
> 夹道修篁迎旧客，高楼疏雨话蹉跎。
> 亭台无恙浮绿海，四害蜩螗覆载舟。
> 伏枥岂能言千里，略存意气不须多。

两年之后，“右派”改正。流金师有《自述》云：“感慨是很深的。在上海很多老友，许杰、徐中玉、刘哲民、陆诒都得到改正，真像是寒梅给人间带来了春色。”他“遂成一律呈许杰、徐中玉”，还寄示京华旧友周游与柯华。前四句说：“廿年遭弃置，投老喜逢春。海国梅争艳，江城梦尚温。”

四

徐中玉先生曾这样追忆流金师：

> 改革开放后，繁华落尽，他决心摆脱虚文，专心学术，培植科学研究人才，从自己做起树立起一种谨严而又先进的学风，尽其绵薄。他果然做出了很多成绩，而且自感愉悦，认为找到了一条此时此地比较实在的献身之路。（《悼念程应

锷同志》)

这段话何尝不是他的自我写照！他回忆说，面对1980年代前期的改革潮，“晤面时我们互相砥砺”：“吃过苦就算了，重新站起来，更实在地为社会、为国家做点贡献”。他们各自主政沪上两所高校的文史两系，在百废待兴的专业建设上互相支持，资源共享。1980年春，针对人才断层，徐先生依托华东师大中文系创办了中国文学批评史师资培训班，流金师应邀往讲《文学与历史》。据当年学员回顾：

(徐先生)延请了郭绍虞、程应锷、钱仲联、施蛰存、程千帆、朱东润、舒芜、王文生、吴组缃、许杰、钱谷融……二十余位名重一时的名家大师，从四面八方来到丽娃河畔的文史楼，为全国各地近40名学员授课。一时间鸿儒云集、名流荟萃。把各自在古代文论研究中最有心得的精粹，集中传授给学员。(毛时安《忧患年代更需要精神坚守》)

流金师在专业建设上同样倚重徐先生的声望学识。1983年，他创建了上海师大古籍研究所，邀请徐先生与罗竹风、谭其骧、李俊民、章培恒等海上名家出席成立大会暨首届古典文献专业开学典礼。据其日记，1985年9月4日“给中玉约来讲学信”；9月11日，“中玉来讲课，约至家中便饭”。1980年代中前期，是他俩在治学与育材上最忘情投入的时期，尽管系务繁剧，双方仍珍惜对方的情谊。以下摘引流金师日记以见其略：

1985年8月30日，参加上海市古籍规划小组会议。遇冯契、王勉，谈好了请他们来讲课的事。和中玉坐在一起，但未能多谈。

1986年1月30日，参加市哲学社会科学评奖委员会大会，我被聘为历史组评审顾问。晤中玉、龚方震。

2月3日，寄赠冯契与徐中玉由赵荣声编《一二九在未名湖畔》各一册。

3月2日，此周得徐中玉赠《美国印象》。

6月2日，下午去民盟开会。晤中玉，有半年不看见他了。

9月25日，给中玉信。

9月27日，去民盟参加四十周年座谈会，晤中玉、陆诒、庄鸣山、徐铸成。

12月17日，午后中玉来，留饭。

1987年2月5日，下午去民盟开会，晤（陈）

仁炳、尚丁、陆诒等。中玉也到了。

6月20日，得中玉信。23日，给中玉信。24日，寄中玉文。

7月2日，去宣传部开会，遇徐中玉、陈旭麓。

7月8日，以刊有所作《书王荆公〈明妃曲〉后》的《上海师范大学学报》寄赠谭其骧、徐中玉、王勉、胡道静与沈自敏等。

然而，自1988年起，流金师终于卧病不起。在日记残页里，他记录了徐先生的函询与探访，也留下了自己的感铭：1月26日，他收到徐先生与另一友人的问疾信，“读之均感”；2月6日说：“中玉来，老友中重来问疾者，他为第一人”；4月4日，“中玉来，畅谈甚欢”。他郑重说明最先再次访病的老友就是徐先生。

徐先生则说：

二十多年的身心疲惫、忧心焦虑，终于还是夺走了他的健康。记得几次去看望生病的他，他还在思考他的研究计划，准备在健康起来后从哪些方面重新做起来，但他终究没有能够再恢复起来。（《〈论史传经〉序》）

1994年，流金师去世，徐先生不久就发文追思，深情评骘老友，缅怀他们长达半个多世纪的交谊：

> 他的博学多识，他的勤奋负责，他的敏锐眼光，他的文学才气，他的君子之交……一时也说不尽。他一直是我非常钦佩的老友。人在一生中能有多少这样的朋友会给自己增加力量？这也是难得的幸福啊！（《悼念程应镠同志》）

如今，徐中玉先生也以百五之龄走入了历史，但他们的君子之交却堪称海上学林的一段佳话。

（原刊于《现代中文学刊》2019年第5期）

送别先生

——在钱谷融先生追悼会上的发言

◎ 王晓明
（上海大学文学院）

在今天这个场合，我们做学生的，是可以说以前不好意思当钱先生面说的话了。这样的话很多，今天只说一点：我们为什么习惯于称他“先生”，而非一般的“老师”。

他文章写得好，在学术上有特别的贡献，也是难得的好老师，但我们称他“先生”，还有别的更深的原因：

一个当然是他的透彻，他常常那么随和，也愿意说自己“散淡”，但你跟他久了，就会明白，这绝非只是出自天性，它背后有很深的内心冲突，是出自长久的精神磨炼，是把事情看到底了，才可能养成的应世之道。这当中的曲折、智慧和心力，我们虽不见得都能体会，但知道，那是我们难以企及的。

另一个，是他的依然率性，虽然洞察世事，决意低姿态了，他却还是多有按捺不住、拍案而起的时候，我们无缘亲见他当年写《论文学是“人学”》、与那些类“御用”的文人们论战的神采，但20世纪80年代和以后，他的屡屡仗义执言，有时甚至言辞相当激烈，却让我们明白了，什么才是他的精神的底蕴。

第三个，就是他的高寿了，因为这并非一般的高寿，而是一个胸怀志向、却在青壮年时期经受了许多苛待和侮辱的人的高寿，一种即便如此、到生命的最后一刻依然保持宽厚和从容的高寿，这样的高寿里，正有一种极高的尊严在。

从某个角度看，他一生经历的，是一个以各种方式把人往卑琐和功利的方向驱赶的世道，我们做学生的，也正以长短不同的时间，跟他一起经历这样的驱赶。但我们是幸运的，因为有他近距离地给我们示范：即便世道恶劣、天地局促，人还是可以保持高洁的品性，涵养人之为人的大器之志。

我深信，这才是这样的时代里的真正“尊严”的“师道”。当我们因此敬称他为“先生”、在这里送别他的时候，我们也该明白，后生者的责任何在。至少，他示范给我们的，我们也该示范给我们的学生，和其他远远近近的后生。如此前后接续，我们才配称他的学生，千千万万的师生如此接力，中国和中国人才有未来。

钱先生，感谢您！

2017年10月2日

（原刊于《现代中文学刊》2017年第6期）

钱谷融先生的真性情

——关于钱先生给我的八封信

◎ 陈漱渝
（北京鲁迅博物馆）

钱谷融先生文章道德堪称楷模，有口皆碑。他自然也是我发自内心崇敬的人物。近几十年来，钱先生培养了一批又一批的得意弟子，他在学界的声誉也日隆，以致产生了所谓“南钱北王”的说法。“北王”是指北京大学已故的王瑶教授。我不知道钱先生听到之后，会不会同意这种简单化的类比。听说最近有拍卖行拍卖钱师母杨霞华教授签赠施蛰存先生的一本书——《尼克索评传》，宣传文字上竟把杨教授迳称为“国学大师钱谷融夫人”。我不知钱先生如果听到“国学大师”这种谥号之后是会苦笑，还是会愤怒。

如实地说，我结识钱先生的时候，他还只是一位讲师，并不是大师。那是在1978年，中南地区七院校联合编写了一部《中国现代文学史》教材，在广西阳朔召开定稿会。除该书编写人员外，还另请了一些专家提参考意见，其中就有华东师大的钱先生，中山大学的陈则光先生，还有刚到北京鲁迅研究室不足两年的我。当年钱先生五十九岁，我三十七岁，虽然相差二十二岁，但趣味颇觉相投，所以没大没小、没长没幼地在一起玩。

阳朔处处皆美景，但也没有一处给我留下特殊印象。定稿会结束之后，编写人员留下加工书稿，我跟钱先生、陈则光先生便结伴游览桂林。接待我们的是广西师范大学的刘泰隆先生——他是钱先生的学生，好像是广西师大中文系的党总支书记，已评上了副教授。广西师大招待所安排房住要按职称职务。为了让钱先生住得宽敞一点，刘泰隆在为钱先生填写住宿登记表时特意给他写上了“副教授”的身份。钱先生诚惶诚恐。他说，他本是疾虚妄之人，从不弄虚作假，但为了不辜负刘泰隆的美意，这回也就睁一眼闭一眼了。

桂林吃的东西很多。我跟钱先生、陈则光先生一起吃狗肉、喝蛤蚧酒，买罗汉果。陈则光先生很快就上火了，直流鼻血，所以游览大多成了我跟钱先生两人行。象鼻山毗邻广西师大，我们几乎每天都要经过。专门安排的项目有游漓江、游七星岩……印象最深的就是我们两人一起去观看了四幕话剧《于无声处》。这是上海作家宗福先的成名作，演出单位记不清是广西话剧团还是桂林话剧团。这出话剧人物不多，灯光布景也不炫丽，但台上的演员跟台下的观众都充满了激情，因为这是一曲民心民意的赞歌。我告诉钱先生，我正是1976年四五运动期间到鲁迅研究室报到的。那时我刚辞旧工作，但又没有新任务，所以目击了当时那些难忘的历史场面，虽不是弄潮儿，但也算是目击者吧。

在桂林分手之后，我跟钱先生建立了通信关系。1978年底，人民文学出版社创办了一种刊登现当代文学史料的大型刊物《新文学史料》。初期试刊，属“内部发行”，负责人是楼适夷、牛汉。当时牛汉在北京朝阳门外上班，而家住西城二七剧场附近，上下班都要骑车经过我工作单位所在的阜成门，常去找我组稿聊天，顺便也歇歇脚，所以我成为了该刊的早期作者之一，至今仍联系不断。因为我要麻烦钱先生在上海办事，所以也曾将《新文学史料》的“试刊”寄给钱先生，聊表投桃报李之意。钱先生对这一刊物评价很高，表明他治学的特点是既重理论也重史料，丝毫也没有以理论新潮、观念前卫而鄙薄史料的偏见。1980年鲁迅研究室又内部印行了《鲁迅研究动态》，这也引起了钱先生的兴趣，成了我寄赠的刊物之一。

我当时托钱先生在上海买一些在北京不易购到的书，主要是《十日谈》和《飘》。《十日谈》是文艺复兴时期意大利作家薄伽丘撰写的一部小说，写的是十天中的一百个故事。我并不了解这部现实主义巨著在欧洲文学史上的奠基意义，也不了解这部书后来对艺术散文和短篇小说创作的深远影响。只听说这部书因为有反叛禁欲主义的内容，直到改革开放后才有了出版的可能。虽然初版就印了三万册，但仍然是一书难求，只好再版。《飘》是美国作家玛格利特·米切尔以美国南北战争为题材的作品，曾经因主人公斯卡雷特·奥哈拉（亦译为“郝思佳”）有“农奴主思想”而受到批判，后来又看了根据这部小说改编的“内部电影”《乱世佳人》，所以我也急于想买到这部书。说实在话，我托钱先生买这两部书主要出于一种抢购“禁书”的好奇心理，书到手之后，我至今也并没有认真阅读。钱先生受人之托，就认认真真替人办事，一诺千金。这在钱先生给我的信中表现得十分清楚。1980年5月23日那封信中描写他们系资料室那位负责采购图书的先生，堪称画龙点睛的传神之笔。我想，钱先生如果搞小说创作，他笔下的人物也会一个个跃然纸上，栩栩如生。

我跟钱先生第二次较长时间相处，大约是在1983年秋天或1984年。那年李何林先生跟我同去哈尔滨参加中国现代文学研究会召开的学术讨论会，钱先生也参加了此次会议。齐齐哈尔师范学院副院长于万和邀请我和李先生乘机去他们学校讲学，乘火车从哈尔滨到齐齐哈尔只需四个小时。老于曾在1980年和1981年到鲁迅研究室进修，是李先生的学生，也因此成了我的好友。那时讲学没有付讲课费的规定，无非借此机会旅游观光，休闲散心。李先生是一个不爱玩的人，但碍于老于的盛情，同意前往。我觉得李先生性格古板，跟他同游嗨不起来，便建议同时再邀钱先生。老于喜出望外，于是赴齐齐哈尔讲学就成为了三人行。我们每人各讲一场，我跟李先生当然是讲鲁迅，钱先生讲的是曹禺剧本中的人物谈。齐齐哈尔这个城市的景点不多，我们除开到国家湿地鹤乡观赏了丹顶鹤之外，只去了一趟龙砂公园，瞻仰了王大化墓。王大化是著名秧歌剧《兄妹开荒》的作者，还参与过《白毛女》的创作，1946年冬在采风过程中坠车去世，终年只有27岁，被授予“人民艺术家”荣誉称号。钱先生跟王大化同年出生，这一点给我留下了深刻印象。

课不多，玩的地方也不多，晚上颇觉无聊。我便跟钱先生到该院的外语教学楼电化教育室去看录像带。因为是院长的客人，所以电化教育室的管理人员对我们全部开绿灯。不过当时齐齐哈尔师院还没有合并成齐齐哈尔大学，各项条件远比今天简陋。我不记得他们收藏有什么珍贵的音像资料。我跟钱先生只好胡乱看一气，觉得没劲就另换一盘带子，反正吃完晚饭就去，直到临睡前才回，把李何林先生一人扔在招待所看报纸。

应该就是在齐齐哈尔期间，我偶尔跟钱先生谈到我想争取调到中国社科院近代史研究所去工作。这仅仅是一时的想法，这件事我并没有跟家人商量，也未付诸实施。但对忘年之交体贴入微的钱先生记在了心里，后来写信时两次关注这件事情。如果不是重温钱先生的遗简，这件事我自己早已忘得一干二净。

我当时之所以萌生调到中国社科院近代史研究所工作的念头，其原因一是由于当时我跟该所有些业务合作，比如他们出版的《民国史资料丛书》中收入了我编的一本《中国民权保障同盟》，我还为他们编辑的《民国人物传》撰写了关于《鲁迅》的条目。友人杨天石也已调到该所工作，可以牵线搭桥。另一个根本原因就是我在鲁迅研究室呆得并不痛快。当时我们单位赶上了粉碎“四人帮”之后的首次调工资，有些工龄比我短、资历比我浅的人涨了工资，而我仍然原地踏步。有人在会上公开说："陈某某虽然比我们干得多，但他原能挑得动一百斤，如今只挑了八十斤；有人只有挑六十斤的体力，但他挑了七十斤。所以挑七十斤的应该涨工资，挑八十斤的不应该涨工资。"当时鲁迅研究室的主任是我的老师李何林，他虽然觉得我有些散漫，有些自大，但心里也知道这样做有些不公，后来力争在评职称上对我进行弥补。他特意请来一些外单位的老专家做评委，如李新、胡华、唐弢等，还私下嘱咐本单位的有些人不要再制造障碍。所以我评上副研究员的时间比较早，在社科界的同龄人中，除开刘再复，我还不知道有其他人。这就是所谓因祸得福。

齐齐哈尔这次聚首之后，我再也没有机会跟钱先生同游，只是彼此都觉得余兴未尽，还想尽量找机会一起玩。信中提到，海南师专开会，他想我能同去。我也邀他一起去青岛、锦州讲学和去武当山观光。游武当山未能成行，缘何有此提议完全忘了。去青岛是因为中国鲁迅研究会在那里举办了一个暑期讲习班，承办人是青岛师专的张挺老师。他跟当时青岛市委宣传部部长很熟，既热心又有活动能力，当时邀请的讲学人有唐弢、薛绥之等，我也带爱人孩子同行。有这种美事我当然首先想到的是钱先生，钱先生也"很愿"跟我同游，便建议张挺老师给他发一封邀请信。钱先生1983年12月30日来信中提到的就是这件事。若干年后我去青岛拜会张挺，感谢他当年对我们一家的款待，但他已老年痴呆，整天坐在办公桌前，对着他的一堆奖状傻笑。

此后我虽然再没机会跟钱先生同游，但到上海开会时我曾多次拜访他，他总是请我下饭馆，漫无边际地畅谈，只不过不谈政治，也不谈学术。有一次我问他："你不爱写论文，怎么会出了一本学术对谈录"。钱先生天真地笑着说："那是一位学生的好意，用我已经发表的文章拼接成的。我跟他多半是在一起下棋，并没有正襟危坐谈什么学术。"有弟子到北京访学，钱先生也托他们前来看看我，到过我单位那间简陋办公室的就有王晓明、吴俊，现在一个个都是中国现代文学界的领军人物。钱先生不侈谈学术，并不意味着他不懂学术，或是治学态度不谨严。实际上，钱先生博古通今，只是不爱卖弄而已。在学术环境不够正常的情况下，他不仅有学术智慧，而且有生存智慧。钱先生为人随和，我从未见他对任何人横眉瞪眼。但是他在不良学风面前却十分严厉，眼里不夹沙，采取的是零容忍的态度。请读者认真读一读1984年5月31日钱先生给我的这封信，这表现的是钱先生真性情中的另一重要侧面。不能充分看到这一面，那就不会全面认识一个真实的钱先生。

钱先生信中摘引的那段话出自鲁迅的《〈奔流〉编校后记·三》:“然而这还不算不幸。再后几年,则恰如Ibsen名成身退,向大众伸出和睦的手来一样,先前欣赏那汲Ibsen之流的剧本《终身大事》的英年,也多拜倒于《天女散花》,《黛玉葬花》的台下了。”(《鲁迅全集》第7卷,第172页,人民文学出版社2005年版)文中的Ibsen即挪威剧作家易卜生。鲁迅认为,易卜生当年敢于攻击社会,独战多数,后来可能“颇有以孤军而被包围于旧垒中之感”,便向他当年抨击过的庸众妥协了,伸出了和睦之手。1918年胡适在《新青年》杂志介绍“易卜生主义”,并汲取易卜生思想的滋养,写出了《终身大事》这种以婚姻问题为题材的剧本,有不少风华正茂的青年受其影响,追求个性解放,婚姻自由。但事隔十余年,这些当年的新潮少年中,不少人又复古倒退,成为《天女散花》《黛玉葬花》一类“国粹”的粉丝了。有一位研究者读不懂鲁迅作品中这一段颇为绕嘴的话,把“那汲”考证为“支那”的倒文。钱先生眼中《鲁迅研究动态》是鲁迅研究专门机构出版的一种专业刊物,决不能混淆视听,误导读者。我及时转达了钱先生的意见。《动态》1984年第35期刊登了一篇文章和两封来信,公开订正了上述错讹。读者来信中有一封是殷国明写的，他当时是钱先生的研究生，估计写信前一定跟钱先生交换过意见。钱先生对自己主编的《现代作家国外游记选》同样要求严格，因排版和注文的错误而十分生气。

我最后一次见到钱先生，是2006年11月中国作协第七次全国代表大会期间，钱先生属上海代表团，我属国直代表团，同住一家宾馆。吃饭时我就特意去找他，边吃边聊。那年上海代表团的成员中有两位老神仙：一位是八十七岁的钱先生，另一位是比他大四岁的徐中玉先生——似乎徐先生的身体比钱先生更好，因为他可以跟我们一起晚上乘大巴去听音乐，而钱先生精力已不如前了。那次见面时，钱先生既坦诚而又委婉地对我说："你这个人好辩。"钱先生这样讲，是因为我的言行有违"不闻为净、不争为慈、不辩为智"的古训，又有违我们当年曾经以"少触及时事"互勉的原则。显然，钱先生一直在关注着我，而我的言行又着实让他有些失望。记得钱先生出版他大著（记不清是不是文集）的时候，他曾托出版社寄赠我一套，我当时不知钱先生是否乔迁新址，便托出版社转寄他一封长信，其中谈及了我的一些真实处境和心境，但不知他究竟收到没有。

如今一百岁的钱先生驾鹤西去了，生前散淡，临终潇洒——他辞世前不久还在中央电视台“朗读者”节目中朗读了一段鲁迅的《生命之路》。我当时也是电视机前亿万收看者之一。但他的喜丧仍然让我时时感到悲凉。我忽然想起了鲁迅小说《故乡》的结尾：作者希望他和童年好友闰土的下一代能过上一种新的生活，“为我们所未经生活过的”。回想起来，我们这一代人近百年来的确经历了太多的苦难。钱先生崇尚的“魏晋风度”毕竟是魏晋时代的产物，那样的时代绝非鲁迅所向往的中国历史上未曾有过的“第三样时代”。我想，钱先生九泉有灵，一定会跟我们祈盼着这种“第三样时代”。

（原刊于《现代中文学刊》2018年第4期）

散淡人生得百岁

——贺钱谷融先生百岁华诞

◎ 张梦阳

（中国社会科学院文学研究所）

2007年，为了祝贺钱谷融先生九十岁诞辰和从教七十周年，我写了《难得散淡》一文，发表在7月23日《中华读书报·家园》上。

文中谈到钱先生有一本散文集，就题为《散淡人生》。在这本书中，他常爱引用京剧《空城记》中诸葛亮的一句唱词："我本是卧龙岗散淡的人！"后来在给学生编的散文选写的序《真诚·自由·散淡》中，他又引用了这句唱词，看来是对"散淡的人"情有独钟。他认为：诸葛亮之所以除建功立业之外，还留下了不乏真性情的好作品，关键在于他是一个能够"散淡"的人。"能够散淡，才能不失自我，保持自己的本真，任何时候都能不丧失理智的清明，做官能够不忘百姓，写文章能够直抒胸臆，绝无矫揉造作、装腔作势之态，这就自然能够写出别人爱看的好文章来。”

然后，他笔锋一转，慨叹道：“做散淡的人，当然也并非轻而易举的事。在名利面前，有几个人真能漠然处之，抱‘富贵于我如浮云’的态度？尤其在权势面前，谁又能依旧我行我素，昂然挺立，不稍低头？这真是谈何容易！”

而钱先生就是极为难得的“散淡的人”，正是这种“散淡”，使他不仅过了九十，九十五，而且得了百岁的高寿！

“散淡”中的“淡”，其实就是“清高”之意。把功名利禄看得很淡，当作身外事；将臧否毁誉看得很轻，当作耳旁风。1982年夏天，在烟台“全国鲁迅研究讲习班”上，钱先生就亲口对我说：“以后我不再写了。”其实，决心以后“不再写”，绝非一种懒惰，而是人生的高境——不为了种种名利而重复自我，制造垃圾，不达到超越自我的精绝极品就绝不再写。在物欲横溢的当今，像钱先生这样只追求文学之底蕴，学术之真谛，甘于寂寞，安心过淡泊、清逸之简单生活者，实在是凤毛麟角，少之又少。

而钱先生正是这少之又少中的佼佼者。1993年10月，我到上海时，由陈子善先生做东，在华东师大餐厅与钱先生的大弟子王晓明、吴俊教授聚会。

饭后已两点半了，子善先生说现在钱先生午睡已过，可以去了。我才深怀仰慕之心前往拜见，走进楼道就有一种洁净的感觉。及至进了钱先生家门，走入他的书房兼客厅，这种洁净的感觉更为强烈了。虽然书桌和书架上的书有些凌乱，但是从地板到桌案都十分清洁，称得上是干干净净。钱先生刚睡过午觉，精神焕发，眉毛很长，有几根凸现出来，也洁净之极。令我联想起徐梵澄先生回忆鲁迅先生午睡后的情状："值午睡方起，那时神寒气静，诚有如庄子所说'老聃新沐，方将被发而乾，慹然非人。'"也联想起上海记者所描述的钱先生在上海文化界许多活动场合中的形象：西装笔挺，潇洒风流，气温稍低时戴着法兰绒小帽，脸上带着率真的微笑，就像人见人爱的弥勒佛。我忽然悟出：钱先生的"淡"，正来自"清"。因为过的是清白干净的生活，所以对世间的种种诱惑处之淡然，因而也就"高"。合而为之，就升入"清高"之境。不然，以先生的威望与弟子的高品位，像一些稍有影响和权势的人那样，或者重复自我，制造垃圾；或者申请个什么社科项目，拿到多少万资金，找自己的门徒一人一本，凑出一套八卷十卷的大书，自己挂以主编的大名，既凭空获得大把的钞票，又博得著作等身的热捧，岂不美哉！然而，钱先生没有这样做，连边都没沾过。他只是“有感而发”，“不弄虚作假、不哗众取宠”，宁可沉默，一字不写，也绝不为了某种利益而硬凑文章，更不在什么大书上挂名。这是何等难得的高境！

“散淡”中的“散”，更有一番意味。

这种“散”，是一种思维方式，一种发散性思维，一种散淡中的闲思散想，一种大聪明和大智慧。不是为了媚俗，看着权势者眼色和众人好恶，而是摆脱一切羁绊，任情适性，按照客观现实的本来情况进行自由自主的独立思考。钱谷融先生的大名，我是1964年在北师大上文艺理论课时，从卢志恒老师那里听说的。是批判所谓“文学就是人学”的资产阶级人性论时提到的，敏感的同学当时就察觉到卢老师是嘴上批判，而内心认可。不但没有起到批判作用，反倒使我对钱谷融这个名字很感兴趣，用今天的话来说，就是觉得此人“太有才了”。1981年9月在纪念鲁迅诞生一百周年大会上，我终于见到了钱先生，觉得他具有名士风度。1982年8月，中国社会科学院文学研究所鲁迅研究室和中国鲁迅研究会在烟台办“全国鲁迅研究讲习班”，请他来讲课，我又感到他绝顶聪明。他不拿讲稿，在上千人的大礼堂里讲得潇洒自如，妙趣横生，将听众吸引得如醉如痴。这是何等的聪明和智慧啊！及至后来编纂

《1913—1983鲁迅研究学术论著资料汇编》，搜集七十余年来的鲁迅研究论著细读，读到钱先生的《鲁迅杂文的艺术特色》时，就更加佩服钱先生的才智了。这篇论文写于1961年3月，只作为讲义在华东师大披露，到1979年，才正式刊载在阎愈新先生主编的《鲁迅研究年刊》上。但回眸一看，就会发现其中蕴含着犀利的才智，无疑是留于鲁迅杂文研究史上的不朽名篇。特别是分析鲁迅杂文结构艺术的出神入化，用上了中国古代兵法：有的针锋相对、步步紧逼，有的迂回包抄、十面埋伏，有的欲擒故纵、诱敌深入。完全是钱先生自己的独立见解与独到感受，没有丝毫的教条气。如果不是散淡中的闲思散想，岂能有此杰作?! 我对钱先生坚持独立思考钦佩不已，当即决定选入《汇编》第五卷。

这种“散”，又是一种创作心态，一种自由自在、无往而不逍遥的创作心境。苏东坡在因“乌台诗案”发配到长江边上的黄州为农、过上了无限的闲暇的神仙般生活时，给天下写出了四篇精妙、幽玄的神品：《念奴娇·赤壁怀古》《前后赤壁赋》以及《承天寺夜游》。钱先生也是在所谓懒懒散散的生活中，写出了真诚、精到的艺术论文。像钱先生那样，在清逸散淡中生活，不仅惬意，能够享受到人生的乐趣，而且闲寂有助于深思，真正好的想法和灵感，往往就是在“优柔适会”的闲思散想中迸发出来的。“钻砺过分，则神疲而气衰”（《文心雕龙》），过于紧张、促迫，不但不利于身体健康，还会压迫神经，拘束思想，难于产生好的想头，写出好的作品。因为：“人一旦事务缠身，便失其灵性。”（兰姆语）“一个人如果过分用功读书，那就会像老故事里讲的，他就很少有时间思考。”“一走出书斋就跟猫头鹰似的，脸上带一副古板的呆相”，“总显得干巴巴、木呆呆，或者像是害着消化不良症”，没有“闲人”那种智慧，那种幽默和雍容大度的风范。（斯蒂文森语）所以，学会放松，懂得享受人生，实在是做好学问、写好文章的一大要领。钱穆在《湖上闲思录》中以“空屋”为例阐明了灵感产生的思维状态：“古代人似乎还了解空屋的用处，他们老不喜让外面东西随便塞进去。他常要打叠得屋宇清洁，好自由起坐。他常要使自己心上空荡荡不放一物，至少像你有时的一个礼拜六的下午一般。憧憬太古，回向自然，这是人类初脱草昧，文化曙光初起时，在他们心灵深处最易发出的一段光辉。一切大宗教大艺术大文学都从这里萌芽开发。”因为只有这种空无所有的心境，才是最难觌面，最难体到，也是广大会通的。这一刹那是最空洞，又是最永恒，最真切的，是古代真的宗教艺术文学的相同泉源。钱穆把这种思维状态和心境称之为“最艺术的心态”，他的“湖上思”，也正是这种心态的结晶，于闲思散想中道出宇宙、人生的真谛。这正佐证了中国禅宗的观点：只有忘掉赏罚毁誉，摒弃私心杂念，排除外界干扰，才能使心灵空明、虚静。静则空，“空则灵气往来”，灵感之君方能登堂入室，创造潜能才涓涓涌出。庄禅虚静说的主旨正是：一个人当透破功、名、利、禄、权、势、尊、位的束缚，而使精神活动臻于优游自在，无挂无碍的境地。无功、无名、破除自我中心，而与天地精神往来。达到这种超脱的境界，才谈得上真正的创造。所以，“散淡”，应该理解为一种顺应自然的自由态度和心态。

这种“散”，归根结底是一种人生境界，一种为人与为文的高境。其中蕴涵着一种哲学，包含着体现人的最高价值的诸多思想。钱先生早年以“文学是人学”名世，也因其遭难，但他确实是把如何做人的学问研究透了，进入了“人学”的化境——荣辱不惊、输赢不计的大境界。治学为文，是为了自己“因心以会道”，活得明白点儿，除了思想学术和艺术本身的成就之外别无野心，别无所求。所以不会侮食自矜，曲学阿世，伪学欺世，“读书不肯为人忙”，“为学不作媚时语”，不去跟形势、图名利，不耐俗务，始终保持着名士的真性情和真气度，以诚立言、践行诚意。他明了生命的真趣，不为物累而保有内心的清明，善解人意同时自享精神的超拔，视文学艺术的真谛为自己的“情人”，如和弟子下棋那样赢了不喜，输了不恼，获得了人生的大自在。

《难得散淡》在《家园》发表后不久，我就收到钱先生挂号寄来的一包书，整整齐齐地包着他近来出版的《艺术·人·真诚——钱谷融论文自选集》和《中国当代大学者对话录·钱谷融卷》等书。信皮上的字一看就知是钱先生亲笔题写的。九十岁的老人还精心做这样细致的小事，可见钱先生虽然为人散淡，做事却不散漫，非常严谨、精心，连包书、寄书都如此勤勉。我赶快回了一封快信，说您已高寿，以后我的信不必复了，更不要寄书了。寄来的书中，最引起我注意的是《艺术·人·真诚——钱谷融论文自选集》，竟然由他的得意弟子王晓明先生作序，序中说：他听到一种疑问，“钱谷融先生的名气这么大，为什么文章却不多?”晓明先生开门见山就提出了一个重要的关键问题——所谓“名气”，实质是影响。对学术发展产生关键影响的，乃是“文学就是人学”那样的奇绝独见，并不是文章的篇数和出书的部头和本数。钱先生所敬佩的那位卧龙岗上“散淡的人”，“一诗绝千古”，钱先生的“文学就是‘人’学”也可以说是“一论绝千古”。“文学就是‘人’学”这一句话、一篇论文足以不朽！“非深于情，不能作此文！”有这位“情人”在，千百年足矣！诚如著名文学记者舒晋瑜女士所言：“几乎所有人，和钱先生接触都如沐春风”。他的“文学就是‘人’学”论，像春风一样沐浴着所有的人，永远吹拂着文学的灵魂。其是人类文学史上的理论高峰，永远不会过时，始终是文学的真理和推动力，无人可以超越。能够写出超越自我的作品，又有精力去写，固然是好事，但是既然无人包括自己都不可能超越了，还再写什么呢？何如以“不再写”的精神，坚执地守持真理，培养弟子，保持自身的清白与健康呢？那些制造垃圾、想方设法捞取名利、在种种大书上挂名而“著作等身”者，因为蝇营狗苟、四处钻营、锱铢必较、患得患失，闹得心身交瘁、疲惫不堪，必定难得钱先生的清静与长寿！

“散淡”是前辈人文学者的高境。吾虽不能至，但心向往之。于钱谷融先生百岁华诞和从事教学著述八十周年之际，我特在京城遥献一瓣心香，祝先生长寿超过周有光！

2017年2月26日于北京香山“孤静斋”

（原刊于《现代中文学刊》2017年第4期）

散淡中的坚守

◎ 陈平原
（北京大学中文系）

都说钱谷融先生散淡，这我同意。不过，只说散淡还不够，还得加上“坚守”二字，方能显出其潜在的方向与力度。记得20世纪90年代中期某一天下午，在杭州西湖边西泠印社旁茶舍聊天，时间长，没有外人，东拉西扯，谈得较为深入。正是那次谈话，让我对钱先生平和温顺外表下的“棱角”有所体会。

从2002年起，因特殊的因缘，我每年都到华东师大讲课或参加学术活动，与钱先生多次见面，除了到家访问那两三次，其他场合都因人多嘴杂，其实没谈什么。但有两个很深的印象，一是钱先生的知识、立场及谈吐一直没变，淡定中有自己的坚持，从不说时尚的昏话或无趣的好话；二是钱先生对日常生活充满兴趣，总是那么乐呵呵，享受并不高贵的美食、漫无边际的聊天，以及朋友或弟子们“连哄带骗”的表扬。

初看好像是成功老人的常态，细想又不全是。因为，钱先生进入这一状态的时间很早，几乎从来没有“不待扬鞭已奋蹄”的表态与实践。比钱先生年长五岁的王瑶先生，1980年元旦曾赋诗：“叹老嗟卑非我事，桑榆映照亦成霞。”此等诗句，很能显示改革开放初期全民振作的时代氛围。可很快地，在私人信件及日常谈话中，王先生多次谈及自己“虽欲振作，力不从心”的痛苦。“不是真的写不出来，而是写出来了又怎么样？对于眼界很高的王瑶来说，既然没办法达成自己的学术理想，放弃又有何妨？苦于太清醒，王瑶明显知道自己努力的边界与极限，再也没有年轻时‘我相信我的文章是不朽的’那样的狂傲了。只是深夜沉思，‘心事浩茫连广宇’的王瑶，自有一种旁人难以领略的悲凉之感。”（参见陈平原《八十年代的王瑶先生》，《文学评论》2014年第4期）

因一篇《论“文学是人学”》被批了二十多年的钱先生，深知自己的长处与局限。“以前我的一些学术观点和主张，实际上是常识性的。”钱先生的自述，我再添上一句“在世人都拒绝常识的时代，他勇敢优雅地说出来”，那就基本上是实情了。改革开放以后，面对很多殷切期待，钱先生总是以“无能懒惰”作为挡箭牌。都说是道家哲学、晋人风采，我却读出几分苦涩与无奈。做学问除了个人的才情与努力，还得有外在环境的配合。

以钱谷融先生的年龄、智商及身体状况，著述确实有点少。每当被问及这个常人觉得尴尬的话题，钱先生总是四两拨千斤，化俗为雅。既然人家已经承认偷懒了，你还好意思追问？可检讨归检讨，钱先生一点都不惭愧，照样说说笑笑、吃吃喝喝，再抽空读点书，写点文章。说不定钱先生心里是这么想的：这事情太复杂了，跟你说你不懂，带你去路又太远了。因为，有时“偷懒”是一种智慧。这就好像抢答题，答对是加分，答错了是要扣分的。因外在环境或自身能力的限制，没把握的，就不答。在人生的某个点上，看准了，站住了，以后任凭鸟语花香，或风吹浪打，我自岿然不动。

与时俱进是一种志向，以不变应万变则是一种智慧。前者是儒家，即使面对危局，也都知其不可为而为之；后者是道家，洞察时代风云与世道人心，知其不可则不为。君不见，人生几十年，有时逆水行舟是进取，有时顺其自然更为积极。历史从来不是一条直线，九曲十八弯，你总想“站在时代最前沿”，不敢拉下半步，那必定是不断的自我否定。与其如此，不如淡定地看待已经走过的道路以及可能展开的世界，任凭风浪起，稳坐钓鱼台。

在我看来，“淡定”乃重要的修养。人生总会有遗憾，但关键时刻，遵从内心的召唤，挥一挥衣袖，不过分迷恋外在的风景。如此自在与自得，方能将生命经营得晶莹剔透。我曾在怀念朱德熙先生的文章中，提及师母何孔敬的《长相思——朱德熙其人》（中华书局，2007年），文字新鲜活泼，得益于其特殊经历：“作者长期在家相夫教子，没有参加那么多政治运动，很少经历同时代人那些不堪回首的‘洗澡’，因而也不太受社会上流行语言（或曰‘套话’）的影响。一旦拿起笔来，追忆自己与朱先生并肩走过的风雨历程，比那些扭扭捏捏的二流作家好得多。”（《传道授业的责任与魅力》，2008年11月26日《中华读书报》）这就是“不动”的好处——即不怎么受外界污染，更多保留初心与童心。文章如此，学问如此，“经世致用”也不例外。

有时想想，若能几十年如一日，抵抗各种外在的诱惑，坚守自家的理想与根基，保持往日情怀，断然拒绝“苟日新日日新”，也是一种难得的境界。都说“时代车轮滚滚向前”，你能判断走的就一定是“天下为公”的大道？都说“铁肩担道义”，你敢担保不隐藏着某种精心包装的功名利禄？好吧，都听你的。即便如此，不是说“千夫诺诺，不如一士谔谔”吗？在赞赏“弄潮儿向涛头立，手把红旗旗不湿”的同时，请关注并理解钱先生的淡然与懒散。

正匆匆赶路的我辈，不妨暂时停一下脚步，思考历史的风帆、人类的未来，也品味一下四季美食以及雨中散步的闲暇，还有，就是理解那嘻嘻哈哈的谈笑背后所蕴藏的“不从流俗”的坚硬内核。

2017年5月25日于京西圆明园花园

（原刊于《现代中文学刊》2017年第4期）

记忆中的恩师

——敬贺钱谷融先生百岁华诞

◎ 曹惠民

（苏州大学文学院）

在钱谷融先生百岁华诞来临之际，不禁想起拜识先生三十八年来的诸多往事，心绪难平……

我是1979年9月考进华东师大的，攻读中国现代文学硕士研究生学位。那一年，是华东师大在“文革”后第一次招收中国现代文学专业的硕士研究生。我的导师有两位，一位是华东师大中文系老系主任许杰教授，另一位就是正值花甲之年的钱谷融先生。钱先生当时是讲师，不能单独招收硕士研究生，学校规定副教授以上方可，他才跟许先生联名招收。为何钱先生年至花甲仍为讲师？后来我才知道，先生早些年因为一篇《论“文学是人学”》的著名论文而挨批，且长期被压制，讲师竟当了三十八年(1943—1980)。但他并未被压倒，依然对工作对学生充满了热情。

我们这第一届的硕士研究生共六人（戴翊、王晓明、戴光中、许子东、柯平凭和我，其中戴翊在2013年已逝）。当时并未明确两个导师在指导学生上的分工。许先生当年已近八十高龄，不仅资历深，有很高的威望，身体也还不错。但平时我们六个学生的学习、生活等方面的事务，基本上多由钱先生指导、管理，时年他亦正值花甲，身体很是健朗，他对许先生十分尊重，我们做学生的也都看在眼里，更益增我们对两位导师的敬重尊仰。

记得开学后的第一课，是在文史楼后面那排平房靠东头的一间小办公室里上的。听讲者除了我们六位在籍生，还有陈子善老师，他当时的身份是两位导师与我们几个研究生之间的联络人，后来经常和我们一起听课。之所以对这第一课印象最深，并非因为陈子善老师的旁听，而因为二位先生着重为我们讲的是“为学”与“为人”的关系，强调做学问先要做好人，做人比做学问更重要，并且指出做学问和做人应该是一致的，都要“真”，做人要真，做学问要说真话、自己的话。什么样的人会做什么样的学问……后来系统读了两位先生的著作，更认识到这些观念跟许先生的“文学为人生”、钱先生的“文学是人学”，在内里其实是高度一致的。看似无甚奥妙，其实内涵丰厚。

先生的“人学”观念，不只是体现在他的文学研究本身，还体现在其他诸多方面。在跟我们学生之间的关系上，他表现为可亲可敬的师长；在他自身，则表现出为人的真性情，也是他可爱的一面。

提起先生的亲切，首先闪入脑海里的是我们早期研究生的上课形式，那时候跟现在的研究生满堂灌的大课完全不同，而是先生与我们学生们坐在一起随便聊，畅所欲言。记得1979年的那个秋天，钱先生到北京出席第四届文代会，回来后说起他在京见到北大的王瑶先生，两人还就研究生培养方式问题交换了看法、做法，原来王先生同样并不正儿八经地上课，也是随便聊（可参见王先生的研究生钱理群等的回忆文章）。据说最大的不同是，王先生上课要不停地抽烟斗，因此他的学生说他们的学问都是先生的烟“熏”（熏陶）出来的，而我们的两位先生都不抽烟……

除了上课，在课下先生也是时时刻刻心里装着我们，让我们很觉亲近。那时的研究生生活很简单，基本上就是三点一线：宿舍——图书馆（教室）——食堂。先生每到系里去时，经常绕到学校后门附近的研究生宿舍楼来看我们。记得有一次给我们带来了他刚出的新书《论“文学是人学”》，大家都很开心。还有一次，他还给许子东送了一支钢笔，好像是因为许子东帮他抄过两篇文章，这钢笔算是先生对子东的答谢吧，引得我们几个都十分羡慕……

最难忘的是，1980年先生去海南岛参加全国现代文学研究会年会，回来后给我们每一个研究生都带了礼物。那礼物是令人意想不到的一颗红豆！王维有首《红豆》诗："红豆生南国，春来发几枝？愿君多采撷，此物最相思。"大家看着这"最相思"的"此物"，既惊又喜，远去南国开会的先生，其实一直都牵挂着我们这些学生，真是一位可亲又可爱的先生！这粒红豆现在应当还在我的家里，记不清具体放在何处，但我知道，它永远都在我心的最深处珍藏着……

提及先生的真性情，除了表现在学术研究上要说真话，还体现在他喜欢游山玩水与美食这两方面，也都是率真而为任性而行。在先生眼里，"读万卷书，行万里路"是二而一、一而二的事，读书的同时一定要看山看水，既开阔视野又愉悦心灵，山水之间看似没有书上的文字，但有着自然界的万物生灵，是人在生活中不可或缺的。先生不仅自己去实践，还不时带着我们这些学生出游，一般情况是先带我们参加学术会议，让我们这些学生近距离接触有关专业领域的知名教授，这对我们学术人格的养成与提升有正面的帮助，会议之后就让我们去周边游山玩水，享受自然，陶冶情操，净化心灵。

记得最早的一次是入校的第二年，先生带着我们去杭州参加浙江省文学学会的大会，参加那次会议的还有复旦的蒋孔阳先生（美学名家）及蒋师母濮之珍先生（专攻汉语研究），和两位先生的接触使我们受益匪浅。多年后仍没法忘记此行的一个“插曲”。会议结束后，我们几个学生（还有子善老师）从杭州、富阳、桐庐直到绍兴一路游玩过去，在绍兴东湖几乎是流连忘返，挨到最后一班船才上去，但因为船上人员超载，临近靠岸时发生了小小的“事故”，我们都纷纷落水，幸好湖水只是齐腰深，大家哭笑不得地爬上岸。翻船时最让人懊恼的，是王晓明的相机落到湖里了，那时的相机是贵重品，大家急得没有办法，最后还是工作人员拿长篙打捞才帮忙找到，只可惜相机里已拍下珍贵照片的胶卷都报废了，我们回去后都不敢跟先生汇报。

我到苏州工作后，先生也多次来过苏州。1988年我和师弟吴俊（时正跟先生攻博）陪先生去看过光福的“清、奇、古、怪”四棵古树，当时同行的还有复旦大学的贾植芳教授及他的夫人任敏先生。一路交谈，方知贾师母对一度落难的贾先生始终不离不弃、照顾周到，甚为感动，着实体味到“为人”比“为学”更重要。1989年底，中国现代文学研究会在苏州大学举行理事会，年逾古稀的钱先生带着我们师母杨霞华先生以及他最喜爱的小外孙来参加，会后叫上王晓明，我们五人又去同里的退思园游玩了一番。

前几年，先生都已是九十余岁的耄耋老人了，还照旧喜欢到处游玩，因为身体硬朗，大家也乐意请他老人家出游，甚至参加一些社会活动。去年他九十八岁时还赴京参加了第九次作代会和文代会，成为年龄最大的参会者。上海作协在扬州举办活动，他也兴致勃勃地应邀去参加，陪同者里已有第三代弟子了，但他从不让搀扶，自己能做的全都是自己做。

前面说到先生喜欢享受美食，印象中他最喜欢吃清炒虾仁和大闸蟹。记得在一次宴席上，服务员端上一盘清炒虾仁，他就直截了当地把盘子拿到自己面前，说：“我喜欢吃这个！”大家看着先生吃得那么香，都很开心，不约而同地任由他吃个够。有一次在外地的一个高校，有同行朋友知道先生喜欢吃虾仁，还特意多叫了一份。先生还有更为经典的吃法，大约是在20世纪90年代中期，我有学生在太仓工作，秋天的时候便带钱先生去太仓吃大闸蟹。

钱先生很喜欢吃，那一次连吃了四只！但他只吃蟹黄——大闸蟹最精华的部分，其他都扔在桌子上了，问他为何这么吃，他说："我是宏观地吃一吃嘛！"自此以后，先生的"宏观"说就成了经典，后辈们常常津津乐道。我们苏州人里螃蟹行家的吃法是动用成套工具，把蟹螯几只脚爪里的鲜肉都要扒开吃个干净的，对应钱先生的"宏观"吃法，那可以叫"微观"吃螃蟹了。

2014年12月，先生荣获上海市文学艺术"终身成就奖"，几天后我去上海先生府邸表示了祝贺，并汇报了最近几年所做的一项研究（即次年由江苏大学出版社出版的《台湾文学研究35年：1979—2013》)即将完工，想请先生写个序，先生很高兴地答应了。中午到师大二村对面的餐厅用餐时，他又即兴给我题词，"写什么呢?"——先生问，我马上回说，"就写'淡泊以明志，宁静以致远'吧"，我记得，这是先生多次在文章中和访谈时说过的，是他最喜欢的诸葛亮的格言，也是我心心念念、念兹在兹的座右铭。回苏没多久，就收到了先生给我写的序言，在序里，先生不仅高度肯定了此书在资料搜罗上的"扎实"功夫，还特别谈到了他对我的印象："惠民的为人为文一直都在追求一个'真'字，他是做到了的"，"我们的学术研究需要这样的学者”，嘉勉多多，不禁令我分外感动。其实所有这些都是遵循先生一贯的教诲切实践行罢了，岂有他哉！

先生之风，山高水长；高山仰止，景行行止。谨以此文敬贺先生百岁华诞。

2017年5月18日于姑苏

（原刊于《现代中文学刊》2017年第4期）

永远天真的“老顽童”

——缅怀恩师夏志清先生

◎ 刘剑梅
（香港科技大学人文学部）

2013年的圣诞节之夜，我和父亲（刘再复）一起给夏志清先生和王洞师母打电话，想致以节日的问候，可是师母说先生住院了，当时我们就很担心，没想到过了一个星期竟得知了先生逝世的消息。我开始不敢相信这是真的，因为三年前我赶到纽约参加先生九十华诞时，他还红光满面，精神矍铄，样子非常年轻，见到我们好几代的学生开心得不得了，兴致勃勃地跟我们相约要在他的百岁盛宴上欢聚呢。新年元旦之夜，我默默流着眼泪，伤感地缅怀着夏志清老师，回忆中全是他天真烂漫的音容笑貌，觉得他仿佛还在我母校（美国哥伦比亚大学）的校园里纵情地嘻谈怒骂，他的幽默，他的正直，他的真情真性，展现为眼前的一幕一幕的情景。想到这些情景已经不再，实在难过。

夏先生在美国哥伦比亚大学培养了许多学生，我有幸也是其中的一个。1992年，我刚从科罗拉多大学东亚系硕士班毕业，被哥伦比亚大学东亚系博士班录取，成为王德威老师的博士生。那时，夏志清先生刚满七十岁，他选择王德威老师做他的“接班人”，希望哥大的人文传统和中国文学传统能够薪火相传。虽然已经退休了，但他对我们这些新来的博士生仍然非常关心，逢年过节他和师母总是请我们这些研究生在哥大旁边的餐馆吃饭聊天，让我们这些“异乡学子”在纽约的大都市中也感到中国式的人际温馨。不仅如此，他还亲自回到哥大东亚系开课，这真是福音。他不仅讲得很生动，而且对我们的研究选题切实关注，并坦率地给予中肯的意见。

我第一次见夏先生，记得是跟我父母一起去他在哥大附近113街的公寓。去之前，我就读过他的《中国现代小说史》和《中国古典小说导论》，心里对他很崇拜，非常好奇想知道这位名满天下的老先生会是什么样子。一见面，他就热情地夸奖父亲，说父亲的文章写得非常好，还直言不讳地说：我和你父亲都非常伟大，所以不必讲假话。接着，他就对我直呼“小美女”，让我沾沾自喜了好一阵子，不过后来我才知道，几乎所有知识女性在他眼里都是“美女”，我们博士班的杜爱梅（Amy Dooling）是个女权主义者，竟对夏先生称她“美女”提出过小小的抗议，不过夏先生还是照样天真地赐予我们“小美女”的桂冠。他和师母租的是哥大的公寓，屋子里除了书，还是书，每间房子都堆得满满的，连走廊里也摆满了书，完全没有杂物和俗物。走进他的书屋，就像走进人文专业图书馆，他的一生就生活在书籍的环抱之中。读书，讲书，著书，就是他人生的全部。九十三年人生，一以贯之的便是书。在书屋里谈说学界的种种趣事时，他总是笑声响亮，口无遮拦，让我们大家都跟着大笑不已，师母王洞在旁边总是忙着替他打圆场，可是他却不领情，愈说愈走调。但在笑语中总有一些让我难忘的不同一般的见识，让我真的受益和长进，所以我很喜欢倾听他的笑谈。他给我的第一形象就是个“老顽童”，活得率性，活得快乐，活得真诚。

有一个学期，王德威老师请夏先生回哥大代一门课，他于是开讲“中国元杂剧”，我和同学们欣喜若狂，纷纷抢着选修，非常珍惜能够在课堂里可以当面讨教的机会，不过也暗暗担心他会要求太严。没想到，整个学期都过得很愉快，课上也总是充满欢声笑语。哥大博士班课程通常都是小班，不到十人，所以每个人在班上都得到了他的精心辅导，他的英文写作水平连美国学者都佩服，所以在这堂课上，他对我们的英文表述也要求比较高，我们的每一句翻译都得到过他的修改，最后他让我们每一个学生选一个元杂剧翻译，作为期末的学期论文，我记得他给了我一个“A”，让我深受鼓舞。印象最深的是最后一堂课，夏先生说这个学期他太享受了，太高兴了，最难过的是怎么这么快就结束了，我们大家也有同感，恨不得他就那么一直教下去，所以报予他最热烈的掌声。那是他最后一次在哥大教课，我至今仍感到很幸运，能有那么一个学期认真地上他的课，每字每句跟着他翻译，得到他的言传身教，真真切切地感受到他严谨的治学态度，也明白跨越中国古典文学和中国现代文学、打通古今与中外血脉的重要性。

他因为高血压，每天都到哥大附近的街道散步，我和同学们经常看到他，我的公寓和他的公寓只隔了三条街，我的同学何素楠（Ann Huss）和陈绫琪跟他住在一条街上，我们三个人常常去他的公寓请教。夏先生每次见到我，就会询问我在哥大的学业进展，还让我和师母聊天。每次相见，他总要告诉我应该注意哪些研究课题，在英文写作上要如何提高。有一次，我跟他说，我要参加哥大的一个研究生组织的国际性研讨会议，需要在会议上发表论文，心里很紧张，因为那是我第一次用英文公开演讲。

夏先生听了就问什么时候，说他一定要到会上去给我“捧场”。果真，演讲那天，他准时到了，还端坐在第一排，认认真真地从头听到尾，并提了几个问题让我当场回答。讲演结束后，他特地走过来跟我说，他本来担心我的英文过不了关，毕竟我的大学本科是北大中文系，没有受过英文的专业训练。他兴奋地对我说，“听了你的演讲，放心了”。过后他还特地告诉我父亲（那时在科罗拉多大学），说“剑梅英文没问题了。”那之后他确实对我充满信心，觉得我以后找工作，也不必替我担心了。他讲得很“实用”也很“实在”，他的肯定，让我的英文讲述与英文写作，获得了很大力量。

到哥大三年后，我顺利完成了必修课程和选修课程的要求，并通过了博士资格考试，开始进入写作博士论文阶段。我最先选择的题目是“革命话语与颓废话语的对话”，并运用了一些刚学到的时髦理论，写了一个论文的大纲，就兴致勃勃地拿去给夏先生看。可是他翻阅了一下，就非常不客气地给我四个字的评价：“大而无当”，他批评得很直率，不留情面。被他浇了冷水之后，我才明白自己的选题外延过于宽泛，很难驾驭，应当改变写法，于是就改用“深挖一口井”的方法，以小见大，并在王德威老师的指导下，把题目定成“革命与情爱”，从20

世纪20年代末的"革命加恋爱"的公式写作及其在文学史上的主题演变来看待中国现代作家内心的分裂，强调他们在现代和传统，集体和自我，理想和现实之间的挣扎与彷徨。夏志清先生认可我的新题目，还让我参考他的兄长夏济安先生的《黑暗的闸门》，这本书对我影响很大，因为他揭示了左翼作家的双重性和充满人性的一面，让我大开眼界。博士论文写出初稿后，夏先生仔细地读了好几章，从大的方向给予我很多鼓励和修正，不过叮嘱我要多做文本的细读，不要被西方理论搞得晕头转向。

夏志清先生自己的学术研究受到李维斯（F. R. Leavis）的理论和新批评学派的影响，很重视文学本身的审美价值，认为文学史家的首要任务是挖掘出优秀的文学作品，他对张爱玲、钱锺书、沈从文、张天翼的高度评价，对《红楼梦》等古典文学名著的分析，都是站在文学审美的立场，考察作品的实际表现，反对把文学简单视为反映时代精神的工具，而是注重作品中传达出的作者的思想、智慧、写作风格和语言。正如他在《中国现代小说史》的序言中所写的："本书当然无意成为政治、经济、社会学研究的附庸。文学史家的首要任务是发掘、品评杰作。如果他仅视文学为一个时代文化、政治的反映，他其实已放弃了对文学及其他领域的学者的义务。"

我读哥大时，正是西方解构主义、后殖民主义理论盛行时期，夏先生的《中国现代小说史》一下子成了诸位汉学家批评的对象。比如，周蕾教授《妇女与现代性》一书中对夏先生以西方文学经典为标准来评价中国文学提出质疑。然而，我认为夏先生是从世界文学的大视野来评价中国文学的，这种视野超越国界（包括批评中国作家把“感时忧国”的民族情结固化），把中国文学纳入世界文学的整体框架中来思考判断，重视的是文学本性与文学自性。如果忽略这一点，仅从“文化政治”“话语霸权”的角度来批评夏先生，就会产生误解。

二十年过去了。今天再想想在哥大读书的岁月，觉得夏先生给自己最根本的教诲是多读西方和中国的文学经典。他总是对我说，不要光读文论和文化批评书籍，而要自己去好好细读西方文学文本和中国文学文本，要自己去感受文本中的美（诗意细节），自己去感受文学的真谛，自己要有勇气做出不同于他人的判断，不要赶时髦，不要人云亦云。他说他自己读书期间读了很多西方新批评的理论书，比如李维斯（F. R. Leavis）的《伟大的传统》（*The Great Tradition*）、布鲁克斯（Cleanth Brooks）的《现代诗与传统》（*Modern Poetry and Tradition*）、威尔森(Edmund Wilson)的《阿克瑟尔的城堡》(*Axel Castle*)、崔林(Lionel Trilling)的《诚与真》(*Sincerity and Authenticity*)等著作，虽然很有收获，但并不满足于此，而是与此同时去细读他们著作中谈到的世界名著，所以他对海明威、福克纳、叶芝、乔伊斯、艾略特等的作品都了如指掌，常常会给我们娓娓道来，并和我们交换对这些西方名著和中国名著的看法。他对我的这些具体的指导，在当时的语境下，可谓“政治不正确”，有悖于当时正在流行的西方女性主义、解构主义、后殖民主义等思潮。那时哥大东亚系的学生纷纷去选修写《东方主义》的萨伊德(Edward Said)的课，或是女性主义权威斯皮瓦克(Gayatri Chakravorty Spivak)的课，而我们选修的英文系和比较文学的课程，基本上也都在大谈文化政治理论，完全不重视文学文本，即使做了一些文本细读，也只是热衷于“主义”的倾向。这种倾向熏陶下的文学系学生难免要“本末颠倒”，为理论而理论。好在我在哥大读博士期间，有夏志清先生和王德威老师对文学传统的坚持，所以我很早就“返回古典”，返回文学。不仅返回西方的文学经典，而且返回了中国的古代文学、现代文学、当代文学，一直守望文学的家园，终于没有遗忘自己作为文学研究者的职责。

1997年我通过博士论文考试，要去旧金山州立大学任教一年，临走前夏先生送给我一份珍贵的礼物，后来我从旧金山带到马里兰，又从马里兰带到香港，和我一路从西方漂泊到东方。那是一本像砖头一样厚重的《戈尔·维代：美国散文1951—1992》(*Gore Vidal: United States essays 1951—1992*)。在书的扉页上，夏先生特别写道：

Gore Vidal是我最心爱的美国散文家。剑梅刚通过了博士论文的考试，将赴旧金山，即以Vidal之《散文合集》相赠，并盼望她每有空时，挑几篇文章看看，当得益匪浅。

原系志清藏书，一九九四年三月二十日，现赠剑梅女士珍存。

志清

一九九七年十二月三十日

1998年我正式从哥大毕业，并从旧金山州立大学转到马里兰大学任教，没有办法像在纽约时那么频繁去拜见夏先生和夏师母了，不过还是常常跟他们通电话，几乎每年过节时我都不忘寄贺年卡和写信给他们，而每次夏先生也都会认真地给我和我父亲回信，每封信都很热情。我的英文著作《革命与情爱：文学史、主题重复、女性身体》出版后，他兴奋地给我打电话，祝贺我新书的出版。不过，他对我的著作最喜欢的还是北京三联2006年出版的《狂欢的女神》，并为此特地给我写了一封信，说我能够如此关注西方女性和东方女性的艺术创作，实为难得，这一领域他以前关注得不够，所以他很欣赏我能够弥补这一空缺，认为这一“补缺”意义非常。这封信可能是他对我最为夸奖的一封信，当然以前他也曾经来信赞赏过我和父亲合写的《共悟人间》和《共悟红楼》。我知道，他之所以特别喜欢我的《狂欢的女神》，是因为在那本书中我使用的是散文的笔法，而不是用学院派的概念表述，真正以女性批评的角度去理解女性作家的作品，真切地感受她们的才华以及她们内心的焦虑与挣扎。这种文学化的态度，正是夏先生最希望在他的学生们身上能够看到的。

我在美国马里兰大学教了十四年的中国现当代文学，每个学期夏先生的《中国现代小说史》都被我列为中国现代文学课的必读书目之一。对于中国文学比较陌生的美国学子，这本书很快就可以让他们入门，也很快就可以对中国现代文学史上的几位重要作家取得基本的了解。通过夏先生的讲述，再去细读各位作家的代表作，绝对是一种“方便之门”。夏先生的这本名著真是天赐的简明又深邃的教科书。无论哪个理论潮流领先，他的这本书都是一个“中流砥柱”，一个文学研究者的必经之路。

夏先生的一生，是生活极其简朴而精神却极其丰富的一生。他从来都没有买过房子，也从来没有买过车子，一辈子都和师母住在租用的哥大的公寓里，过着简朴的生活，然而他们又是最富有的精神贵族，拥有庄子所说的精神大自在。在物质横流的世界里，这样的高贵文人已不多见。记得博士毕业的那一年，我和先生黄刚高高兴兴地开着新买的车子去跟夏先生和夏师母吃饭，没想到夏先生不以为然地说，要那车子干啥？纽约不是很方便吗？可以坐地铁，也可以坐出租车，你们买车，反而给自己增加负担。他的这一席话给我们印象极深。还有一次，我父母和妹妹来纽约看我，我们去看望夏先生和师母，他看到比我小十岁的妹妹刘莲，很是喜欢，就问父亲她是学什么的，父亲说妹妹是学电脑的，在IBM当电脑工程师。夏先生一听就着急，便对我父亲说，你犯错误了，让刘莲选错了专业。他还是那样天真，那样直言：“我们搞文学这一行多幸福多有趣、多有意思啊！怎么会跑到机器世界那里啦！”夏先生一生真爱文学，真爱人文，真为自己的人生选择而骄傲。他从不为物质世界所动，从不为荣华富贵所动，永远活在纯粹的精神世界里，活在纯粹的文学世界中。这种“独立不移”的真正人文学者的立身态度，是他留给我的最大的精神财富。他虽然已经离开我们了，但我确信，他的精神财富将永存永在，永远存在于我的心中和他的友人与子弟的心中。

2014年1月3日写于香港清水湾

（原刊于《现代中文学刊》2014年第2期）

怀念樊骏

◎ 刘福春

（中国社会科学院文学研究所）

一

樊骏走了。时间是2011年1月15日下午2时50分。

入冬以来一直没有下过雪的北京，这一天刮起了北风，不太大，但很冷。

中午几个朋友聚会，分手后总觉得应该去医院看看。路上一种不祥的感觉不断袭来。走进病房，一直照顾樊骏的战先生迎过来，告诉我樊骏刚刚去世。再看病房，已经空了很多，昨天病床旁那些呼吸机以及各种插管已经全部撤除，樊骏裹着白色的床单安安静静地躺在病床上，看起来很安详，像是睡了，永远地睡着了。

二

樊骏是去年11月30日因肝囊肿破裂紧急住院抢救的。我得到消息赶去北京医院，樊骏已手术结束转入ICU病房。得到医生的允许，我换上探视服走进病房，樊骏还没有醒来。樊骏的侄子从上海赶来，他是学医的，向医院的医生询问了病情，又打电话咨询上海的专家，结论大致相同，像樊骏这样囊肿自行破裂的现象很少见。

但很快樊骏就转入了普通病房，再去看樊骏，已经可以谈话。那天下午虽然他几次赶我回去，还是呆到了傍晚。我们聊到了不少人，他还常常问起他们现在的状况。以后再去看樊骏，也还都好，有时还和他开开玩笑。

转眼2010年过去，这一年似乎过得更快。1月6日去深圳参加诗歌活动，11日晚返京，又忙了两天杂事，打听樊骏的病情，说是不太好。14日吃过早饭赶紧去医院，樊骏的弟弟和侄子已经从天津赶来，他弟弟告诉我，樊骏已经脑死亡，昨晚上的呼吸机，现在实际上是呼吸机在维持，能维持多长时间很难说。于是我们谈到了樊骏的后事。樊骏弟弟的要求只一个字——简。我问简到什么程度，他回答说简到不能再简。所里的意见是再简也得有个告别仪式，一直照顾樊骏的战先生拿出了一份需要通知的名单，说是从电话簿上抄来的。我看了一下，有些问题，主要是有些人已经不在了。我把名单交给了负责老干部工作的同事。

三

1月17日收到子善发来的手机短信，要我为《现代中文学刊》写一篇纪念樊骏的文章，我没有立即回复。原因并非不想写，更不是没得写。其实自樊骏住院，朋友们的话题常常与樊骏有关，关于他的为人，关于他的处事。有一天与所里一位同事从医院回文学所没有乘车，走了一路，讲了一路，都是樊骏的事。很多事情让这位并不十分了解樊骏的同事感到惊奇、佩服或有些不理解。我之所以没有立即回复是与我多年的固执有关。了解我的朋友都知道，我一直谢绝撰写这样的纪念性文字。我写文章很慢，又不会同时做两件事，而且对撰写这类的文章又有自己的想法，并且一直坚持着。像唐弢先生故去，无论从哪一方面说我都应该写一篇纪念，朋友们这样劝，自己也觉得应该写，最后写是写了一篇，但至今也未拿出来发表。这次我犹豫了，觉得自己不但应该写，而且想写，很想写，只要一静下来满脑子都是樊骏的事。于是第二天复了短信：努力完成。

四

讲起樊骏很多人都会想到一个词“严厉”。在现代文学研究界能称得上“严厉”的可能只有两位，一位是北京大学的严家炎先生，另一位就是樊骏。有意味的是，二位的名字就不能不让人肃然起敬，一位是“严”再“加”上一个“严”，一位是“峻”。所以当年有研究生从二位参加的答辩会上出来，擦着汗说终于通过了“严峻”的考验。

严家炎先生和樊骏给人的印象都有些严厉，特别是不太熟的人，总是有些怕他们，或者说是有些敬畏。实际上樊骏一点都不“严厉”，或者说没有能力“严厉”，如果换一个词说他“认真”可能更准确，而这认真也只能更多地对自己，不但“严厉”，还有些“苛刻”。

说起樊骏的认真可说的很多。他无论讲什么都要做准备，不论是事大还是事小，讲话时手里总是拿着一张事先写好的小纸片，边讲边看。这一点在给别人看稿时表现更是突出，20世纪八九十年代，总有不少人拿来文章向他请教，一般地讲，樊骏看稿子至少要看两三遍。先看一遍，这一遍是通读，只是看，到第二遍边看边在稿子旁写些感想，一般是看过第三遍后才最后写出他的意见。

就我所知，樊骏在文学所从未领过办公用品，他所用的信封、信纸都是自己买的。别人给他寄来的信和信封都要翻过来用，很多讲话稿都是写在拆开的信封上。给他寄信或杂志的信封都留着，他搬家时旧信封就有厚厚的一大堆。印象最深的是1980年代中，樊骏评研究员，所里让我把评职称的表格带给他，可他坚决不肯填让我退回去，理由很简单，他不够。后来所里又做他的工作，说你不评，别人怎么办，无奈他才妥协。1985年樊骏评上了研究员。

五

樊骏是个愿意出主意的人，而且也很积极、主动、认真，但解决问题的能力却很差，做起事来常常是越做越复杂。他自己就讲："我为人拘谨，做事多烦琐习气，常常犹豫不决，想问题写文章也总是没完没了地反复和拖拉"（《论中国现代文学研究·前言》）。这不是客套，樊骏最怕的是"麻烦"，常常是不得不妥协或逃避。

近来不少朋友都说到了樊骏的“三不”，有的还上升为“三不主义”，就是不写专著，不带学生，不结婚。这样说似乎并不很准确。首先是“不写专著”就可商榷，他的第一本书《论中国现代文学研究》的《前言》就讲：“也可以把这作为一本结构松散的专著看待。”其实他是不愿意出书。樊骏共出过两本书，《论中国现代文学研究》1992年由上海文艺出版社出版，为“中国现代文学研究丛书”之一种。这本书是出版社在“文革”前就约了他，“文革”后他又一直拖，直到1991年才交稿。樊骏不想出书，所以书出来送朋友都没有签名。第二本《中国现代文学论集》是晚年出的，也是朋友们劝说，而且这次听从了王信的意见，送书时签了名。第二是“不带学生”，准确地讲应该是“不在他的名下带学生”，他参与指导的学生是不少的，而且投入又认真。第三“不结婚”，好像他并没有这样宣称过，如果改为“没结婚”似乎还确切些。这一切背后的最主要原因就是怕“麻烦”。

樊骏向文学研究所和中国现代文学研究会捐款的事也是近来朋友们的话题。樊骏的这笔款是他继承的他香港的姐姐的遗产，当时是我为他到公证处办的公证。朋友们觉得，这笔款他以后的生活会很需要，而樊骏却好像是多了份负担，总想捐出去。

有一次在研究室谈起他捐款事，我和一些同事都反对。我说你如果想支持学术研究，你就看哪些研究应该资助你就直接去资助好了。他回答说，那多麻烦。

樊骏的爱好似乎只有一个，就是看电影，而且是不分好坏，想看时有看的就可以，而且一定能看完。荒煤知道樊骏有这个爱好，送给他一个电影卡，每周可以到电影资料馆看一次电影。1980年代初，樊骏搬家到劲松，最让他满意的就是附近有一家电影院，他可以想看电影就去看。有一次他去看电影，开演时加他只有三个人，演完再一看只剩下两个人。樊骏如此爱看电影，同事们就劝他买一台电视机，可他一直不肯，其原因是怕电视剧一看就要看完，自己控制不了自己，太费时间。他的第一台电视机还是再复1980年代末送给他的。

六

讲到了再复，樊骏去世后再复写了篇纪念文章，其中谈到了与我有关的一件事，不少朋友看到后问我当时的情况。那是再复出去后的第一个新年和春节，樊骏、郝敏和我寄去了一张贺年片。具体的细节已经不很清楚了，字是我写的，郝敏负责外事，是她找到的通信地址，是直接寄给再复还是转去的也记不得了。贺年片上只写了“想念您”三个字，这是最想说的真心话，也是当时只能这样写的。再复出去后的情况一点都不清楚，只知道是去了美国，他能不能收到这贺年片也没底。贺年片后来又连续寄了两三年，我们只是希望这小小的卡片能给远在他乡的再复带去一点安慰，从中也可以看出樊骏对友情的珍重。

樊骏真的是很重友情，而且与他那严肃的外表相反，是很容易交往的。樊骏非常坦诚，他或者是不说，说出的话一定是真心的。有一年所里评职称，樊骏是学术委员会委员，一位同事没评上找到了他，他就坦率地说，我就没投你的票，原因是如何如何，这位同事反而对他很敬重。

无论是人品还是学术，樊骏是很受大家敬重的，然而樊骏从没有高高在上的感觉，反而在很多时候常常会觉得不行，你可以直接批评他，甚至可以对他指手画脚。我从来没有称他为老师，倒是他常常戏称我为刘老师。《中华文学通史》出版，樊骏是主编之一，我不满意这套书，觉得不应称之“通史”，而是古代、现代、当代文学史的合编，因此对樊骏发牢骚，认为他不该在上面署名。他辩解地说，他只管现代部分。

也许正是这一点，樊骏的朋友是很多的。只要是他去过的地方，都会有一些朋友，而且会一直保持联系。其中老朋友很多不必说，年轻的朋友也不少。除了学术圈，其他行业也有。“文革”前去河北农村参加劳动，樊骏认了并不比他大多少岁的干爹干妈，这之后常常要表示“孝敬”，而且很多年的春节都是到那过的。这位干妈也十分关心樊骏，一定要把当地小学学校的一位女教师介绍给他，樊骏坚决不肯，那位女教师也白白等了好多年。“文革”中，樊骏又到北京的工厂与工人相结合，结识了一位战先生，此后一直交往，樊骏晚年身体不好，这位战先生一直照顾他，并最后送走了樊骏。

七

我是1980年2月到文学研究所工作的，那时的我，别说现代文学专业，就是什么是文学研究都不很清楚。我能走入这个专业，真正的老师是樊骏。

我到所里的第一个可以称之为研究工作的就是樊骏带我和另一个年轻人撰写有关现代文学研究的评述。按樊骏的要求，要把当年与现代文学有关的文章通通看一遍，并每篇文章写一张卡片，重要的还要有提要。这些文章陆陆续续发表差不多要看一年，一年下来卡片能装满一抽屉。那是一个重新开始的年代，很多文学刊物上也有很多有关现代作家的回忆文章，这些都要看。如果到年底一些重要的文学研究刊物，像《中国现代文学研究丛刊》如果最后一期没出刊的话还要去出版社看校样。在此基础上樊骏进行梳理，总结出当年研究的特点和学科的态势与动向，最后完成《中国现代文学研究述评》。按照现在的惯例，像这样合作完成的文章，樊骏的名字当然应该署在前面，可樊骏不但署在了最后，而且还用了笔名“辛宇”。

这工作持续了三年，三年下来我大致了解了现代文学的研究状况，更从中学到了一些研究方法。其间我开始尝试撰写论文，第一篇是《小诗试论》，看了很多原始资料，写得也还顺利。完成后送给唐弢先生看，唐先生看了前面不断称好，可越看越失望。我改了改，也没有能力大改，又拿给樊骏看。樊骏给了我很多鼓励，并推荐给《中国现代文学研究丛刊》发表了。受益最大的，就是樊骏当时指出了我语言上的一些问题，像“因为”“所以”太多等等，这以后一拿起笔自己就会警惕，此次写这篇文章还删掉了几处。

樊骏是我入门的老师，也是最了解我并支持和鼓励我走到今天的朋友。我不写“文章”专搞“资料”，不少人对我是有意见的。樊骏也常劝我写文章，但他并非认为我所做的只有写成文章才能提升到“学术”，而是认为写东西也是一种训练。固执的我一直没有听从，而且还曾表示过评上副研究员前绝不写文章。对我的固执，樊骏一是无奈，二是理解。樊骏非常关心我，关心我所做的工作。好几次，他一定要请我夫人吃饭，让我作陪，原因是他认为我夫人能容忍我把家里当成了书库很不容易。1990年代末，我写了一些读诗随笔的文字，张大明看过认为很好，樊骏听说了就要我送给他一份看看。后来我写了篇《20世纪新诗史料工作述评》，樊骏看过认为写得还不错，推荐选入了文学所建所50周年的《文学研究所学术文选》。我知道，选入这篇文章是有不同意见的，是樊骏的坚持才没有删去。

八

1月20日到八宝山告别樊骏，回来与王信坐在一起，又谈起了樊骏。我说，讲起樊骏和你，好像是在讲古人。王信回答，是吗，为什么？我说，像你们这样的人现在还能有几个。我这样说，并不只是感叹，更多的则是对那逐渐远去的年代的怀念。虽然我也知道，那个年代也并不那么完美，但我还是感谢那个年代，不说那个年代造就了樊骏，至少是包容了像樊骏这样的人，而我也是那个年代的受益者。

那个年代没有量化管理，不看重学历，只要你努力就行。所以樊骏可以不出书，可以不追求论文的数量，可以不申请所谓的重点项目，现在行吗？即使如今还能残留几位樊骏式的人物，又如何经得住这时代的考验呢？在这“一日万里”的高速时代，像樊骏那样给人看文章，而且还要看两三遍，谁还有这样的时间和耐心呀。

樊骏走了，或许一个时代结束了。

九

这篇文章的初稿题目是《怀念樊骏先生》，文中也是这样称呼樊骏。初稿完成后又看了两遍，最后把樊骏后面的“先生”都删去了。原因很简单，开口闭口“樊骏先生”读起来觉得好像不是我的口气，有点不习惯。三十年来，我一直是直呼他的名字，这样感到亲近。樊骏走了，我仍不想改变。赘上一笔，敬请读者见谅。

2011年3月5日

（原刊于《现代中文学刊》2011年第2期）

旧文续补：怀念樊骏先生

◎ 解志熙
（清华大学中文系）

一　现代文学学科的守护神——樊骏先生

2006年2月，人民文学出版社推出了樊骏先生的《中国现代文学论集》。当年的11月，中国社科院文学研究所召开了“樊骏先生学术研讨会”，下面这段文字是我的发言稿。

樊骏先生的学术选集《中国现代文学论集》终于出版了，这是现代文学学科几代学者共同期待已久的事。拜读散发着油墨香的两册新书，让人感觉到的不仅是沉甸甸的学术分量，更是樊骏先生对这个学科近乎无私的关爱，这种关爱充溢在全书的字里行间，让人感动不已、肃然起敬。

关于樊骏先生的学术贡献，他的同辈学者已从学科的角度做出了中肯的评价。如严家炎先生在本书“序言”中就有全面的概括：“樊骏首先在学科的总体建设方面下了很大的功夫，有着突出的贡献。他对中国现代文学学科的历史与现状、成就与问题、经验与教训，都做过相当系统深入的考察。结合着半个多世纪以来学科的沉浮起伏，他写了不少‘研究之研究’的相当扎实的文章”，这些文章对整个学科的顺利转型与深入开展发挥了重大的影响和指导作用；其二，“樊骏在中国现代作家研究尤其在老舍研究上做出的深刻而独到的贡献，更为学界所公认”；其三，同样意义重大的是樊骏先生“在树立良好学风方面所做的贡献”。支克坚先生也在刚刚发表的长篇评论里，深入分析了现代文学学科在新时期面临的艰巨转型及几代学者之间的学术接力，以为这种转折与接力需要某种“桥梁”，而“这项工作自然只能由所谓第二代学者来做，樊骏是做得最出色的几位中的一位。”并强调担当这种角色，使樊骏先生个人在学术上付出了很大的牺牲，但整个学科却因此而幸运受益，因此支先生赞誉以樊骏先生为代表的几位第二代学者的杰出代表，是我们这个学科的“志士仁人”（《我们的学科需要这样的志士仁人——读樊骏著〈中国现代文学论集〉》，载《中国现代文学研究丛刊》2006年第4期）。这些评价都很准确和切要。

作为一个学术后辈，我觉得樊骏先生的无私奉献远非有形的文字所可限量，他的言与行惠及学科的方面之广、泽及的学科点和后辈学子之多，几乎是无与伦比的。就此而言，他事实上是20多年来现代文学学科最大公无私的守护神之一。这不是神话，而是俯拾皆是的事实。他20多年如一日，不惜牺牲个人研究而在学会事务及其刊物上花费那么大的心血，只是为了学科的健康发展，所以他从不夸功叫苦；他对许许多多与自己素无渊源的青年学子热情奖掖、及时鼓励，也是为了这个学科的后继有人，所以从不居功市恩，而他对地方院校学科点的关怀和支持，也是为了学科的繁荣和光大，所以从不炫耀自是……对这些，尤其是最后一点，我有切身的感受和观察。

樊骏先生虽然出身于北京大学这样的名校，而又一直在文学研究所这样著名的学术机构工作，并且长期担任重要的学术领导职责，但他完全没有学术上许多人都难免的门户——门第意识和等级——地域观念，他真正做到了学术为公、公而忘私，几乎把公事当作私事一样尽心办。例如，我的母校河南大学，一所建立于1912年的学校，发展到20世纪90年代初，却因为是地方院校，而没有一个博士点，在学科和学术的发展上受到身处重点大学的学者难以想象的限制。学校将突破这个瓶颈的期望寄托在现当代文学学科，当时我们那个学科点三代师生，被这可悲的重任压得喘不过气，而又苦感孤立无助。这时候，给予我们最大支援的是樊骏先生。其实，我们几代师生与樊骏先生并无私人渊源，此前甚至几乎没有私人交往。樊骏先生乃是发现我们在那样艰难的条件下，还在认真做一些力所能及的学术工作，这些工作亦不无特点而有助于学科的发展，所以他就志愿来帮助我们：从1991年开始，他每年都到河南大学义务讲学、指导研究生、主持研究生答辩，并与学科点教师座谈、坦率地对学科的发展提出建议并给予真诚的鼓励。这对我们真是雪中送炭。最让我们感动的是，为了支援我们那个学科点，他后来甚至打破了自己在社科院不当博导和不愿介入其他地方申报博士点事务的戒条，而主动表示愿意作为我们学科点的一员，帮助我们克服制约学科发展的限制……虽然我已离开了河南大学，但至今每想起他对我的母校学科点发展的无私关怀和鼎力支持，仍然感到温暖如春。而得到樊骏先生有形或无形支持的学科点，又何止河南大学一家！

怀着深深的敬意，祝愿樊骏老师早日康复。

二　一位公而忘私的学者——樊骏先生

2009年12月25日，中国社科院文学研究所召开樊骏先生八十寿辰庆祝座谈会，我那天正好到社科院参加职称评审会，不能参加这个座谈会，所以写了下面这段书面发言。

今天是樊骏先生的八十寿辰，参加这个座谈会，给这位尊敬的长者祝寿，是我的心愿。可是我今天上午十点还有一件涉及公事的会必须参加，恰巧与座谈会冲突。这是很遗憾的事。所以写几句话，聊表心意。

樊骏先生是中国现代文学研究的第二代学者的杰出代表。这一代学者在整个学科发展中起了承上启下的桥梁作用，我注意到他们大多具有一种集体主义的精神，对学术事业特别有责任感，为了学科的发展，他们往往公而忘私、不计名利，自觉奉献、甚至自愿牺牲自己。这种精神和态度，显然和他们成长于20世纪五六十年代所接受的革命传统教育有关，而在樊骏先生则可能还与他自幼接受的基督教教育有关。

我对樊骏先生最深刻的印象就是他在学术上的公而忘私。这一点，我们从他的《中国现代文学论集》上下两册的对比中就可以看出。上册的文章是学术评论，都是为公而写，厚厚一大本；下册是他个人的专门研究，薄薄一本。这当然不是因为樊骏先生不善于做个人的研究，事实上他对现代文学的许多作家作品和重大文学现象，都有深湛的思考和独到的心得，但他还是无怨无悔地把更多的精力用在学会的组织、学科的发展事务上，为此他撰写了大量的学术总结、学术评论文章，这些工作和文章对学科的健康发展起了非常积极的作用，但代价是樊骏先生牺牲了个人的研究。而樊骏先生在学会的组织领导和开展学术评论上的一个最大的特点，也是力求公正而公而忘私。他看人论文，都是从学科着眼，一秉公心，绝不搞小圈子。

这让我想起一件事情。记得在新世纪的第一年，我的现代文学启蒙老师支克坚先生的论文集《中国现代文艺思潮论》出版了，那是他二十多年的学术心血的结集。但是由于支先生僻处西北、不在学术中心，所以他和他的书并没有多少人关注，我作为学生又由于避嫌而不便说话。但有一天见到樊骏先生，他表示自己和其他几位在京的先生都以为，支先生的这本书应该有一篇严肃的学术评论，他们希望我来写。樊先生并且加重语气对我说："你的支老师是我们这一代最有理论水准的学者，可惜他僻处边远地区，学术界对他不很了解，我们应该给他公正的评价。我、严家炎、钱理群几位，都觉得你是最合适的评论者，你就写一篇评论吧。"这番话让我非常感动。于是才下决心为支先生写了一篇学术评论，既充分肯定了他的学术贡献，同时也和他就某些问题做了认真的商榷。而就在这过程中，我又接到《文学评论》编辑部的邀约，为刘纳先生的专著《嬗变——辛亥革命时期至五四时期的中国文学》写评论。说实话，在此之前，我是很不愿意写学术评论的，觉得劳心费事给别人写评论，影响个人的研究，可是自此之后我却勉力写了不少学术评论，我这个自私的人其实是受了樊骏先生的无私精神的感召。

樊骏先生对学科和学术的爱与关怀，真正是做到了舍己奉公的程度。他自奉极俭，在生活上很不讲究，却把全部积蓄奉献给了学科和学术。记得20世纪90年代初，他应邀到河南大学讲学、指导研究生，他来前就向我声明自己是出义务工、不要报酬。有一天我陪他在开封古城墙边散步，他说自己最近可能会从刚刚过世的姐姐、姐夫那里得到一笔遗产，他想把这笔钱捐献出来，但不知该用什么样的名义和方式比较妥当，因此征求我的意见。这让我非常感动，因为我知道他是真心奉献而又特别不愿显露自己，所以我建议他可以设立以自己的老师或姐姐、姐夫命名的讲座和奖金，樊先生表示自己的姐姐、姐夫是普通人，恐怕不够格，我想起旅美华工丁龙用一生所积在美国大学设立讲座的事，以打消他的顾虑。樊先生便委托我查查丁龙讲座的资料。这或者就是后来现代文学研究会的“王瑶学术奖”和文学所的“勤英学术奖”的最初萌芽吧。如今这两个奖都评过两次了，既产生了良好的学术鼓励作用，也不无遗憾未善之处。但愿组织者、评论者能够秉持学术的公心，不要辜负了樊先生的一片苦心。

三 “舍己救人”的樊骏先生：我的一点回忆和感怀

2011年1月15日樊骏先生去世，我很快就得到消息，心里自是非常哀痛，也来不及多想，就匆匆草拟了一副挽联发给文学所，表达我和汪晖兄、王中忱兄的悼念之情：

樊骏先生千古

博爱为人，清贫自甘，道德无愧称典范，

严谨为学，刻苦自励，文章有神足师法。

我是个不大善于表达自己感情的人，恩师支克坚先生去世快两年了，除了匆匆把自己的一本论文集《考文叙事录——中国现代文学文献校读论丛》献祭于他，我至今没有写一个字，几次提笔，都不知从何下笔。樊骏先生虽然没有教过我，但我私心里一直把他视为最尊敬的老师。2006年得知樊骏先生患病的消息，我很不自安，心里甚至有一种不祥的预感，所以也匆匆地把那年出版的一本论文集《摩登与现代——中国现代文学的实存分析》题献给他。记得书出版后，我登门送上，樊先生似乎很高兴，但疾病已使他的思维有了障碍，言谈颇为困难，急得直摆头。看到这个情景，我心里颇觉黯然。前年在“勤英学术奖”的晚会上见到他，他还特意把我叫到跟前坐下，努力地和我说了不少话，身体似乎有所恢复，说话也比较顺畅了。这让我很感安慰，以为从此会逐渐康复，没想到他还是没有熬过这一关。而在文学所随后举行的追思会上，一则因为自己拙于言辞，二则眼看时间无多，还有不少樊骏先生的同代友好为来不及发言而难过，所以我只能婉谢张中良兄的盛情，没有在那个场合略抒感怀。

然而，无论为公为私，樊骏先生的去世都让我倍感伤怀，他的道德文章更让我念念难忘。

上面所录的两则发言稿说的多是樊骏先生的学术公德，这里再补充一点他和我的文学启蒙老师支克坚的交谊，以为存证。樊骏先生一向很推重支克坚先生的学术，所以当支先生的学术著作因为政治的原因碍难出版的时候，也是他及时地伸出了援手。记得20世纪90年代，支先生的《胡风论》完稿之后，原来的出版社因为怕惹麻烦，撕毁了出版合约，支先生很无奈，但也不愿求人。我拿着老师的稿子，不免焦急，于是想到了樊骏先生，把稿子拿给他看，他看了后说写得非常好，一定要争取出版，遂将它推荐到陈思和先生主编的一套丛书里，终于使这部凝结了支先生反思心血的著作得以及时出版。此后，他又关心着支先生另一部著作《周扬论》的出版。说起来，这个研究课题还是樊骏先生向支先生提议的。支先生在2000年初给我一封长信里说起，“前年到太原开会见到一位我尊敬的朋友，他强调研究周扬理论的重要性，而我这时忽然‘大彻大悟’：通过研究周扬，不正可以回答上面所说的中国现代革命文艺运动本来要造成一种什么样的文学，结果又造成了一种什么样的文学的问题么？于是我又转而写《周扬论》”。那一位“尊敬的朋友”，指的就是樊骏先生。所以，当樊骏先生看到支先生终于完成了这项重要的研究课题后，是非常高兴的，也积极地为它的出版想方设法，虽然处处碰壁，但他为此而付出的努力，支先生和我都是铭感在心的。应该说，樊骏先生和支克坚先生是真正的学术知交。所以，当樊骏先生的《中国现代文学论集》出版后，钱理群老师和我都觉得支先生是最适当的评论人，我因此约支先生写一篇评论，他立即答应了，用严肃的态度和极快的速度，写出了那篇掷地有声的评论《我们的学科需要这样的志士仁人——读樊骏著〈中国现代文学论集〉》，由我交给《中国现代文学研究丛刊》2006年第4期发表了。如今，两位先生都去世了，想到他们真纯的学术友谊，让人感动而且感慨。

至于樊骏先生对我个人的提携和关照，真是一言难尽，这里就聊述一二，以为存念。

说起来，自20世纪80年代以降，在北京读现代文学研究生的青年学子最怕的人，大概就是樊骏先生和严家炎先生了：他们是当时北京各高校现当代文学研究生答辩时必请的人，而由于他们在学术上的严谨以至严厉，所以被研究生们合称为“严峻”先生，当时几乎是人人望“严峻”之门而自危。我是严先生的学生，平日对他已经是敬而远之，答辩的时候更无法逃脱樊骏先生的审核。记得1989年末匆匆结束论文，预备答辩了，其中主要审议人就是樊骏先生。当时他住在劲松小区。论文是请同窗李书磊送去的，一个礼拜后得答辩了，我去樊骏先生家取评阅意见书，以便第二天下午答辩。记得我是下午去的，大概是下午四点左右吧，敲开樊骏先生简朴的小屋，他说评阅意见还没有写好，让我等一下，第二天早晨再来取。由于劲松小区离北大很远，骑自行车来回一趟很费事，所以我当晚就住在劲松小区旁边的一家小旅馆里。第二天一大早，我就来到了樊骏先生家，一看表，才7点，我不好意思那么早就敲门催他，于是就坐在他的门外，静静地等待着。快到8点的时候，樊先生打开了门，知道我早就来了，他嗔怪道："嗨，你这个解志熙呀，真是迂，你既然来了，就进来嘛，怎么在门外等了一个小时？"我顺口回答说："没有关系呀——既然杨时可以'程门立雪'，我何妨在'樊门立等'呢？"这事在我实在是很自然的，算不了什么，可是在樊骏先生那里似乎留下了比较深刻的印象。那时，政治形势很敏感，做"存在主义与中国现代文学"这样一个题目，很可能遇上政治的干扰，比如在我之前几天，北大哲学系的一个博士生就因为做人道主义的题目而未能答辩过关。严先生很担心我的论文会遇到阻遏。我对严先生说："我们师生尽力而为吧，您只要把答辩会召开了就行，如果因为非学术问题不能通过，那不是我们的事了，我不会在意的，就随它去吧。”严先生说：“你有这个准备，我也就放心了，我一定把答辩会给办起来。”后来，答辩会如期召开，结果是出人意料的顺利，参加答辩会的乐黛云先生、叶秀山先生、谢冕先生、杨占升先生、张恩和先生等都非常友好，在北大五院那个小小的教研室里，把严峻的答辩会变成了颇为轻松的学术漫谈了。记得樊骏先生曾很狡黠地问了我这样一个问题：“解志熙，你能说说这些现代作家与存在主义的关系，为什么此前的学者未能发现而你却发现了么？”我也开玩笑地回答说：“那大概是因为我之前的学者都忙着做别的事情了，没有顾得上注意这个问题吧，而我呢，恐怕是瞎雀碰上了谷穗子，赶巧了啊。”大家都笑起来了。

这就是我和樊骏先生的交往之始。从此樊先生似乎记住了我这个学生，也记挂着我的研究，他曾几次主动推荐我的毕业论文在内地出版，而我因为那个小书当年就在台湾出版过了，觉得不值得再在大陆重复出版，所以婉言谢绝了（直到1999年，它才被我的一位师弟自告奋勇地拿去在人民文学出版社重版了）。大概是因为我的毕业论文里涉及冯至先生、钱锺书先生，给樊先生留下了比较深刻的印象吧，所以他稍后又热情地向出版社举荐我来写冯至传、钱锺书传，而我实在无心于此，但拗不过他的再三勉强，只得接受了为一家出版社写冯至传的稿约，而心里却做好了赖账的准备，所以拖了两年之久也未着一字，终于那家出版社无法再等下去，主动和我解除了合约。而我后来甚至忘记了那是樊先生提议的，以至有一次有人当着他和我的面，问起冯至传是怎么回事，我说："忘记了是哪位先生的举荐，我不得不接受这个任务，其实关于冯至我能说的就那么一点，此外别无话说，所以勉强接受稿约的时候，就做好了把它拖黄的准备。"樊先生听了很无奈地说："嗨，你这个解志熙呀，那个勉强你写冯至传的人，就是我啊！"如今想起自己的无赖而有负樊先生的嘱望，真是惭愧。

在前面关于《中国现代文学论集》的发言稿里，我曾提到樊骏先生公而忘私、志愿支援河南大学学科点的事。其实在这件事情上，樊骏先生也有一点"私心"而为我当时所不便说，因为那"私心"与我有关。当然，樊骏先生对河南大学现代文学学科点的全力支持是没有疑问的，所以当1991年刘增杰先生命我邀请樊骏先生来我们学科点讲学并指导研究生时，樊先生二话没说，很爽快地答应了。可是当我们进而请他担任学科点牵头导师、合作申请博士点时，樊骏先生却面有难色、婉言拒绝了。他诚恳地表示，自己在社科院多次拒绝担任博士生导师，现在若与河南大学合作申请博士点，将无法对社科院交代。对此，我们当然表示谅解，事情也就作罢论。可是，大概是1993年的春天吧，他却突然给我来了一封长信，表示同意与河南大学学科点合作申报博士点，而促使他下这个决心的，则是他对我的学术前途的考虑。记得那封信的大意是说，最近他重读了我的一些论文，觉得从长远来看，我还是应该回到北京工作为宜，但他也明白，除非河南大学的博士点批下来，否则我是不可能离开河南大学的。所以，他决心答应河南大学的要求，参与博士点的申报，希望早一点获批，这样就可以让我早日回北京了。还说这是他考虑再三的决定，并且征求过严家炎先生的意见，严先生还开玩笑地对他说，“那你就舍身去救解志熙吧，除此也没有别的办法啊。”他觉得情况确是这样，所以自己决心已定，让我告知刘增杰、关爱和两先生。记得那个上午我在系里拿到这封信，心里既感动又沉重，正好系副主任关爱和师兄也在场，就给他看了这封信，他同样非常感动，面色凝重地说，“樊先生待你、待我们学科点实在不薄，他下这个决心不容易呀。”事情就这么定下来了。从此樊骏先生全面地参与了河南大学学科点的工作，完全把自己看作学科点的一员，除了每年一个月来讲学、指导研究生、主持研究生答辩等例行工作，还积极为我们出谋划策、努力争取外援……而让研究生们最开心也最担心的，则是每次答辩后樊骏先生的总讲评，他总是热情肯定研究生们的每一点哪怕是微末的进步，而对其存在的问题，也总是给予中肯的指正。如此来自最高学术机构著名专家的讲评，是这些边缘地带的年轻学子们难得的福气，对于他们的成长，起了非常重要的激励作用。事实上，如今学有所成、留任河南大学的青年学者如刘进才、张先飞、刘涛、杨萌芽、孟庆澍、李国平等，都是樊骏先生悉心指导过的研究生。可惜的是，樊骏先生给我的那封长信，我当日给了关爱和兄，现在也不知还保存着没有。

在河南大学的十年间，也是我与樊骏先生交往最多的时期——每年都有一个月朝夕相处，常常陪他散步、聊天，得到了许多请益的机会。而坦率地说，樊骏先生对我的比较关爱，并不完全是出于偏爱之“私心”，其实也包含着他对学科公事的某些考虑，而他显然对我的研究工作和学术发展期望过高。记得有一次和他在河南大学的城墙边散步，他问起我的学术理想，我老实回答说：“我并不是一个有学术雄心的人，只是因缘凑巧走上了学术道路，若能活到六十岁，回头看自己还有十篇文章勉强可看，就差强人意了。”他听了很不满意，说：“你怎么对自己要求那么低呀！”见他认真起来，我也故作正经地说：“我的标准说低是低，说不低也不低呀。如今前辈号称大师者，又有几人能选十篇像样的文章出来呢！”他这才点头称是。那时我正在写作《美的偏至》一书，其中最拿不准的，乃是说周作人、朱自清、俞平伯等文学研究会的骨干成员，以及废名、朱光潜、梁遇春、何其芳等京派文人，也都曾经有过或长或短的“唯美—颓废”阶段。这在当时几乎是“匪夷所思”的看法，所以我不敢自信，便拿樊骏先生做“试金石”，把这部分先请他过目，看能不能说服他。认真的樊骏先生于是花了数日的功夫，在河南大学的招待所里仔细审读了这部分稿子，然后严肃地约我去谈，说：“我被你说服了，看来包括何其芳在内的京派作家，确实有过一段唯美—颓废的时期。”并在他随后所写纪念何其芳的文章里采纳了我的看法。这件事使我对樊骏先生的学术性格有了进一步的了解：他是个为学十分严谨的人，但思想绝不保守，只要你有比较充分的理据，他就会认真考虑改变自己的看法。

虽然后来因为政策和年龄的关系，樊骏先生在河南大学1996年正式申报博士点的时候未能列名为导师，但没有他的积极支持，就没有我们那个学科点的发展，这是我们永远铭感在心的。博士点获批后，樊骏先生仍然坚持每年到河南大学讲学、指导研究生；后来他实在走不动了，学科点每年也都会到北京向他汇报工作，我个人也终于在2000年如他所愿，调回北京工作。

而樊骏先生如此苦心提携我，以至“舍身”救我，小而言之，自然是为了我个人的发展，大而言之，也可以说是为了学术吧。闲尝思之，像樊骏先生、严家炎先生以及钱理群先生这两代学人，其实都身体力行着新中国文化之可宝贵的理想主义、集体主义的精神与责任感，而这正是我这一代人的欠缺，至少是我个人所缺乏的。而具体到樊骏先生，他的公而忘私、热心助人，显然还有他自幼所受基督教的博爱教育的影响在。博爱者是不求回报的。然而作为接受者，涓滴之恩自当涌泉相报。可是，樊骏先生对我个人的深恩厚泽，我自知无论如何都是难以回报的，所谓大恩不言谢，我只有努力地工作、严肃地生活，庶几可以对得住他的高情厚谊于万一。

回到北京的这几年，我一直忙忙碌碌的，见樊骏先生的机会反而少了，有时碰到他，总是亲切地微笑着，给我无尽的温暖。他对我现在所在的清华大学现代文学学科点建设，也同样给予了积极的支持。到每年春节前夕，我和王中忱兄乃相约一起去看望他和王信老师，略表敬意而已。有时，樊骏老师也会给我找一点“麻烦”，比如命我参加文学所的“勤英学术奖”的评选，目的大概是帮着把把关吧。有时他也会给我一点小任务。记得第二次“勤英学术奖”评奖结束后的晚宴上，他特意把我叫到跟前，郑重其事地对我说：“解志熙，何其芳与京派到底是个什么关系？我不能做这个文章了，你一定要把这个问题研究一下。”后来又一次见面，他又重申前意。我知道他之所以关心这个问题，乃是包含着对他所敬爱的文学所老所长何其芳的一份感情，所以答应了他的嘱托，然而诸事纷扰，拖拉到现在也没有动笔。但愿在不久的将来，能够完成他的这个遗愿。

2011年9月14日于清华园之聊寄堂

（原刊于《现代中文学刊》2013年第1期）

宅心仁厚的范先生

——悼范伯群教授

◎ 朱德发

（山东师范大学文学院）

范先生辞世，如雷轰顶，清醒过来，速发唁电，以寄哀思："惊悉范伯群教授仙逝，学界失大师吾失挚友，悲痛已极，欲泣无泪！范兄治学有方，纵横开拓，创新趋优，硕果累累，著述等身，通俗文学研究，独树丰碑，彪炳史册，泽被后世；执教大学，殚精竭虑，呕心沥血，学高身正，美德慎行，育材成栋，薪火相传，师教典范，誉满神州；与兄相交，四十余载，情深意切，肝胆相见，切磋学术，虚怀若谷，助吾建'点'，先遴博导，屡次答辩，大家风范，功德感人，永世难忘！为悼为念，范兄永活吾心！"

虽发唁电，但至今心不安，情溢胸。与范兄促膝谈心的一幕幕如同电影的胶片从脑际闪过，即使咱们阴阳相隔也欲对兄在天之灵略表感恩之情。因为范先生健在时，每每相见我刚开口感恩致谢，他便以兄长的口吻打断我的话，说什么“咱们之间谈什么谢恩，岂不是见外了吗？咱们是互相帮助互相扶持！在人生道路上要混出个模样来谁也不容易！咱们这代人能赶上改革开放思想解放的好时代，真是不幸中的万幸啊！”古语说“滴水之恩当涌泉相报”；况且范先生有恩于我，不仅是“私恩”也是对学科的恩、文学院的恩乃至山东师大的恩，既是“私恩”又是“公恩”，我怎能不把感恩之情倾吐出来？即使仅有恩于我也要把感恩之心说出来。范先生若在天有灵定会谅解我的做法；因为我们都是同时代成长起来的知识分子，对老祖宗的感恩传统能够自觉承传，数典忘祖非吾辈所为。数十载，范先生有恩于我及山东师大的好事美事不胜枚举，只择出几件足见范先生宅心仁厚的人格风范。

恩情之一，乃是助我遴选博导和争取博士学位授予点。20世纪90年代初，范先生已是苏州大学中国现当代文学领军人物，通俗文学研究异军突起，又是在全国的非重点大学的现当代文学专业中首先获得博士学位授予权；范先生居功至伟，且为同类大学的现当代文学专业树起了学习的标杆。山东师范大学与苏州大学的前身江苏师范学院是同类的兄弟大学，虽然早在20世纪50年代山东师大现代文学专业培养过研究生、且是“文革”后全国首批招收研究生的硕士点；但是20世纪80年代博士学位授予点尚未光顾山东师大，即使20世纪90年代初山东师大被批准为可以设立博士点的单位也没有一个二级学科取得博士授予权。在这种严峻情势下，山东师大为了能成为博士招生单位，便瞄准了文科的中文系与理科的生物系，而中文系的博士点突破又把目标对准中国现当代文学专业，我当时正任山东师大语言文学研究所所长兼中文系副主任，亦是中国现当代文学省级重点学科的学术带头人和行政负责人，因此争取山东师大博士点的零的突破的重任责无旁贷地压在肩上。1994年10月在学校的全力支持下，邀请北大、北师大、南大、复旦、苏大等校的中国现当代文学专业的博士生导师和知名学者，来山东师大开“诸葛亮会”，请他们开诚布公地为山东师大现当代文学专业争取博士学位授予点献计出策。就是在这次会议上，被邀的范先生与我进行了多次坦荡真诚的倾情倾心的交谈，即使登泰山到了极顶，我们坐在一块长条石上也没有放弃交谈。通过心心相印地交谈，不仅使我亲身感受到范先生是知识分子群体中罕见的宅心仁厚的大好人，是位平等待人、刚毅正直、与人为善、助人为乐、诚恳谦虚、可以交心的兄长和挚友；而且也使我真切认识到范先生的谈话既有争取博士点的经验智慧又有切实可行的具体措施。一是他劝我彻底放下知识分子的架子，腿要动起来，脸要笑起来。二是建议我勤于同南京大学取得联系，叶子铭教授是国务院学位办中文组负责人，丁帆教授是叶先生的秘书，许志英教授是有名的"小诸葛，点子高"，多恳求他们的支持听取他们的意见方为上策。三是如有可能让我先在南大挂个博士生导师，提前招收博士生，若南大的博导不易挂，那就到苏大遴选博导，他与我合带博士生，为山东师大现当代文学专业拿到博士点先造势，做好准备。四是建议我要在学术梯队的建设上下足功夫，学术梯队不在于教授的数量多少而在于教授是否有"真才实学"和老中青教师是否搭配得当；申请表上填写的几个方向务必具有独特的优势与鲜明的特色。此后的实践证明，范先生给我的每个建议，都是获取博士学位授予权的"金点子"，我们认认真真将其落到实处，的确收到令人满意的良好效果。

1994年是我学术生命史上具有转折意义的一年。未曾料到先是南京大学中文系聘我为兼职教授，博士生导师的挂靠由于南大没有外校教授来当博导的先例，故而便与范先生协商，让我在苏州大学解决博导的挂靠问题。范先生早有此想法，毫不犹豫地干脆果断地答应下来，于是亲自领我拜见了苏大的相关领导，没用我开口，范先生如数家珍地把我的情况做了介绍；苏大经过研究，既聘我为中文系的兼职教授又同意我从1994年开始与范先生在苏大现当代文学博士点合招一名博士生。经过范先生的多方努力，得到国务院学位办的同意，江苏省学位办通过严格的评审程序，于1995年把我遴选为苏州大学的博士生导师，并颁发了正式的聘书，从此我就名正言顺地与范先生合作在苏州大学中文系指导了两届两名博士生。范先生处处为我着想，由于济南到苏州的路途较远便让我在山东师大具体指导博士生，苏大的一切任务由他独自承担，只是到了博士生进行博士学位论文答辩时我才亲抵苏大一趟。范先生有时也想让我去苏大讲几堂课，但考虑到我肩上压着为山东师大争取博士点的重任，不仅不再对我提去苏大的问题，反而对我在山东师大准备申报博士点极为关心；特别是教师梯队建设的情况多次在电话中询问我，若遇到解决不了的难题要我一定告诉他。

由于校系的重视，20世纪90年代中期山东师大现当代文学专业队伍已相当可观，既有“八大教授”又有多名青年才俊，足够博士点对教师学术队伍的要求了；然而通过征求南大、北大等重点大学知名教授的审查意见，一致认为我们的学术梯队“八大教授”的年龄有所老化、学术成果不突出，而多名青年教师没有一位是具有博士学位的。针对这些既中肯又尖锐的意见，我们旋即采取紧急补救措施，首先我与范先生通电话，请他推荐一名年轻有为的优秀博士生；再打电话给复旦大学陈鸣树教授，请他支援一位即将毕业的博士生；两位仁厚感人的教授把自己培养的博士生荐给山东师大，既解决了我们现当代文学学科的燃眉之急又优化了我们争取博士点的学术梯队。特别是范先生指导的高足弟子吴义勤，非常优秀，攻读博士学位期间既有研究徐訏的专著问世又是有名的当代文学评论者，在海内外的报刊上发表了数十篇有影响的文评；1995年被引进到山东师大便受到校系领导的格外重视，成了现当代文学专业的学术骨干，次年被破格晋升为教授，并作为现当代文学专业1998年申报博士学位授予权的三个研究方向之一的“新时期文学”的学术带头人。正是在这一年的国务院学位办的评审中，山东师大现当代文学获得了博士学位授予权，从此山东师大成为名副其实的可以独立招收并培养博士生的单位；试想，在山东师大人从上到下欢庆博士点终于获得零的突破之际，凡是了解内情者有谁不感恩于厚德助人的范先生呢？不过却无人知晓范先生为山东师大争取博士点所做的这一切，都是无私的奉献，范先生就是这样一位仁义廉洁、高风亮节的现代知识分子！

恩情之二，乃是主动参加庆祝我执教50周年的座谈会，当面为我祝贺。2003年是我人生的又一转折点，虽年近七旬却尚未退休，有幸荣获首届全国高校国家级教学名师称号，山东师大特举行“朱德发教授从教五十周年座谈会”；出席会议的有山东省委副书记及省委宣传部、文化厅、教育厅、社科联、省作协的负责人，山东省有关高校的领导和培养我的老师，以及山东师大的所有领导、文学院的师生代表与我亲自指导的硕博研究生，也许有百多人欢聚一堂，并没有邀请省外亲朋好友前来参加。然而到了会场，给我意外惊喜的是范先生竟与省委副书记王修智同志并坐一起，主动来参加座谈会；我急忙向前与范先生紧紧握手，满腹的感激之情不知从何处说起，仅仅说出“感谢，感谢”四个字便在范先生身旁坐下，握住他的手久久没有松开。此时我内心迸发的感谢之情总是按捺不下，会议的发言不论出自领导者之口或者出自师生之口或者发自朋友之腑，几乎都是一片赞美之词或颂扬之语或激励祝愿之话；即使入耳后从心底涌起美滋滋之感却也忘不了远道来祝贺的范先生的大恩大德。因为范先生为苏州大学中文系的建设尤其现当代文学博士点的创建以及国家重大课题“现代通俗文学研究”做出了独特贡献，付出了大半生的精力与智慧；然而他却早早地退休了，没有得到应有的尊重与待遇，博士生不能带了只能“荷戟独彷徨”，单枪匹马地踏遍海内外图书馆，发掘查找通俗文学的原始资料。此时他已是七十多岁的老人了，竟能在忙里偷闲不远千里专程来济南为我评上“国家级教学名师”当面祝贺，这是多么深厚真挚的友情又是多么崇高纯洁的仁爱之心！范先生作为誉满全国乃至域外的著名教授亲莅座谈会，这不仅施恩于我，也是对山东师大的友好支持，更是对山东省尊师重教的举动表示诚挚的谢意。难怪会后省委副书记王修智同志拍着肩膀对我说：“朱老师，范先生作为外省著名专家来参加座谈会，多方面赞扬你，这也是对咱省教育的竭诚支持！”我说：“对范先生的恩德，我终生感谢不尽，使我深切感到人生得一知己足矣！”

座谈会结束后，我到翰林大酒店范先生住的房间再次表示谢意，但他却责问我“评上国家级教学名师多不容易，为何不告知他？全国有千百所大学方选出一百名，这是人生多大的喜事，作为老哥哥我怎能不来给老弟捧场，敲敲边鼓，也沾点喜气呢？”其实，范先生早在20世纪80年代就被评为国家级有突出贡献的中青年专家，如果他不是退休早此次评选国家级教学名师定会榜上有名的。因为不论人品文品或教学业绩、科研成就，范先生都优胜于我，这不是什么谦虚而是公认的事实；也许是我的运气好，遇上了好机会，就我的年龄而言则是有幸赶上了最后一班车，评上国家级教学名师之日亦是我办理退休之时。范先生边听边笑着说："过度的谦虚就变成虚伪了，你评上名师货真价实，没有掺假，不然我就不来为你祝福了，退休前获得名师称号也为你的一生画上了圆满句号，我们这代人能发展成这个样子该心满意足了！"我既感谢范先生与我推心置腹地交谈；又感谢他荐给山东师大的吴义勤，已是全国现当代文学专业最年轻的教授和最年轻的博导，后来居上，在多方面显示出不凡的才华，现在是山东省文学评论界有名的"四小龙"之一，就其发展势头来看其前程是不可限量的，这是范先生精心培养的栋梁之材，此次座谈会也是他参与组织操办的。范先生得意地笑着说："义勤很争气也很争光，没有你的竭力支持和真诚栽培，他的进步也不会这么快！"我说"年轻人比我们幸运比我们有福，国家为他们的迅速成长、健全成才提供了多好的时代条件，搭建了多少施展才华的平台！现在义勤教授出色地接过我曾担任山东师大中国现当代文学重点学科带头人和负责人的班，这里既有你的老朋友又有你的爱徒，以后就把山东师大文学院当成安度晚年的家吧！”范先生深有所感地说了句：“山东师大图书馆旧杂志多，可以成为我经常查阅通俗文学资料的重要站点！”

恩情之三，乃是带病出席为我召开的学术研讨会，并亲自撰写发言稿。2003年我名义上成了退休教师，实际上我是退而未休，先是文学院返聘我继续带博士生搞科研；后是参与现当代文学专业争来国家重点学科建设。吴义勤教授被中国作协调走后，由魏建教授接任国家重点学科的学术带头人和负责人，为了加强国家重点学科建设，文学院与学科多次向学校申请，经学校研究便于2009年下达一个红头文件，特聘我为文学院资深教授，至生命结束方能完成资深教授的使命。就这一点来说，我在山东师大受到的尊重和待遇优于范先生，至少我没有退休后独自回到母校去研究；然而人总是要老的，再有才干的人再体魄健康的人也抗拒不了向死而生的规律。逮及2014年9月我已届八旬，魏建、张清华等弟子们便策划为我举行八十寿辰庆祝大会，后更名“朱德发及山东师大学术团队与现代中国文学研究学术研讨会”。这是对我从研执教一生的总结，也是我生命的最后节点。会议由山东师大主办，省内外三个单位协办，山东师大现当代文学学科承办，并资助出版《朱德发文集》十卷；既邀请了学界的亲朋好友来参会，又邀请我带过或指导过的分布在各地的硕博研究生回母校。接到邀请函，范先生正染小疾，立即回复届时出席，这使我感动不已、愧疚不已！之所以感动不已，因为范先生比我的年岁大，魁梧高大的躯体已有点弯曲，所染病疾尚未根本好转，忍受着病痛来参加为我开的会，这是多么深挚的友爱又是多么厚重的恩情，我怎能不感动之极呢？况且范先生在资历上又是师长辈，早在1955年毕业于复旦大学，就其学术造诣、师教经验足以当我的老师；然而他却总是平等亲切地关照我扶持我，即使范先生在通俗文学研究上取得誉满寰宇的成就也没有说过一句“自夸”的话，谦虚真诚地听取不同意见，表现出学术大家的风范。尤其复旦或苏大为其召开的学术座谈会或祝寿会，我从未亲临过，就是闻讯后我在电话里表示祝贺，范先生也惊奇地感到“我消息灵通”，区区小事不该张扬出去。与范先生的风范相比，我深感愧疚不已，不只是我人生中两次大的庆祝活动有些失“度”；更使我的良心受到持久责备的是，范先生对我如此的仁义恩爱，而为他举行的所有活动我却一次未参加，可见我的“薄情寡义”，不配称范兄的挚友！然而范先生却从不计较我的“无礼”，对我的仁爱依然如故，请看他在我的八十寿辰学术研讨会上所做的题为《脑力劳模“体大思精”的结晶》的发言：

> 十卷本的《朱德发文集》是我们中国现代文学史研究界的一套可传世的文稿。它的传世当然是多方面的，但最重要的一点就在于《朱德发文集》描绘了我们这个学科在成长发展的道路上，曾经过“突出重围”“纵横求索”的艰辛历程。在这个突围与求索的队伍中，朱德发走在最前列，他刻苦地耕耘与开拓着，他配得上做这批学人中的一位劳动模范。

这篇发言全文发表在2015年《中国现代文学研究丛刊》第4期。范先生带病批阅我的十卷文集，80多岁的老人消耗心血与精力撰写评论，肯定我、抬举我、褒扬我，充满了对我学术人生的宅心仁厚的关爱；这是一种何等崇高的博大胸怀和助友为乐的风格，不由使我想起毛主席《卜算子·咏梅》的下阕：“俏也不争春，只把春来报。待到山花烂漫时，她在丛中笑。”从这拟人化的梅的光辉品格勾勒中不是也闪烁着范先生这类真君子的人性之美吗？

从我一生的三个重要节点，可见范先生对我乃至山东师大现当代文学学科关怀备至、恩重如山、情深似海。虽然在生前我只把他视为兄长挚友，没有自觉地报答他的厚恩，但是范先生辞世后我却深感愧疚和悲痛，他的大恩大德我何时能报呢，只有永远铭记在心；特别是范先生在开创现当代通俗文学研究新天地、重写中国现代文学史所体现出的披荆斩棘、艰苦求索、百折不挠、开拓创新的精神，将影响一代又一代的学人砥砺前行！

范先生的卓越学术贡献和独特治学经验非本文所能容，仅抒点感恩之情，告慰范兄尚未走远的亡灵！

草于2018年元月15日

（原刊于《现代中文学刊》2018年第2期）

学术立命，垂范后人
——忆恩师范伯群先生

◎ 汤哲声
（苏州大学文学院）

2017年11月24日，我在外出开会回苏的路上接到石娟的电话，说先生住院了。第二天上午，我赶到医院，看到先生躺在病床上，精神不错。问了一下情况，医生说一切皆好，稍微安心一些。与先生在病床前谈谈学问，说了下几本书出版的情况，先生思路清晰。临走，我与先生说："住两天就回家，还是家里好。"他点点头。隔了一夜再去看先生，医生即说指标不好，要上呼吸机，我心里一惊，当天先生就进入了ICU。万万没有想到，先生这一进去，就再也没出来。每念于此，万分心恸。先生的生命之火为什么这么快就熄灭了？前面我们还有说有笑地谈论未来，现在竟然生死两茫茫，一切就像一场梦，让人不敢相信。

先生走了，很多朋友叫我写点文章，我却笔头生涩，到底应该写什么，才能更好地告慰先生的在天之灵？这些天来我一直这样问自己。子善兄向我约稿，并且确定了文章刊出的时间。不能拖了，只能拉拉杂杂，写一点并不成熟的回忆。

从攻读硕士、毕业留校，再到攻读博士，任教科研，在先生身边三十多年，受益极多，感悟也极多。对先生的学术研究，我感受最深的是三点：一是对科研的热情与坚持；二是寻求适合自我的研学之道；三是用资料说话。

先生对中国现当代通俗文学研究的贡献，在海内外学界获得了极高赞誉。如果我们沿着先生的学术脉络追溯就会发现，先生最为重要的学术成果，多成就于他退休之后。退休之前，他栽下了“中国现当代通俗文学研究”这棵大树，提出了中国现代文学的“两只翅膀论”，退休之后，他在这棵树上挂了更多的“果”。他常挂在嘴边的一句话是：我现在处于自由研究状态，我要在学术上爬一个小坡。退休之后的先生全身心投入到学术研究之中，他很多重要的学术成果均出于这个时期，如《海上花列传》与中国现代文学分期、通俗文学与市民文学的关系、冯梦龙与鸳鸯蝴蝶派再到网络小说的“市民链”、黑幕小说的历史价值、通俗文学的社会启蒙与鲁迅

《狂人日记》的比较、胡适与鲁迅对通俗文学的评析与思辨、1840年以来中国通俗文学社会学批评体系的建构、通俗文学与大众文化的互文研究，等等。这些学术成果是中国近现代通俗文学研究走向深入的标志，也关系到中国现当代文学整体格局以及价值观念的思考。先生一直想自己撰写一部通俗文学史，这个愿望也在退休后得以实现。2007年，他独撰的《中国现代通俗文学史（插图本）》在北京大学出版社出版。这部专著是先生重要的代表作。退休了，很多人都要享受人生。什么是享受，什么是人生，不同的人有不同的理解，先生认为，享受人生就是在他所钟爱的学术领域自由翱翔。先生是将学术研究视作自己的灵魂，看成是生存于世、享受其中的精神所寄。

先生的研学之道颇有独到之处，对我影响很大。我曾为范先生公众号“姑苏文化名家范伯群工作室”写过一篇相关文章《“深挖”与“发现”：范伯群教授授业之道的感受》：

> 我记得20世纪80年代范伯群教授在课堂上说过一段话：做学问有两条道路，一是深挖，在别人研究成果的基础上深化和拓展；一是发现，在别人没有发现的平地上挖出很有价值的富矿。

范老师的学问也大致上以此来分类，他的冰心研究、鲁迅研究等新文学作家作品研究属于“深挖”，他的中国近现代通俗文学研究属于“发现”。20世纪80年代是我的学术规划时期，我在思考自我的学术道路究竟向何处发展时，一直琢磨品味着范老师的这段话。论到“深挖”，我没有范老师那样的功底和机遇，苏州也不是北京、上海那样新文学研究的学术高地。但苏州却是中国近现代通俗文学的发源地和成就最突出的地区，有着别的地区所没有的丰富的中国近现代通俗文学的史料。更为重要的是中国现代通俗文学研究刚刚起步，按照范老师的话说：一锹挖下去全是油。既然生活在富矿上，为什么不挖下去呢？因此我决定走“发现”这条学术之路，尽自己的力在范老师开创的中国现代文学研究领域中不断地挖井。近40年过去了，回头看看自己的中国现代通俗文学研究，似乎还做出了一些成绩，我由衷地感谢范老师的指点。导师的一句话往往能引领学生走上一条为之奋斗一生的科研道路，对此，我深有体会。

1986年范伯群教授主持的《中国近现代通俗文学史》被列为国家首批哲学社会科学十五个重点项

目之一。从这个时期开始，范老师带领着我们围绕着项目进行学术研究。从学术研究的进程上看，先是材料的收集，我们分别到上海、北京、大连等地进行资料收集（清楚地记得为了查资料，住在北京人民文学出版社家属楼地下室）。接着是作家作品研究。在范老师的带领下，我们完成了南派四十二位作家评传的撰写和代表作的收集（清楚地记得在新沂与范老师一起校对南京出版社出版的十二种《中国近现代通俗文学作家评传》）。在此基础上，范老师对研究项目的写作进行了规划，我接受了侦探小说史、滑稽文学史和通俗期刊史三个部分的撰写任务。在多次修改后，《中国近现代通俗文学史》终于在1999年由江苏教育出版社出版，在学术界获得了好评。十多年来，围绕着项目的学术科研，在我的学术生涯中留下了深刻的辙印。我从中感受到范老师的一种治学方式：围绕着项目，个人负责，集体攻关。用范老师话说，这叫学术科研的“井田制”。这样的治学方式不仅仅是集众人之力完成科研项目，这只是现实意义，更深远的意义在于学术队伍的训练和培养，项目完成了，学术队伍也形成了。当下苏州大学被学术界称之为中国现代通俗文学研究的重镇，甚至被称为“苏州学派”，均与这样的治学方式有关。近年来，范老师带领着中国现代通俗文学研究的第三代学者完成了中国文艺原创精品出版工程项目《中国现代通俗文学与通俗文化互文研究》,也是延续着这样的治学思路。集体项目,个人分工完成,需要学术带头人站在项目的学术制高点和展现人格的巨大魅力。范老师在完成项目的过程中所展现出的学术见识常常使我们受益无穷,而在项目完成过程中表现出的各种妥帖的关照,更使我们感到温暖。

我现在也带很多博士研究生和硕士研究生,每到新生入学,也要给他们讲学习方法和科研规划。我总是将先生的治学方法介绍给他们,并告诉他们,这是"夫子之道"。

"用材料说话",每次与先生讨论学术问题时,他都必说这句话。由于历史偏见,现代通俗文学的资料大量地散佚,收集起来相当困难。先生几乎是不遗余力地收集和挖掘现代通俗文学资料。他到台湾、香港地区机会不多,时间短暂,却还是努力抽出时间跑图书馆,在内地更是常"泡"图书馆,在上海、芜湖等地的图书馆一"泡"就是数周或月余。20世纪90年代我与先生、师母到北京首都图书馆查资料,住在人民文学出版社家属楼地下招待所,六元钱一天。这个所谓的宾馆还有个食堂,但是晚饭定额定时。那年冬天北京极冷,路面上都是冰碴,为了能够吃到饭，范老师让师母下午留守在宾馆“抢”饭菜。有一天师母去得晚了，少“抢”了一份，先生的脸色很不好看，拉着我上街觅食，师母很委屈地流下了眼泪。那一幕，终生难忘。由于先生有中饭后午休的习惯，为了多查一点资料，他常常是推迟吃午饭，让饭后的瞌睡迟一点到来。退休之后，先生对资料的重视一如既往。每次到他家，他都会与我谈到发现新材料的兴奋，也谈及收集资料的痛苦。他说，现在不像以前那样精神好、眼力好，看资料很吃力，特别是都是用微缩胶卷看材料，有时看多了就想呕吐。每次听到他说这些话，我都沉默不语，心里很难受：八十多岁的人还泡在图书馆查微缩胶卷，估计全国绝无仅有了。我知道应该劝他不要这样查资料了，但我更知道，劝说没有用，先生已经将查资料、写文章当作生命的一部分，要他停下，除非生命结束。用材料说话，就是用事实说话，这是先生的治学之道。他几乎每一篇文章（特别是近年来）都有新的材料和新的发现。他的研究是文学研究，也是社会学研究和历史学研究。读他的文章，我常受启发，之后又会仔细琢磨他引用的那些资料，因为我知道先生治学的奥秘，那里常常蕴藏着更多的惊喜。

先生带学生，也融注了一丝不苟的态度、殷切的期待和深深的爱。我1978年进入江苏师院中文系就读。先生也是1978年调入江苏师院中文系工作，并且教授中国现代文学，我是先生进入大学任教后的第一代学生。先生上课旁征博引，作家作品分析极为深刻，特别是分析鲁迅和茅盾给我留下了深刻的印象。他的授课使我对中国现当代文学产生了浓厚兴趣。虽然我当年这门课的考试成绩不高，只得了八十七分。记得当时我与同学倪颖伟合写了习作《论郁达夫的〈沉沦〉》，课间交给先生。过了两天，我们俩到先生家中听先生点评。当时先生的家在观前街一个曲折小巷里，房子并不大，光线很不好。见到我们，先生就说：写得不错，可以继续努力。当时只是一个本科生的我，听到这样尊敬的学者的当面夸奖，很是激动和兴奋，于是下决心要报考先生的研究生。

说起录取为先生的硕士研究生，还有一段戏剧性的插曲。1985年春天，正在南京大学攻读硕士的朱寿桐来到我镇江的住处，一见面就说："不错呀，满面红光。"然后劝我即刻到苏州见范伯群教授。那年我刚建立小家庭，并报考了范先生的硕士研究生，感觉考得不错。朱寿桐这样的一惊一乍使我惊诧莫名。追问之下，朱寿桐说，他刚从苏州范先生之处来，先生向他打听：听说汤哲声用功过度，忙得吐血。此时正处于研究生录取的关键时刻，朱寿桐与我多时未见面，并不知道我的身体状况，却很清楚我报考研究生的迫切心情。听到先生这样说，他便急忙赶到镇江看我。为打消先生的顾虑，当天，我就带着爱人赶到苏州，住在同学王家伦家。临出门前，王家伦还拉拉我的衣服，打趣地说："很精神。"见到我，先生却并没有问我的身体状况，而是勉励我进校后要多读书。就这样，我进入了"范门"。

先生对学生严宽有度。严，是指对项目的完成的质量要求，质量不好，写作拖拉，先生有时会拉下脸来不留情面地批评，这个时候他的眼中就会有一种凌厉。宽，是指对学生家庭生活和事业发展的关心，这个时候他的眼中会充满着温情。学生的住宿、留校后爱人的调动、孩子的上学，等等，只要能做到，先生一定亲力亲为，不遗余力地帮助落实到位，而我是感受到先生最多温暖的学生之一。

对先生的感念，不仅在于感恩，而是要将先生所立命的学术志业延续下去。我想，我应该努力地这样做。

言有穷而情不可终。先生千古！

（原刊于《现代中文学刊》2018年第2期）

王信走了，那样的“纯粹的人”不会再有了

◎ 钱理群
（北京大学中文系）

王信走了，我怅然若有所失！从噩耗传来那一刻，直到现在，我都在追寻——我失去了什么，要追什么，寻什么？

昨天下午，恍恍惚惚之间，翻出了当年的照片：王信、樊骏和我在一起。对了，我失去、并要追寻的，就是和王信、樊骏共同度过的那个“时代”，那个“传统”！

是的，就是那个如今已经被淡化、遗忘的1980年代，以及当年重新回归的五四启蒙主义传统。而对于我和我们这一代（1978年入学的第一批研究生）来说，这样的年代、传统，都是化为具体的个人的；我们这些搞现代文学研究的，最难忘的，就是王信

和樊骏：他们两位在我们心目中早已难解难分，成为一种象征了。

我多次说过，我们这一代人，前半生历经磨难，后半生却相当幸运：遇到了好时代。我们终于和代表五四传统的1930—1940年代的老一代学者（李何林、王瑶、唐弢、贾植芳、钱谷融等）相遇，成为他们的学生，获得了学术传承的历史机遇。我们还遇到了一大批“好人”，就是王信、樊骏这一批成长于1950年代的编辑、学长：他们是我们的兄长，而长兄如父，就以父母的无私之爱，做我们的开路人、扶持者和保护神。

我这里特意提到的“父母之爱”，是有深刻的时代内涵的。每当我想起王信和樊骏，总要想起鲁迅写于一百多年前（1919年）的《我们现在怎样做父亲》。鲁迅说的，是正在开创的五四启蒙主义传统：“觉醒的人，此后应将这天性的爱，更加扩张，更加醇化；用无我的爱，自己牺牲于后起新人”，“自己背着因袭的重担，肩住了黑暗的闸门，放他们到宽阔光明的地方去：此后幸福的度日，合理的做人”。——我引述到这里，真有些惊奇：这说的不就是王信、樊骏们吗？1919年的历史真的到1980年代重演了：王信、樊骏们也是背着“文革”中达到极端的“因袭的重担”，但他们又是首先“觉醒的人”，他们的历史使命就是要为我们这“后起”的一代开路。在那个历史的大转折时期，虽然思想解放的曙光已现，但“黑暗的闸门”仍在，要在思想和学术上闯出新路，不仅要承受政治上巨大的压力，还会遭遇学术界内部的种种阻力，我们中的第一位冲出者王富仁就遭到过政治与学术的“大批判”。在这样的政治和学术权力面前，我们这些无权无势的无名之辈，是完全无力的，这就需要王信、樊骏们这些多少有些地位、影响的编辑、学长的保护。那时候，要发表我们的“创新”之作，真的是要有“肩住黑暗闸门”的勇气和胆力的。我们至今对王信、樊骏心怀感激之情，敬佩之心，是非言语所能表达的。

我们从中看到的，正是鲁迅说的“用无我的爱，自己牺牲于后起新人”的精神。鲁迅说，“开宗第一，便是理解”；“第二，便是指导”，只是“指导者协商者，却不是命令者”；“第三，便是解放”，一切“为他们自己所有，成一个独立的人”。——说得太好了。这就是我们这一代和王信、樊骏们关系的真实写照：他们是我们真诚的理解者、指导者和解放者，真正不遗余力，又从不张扬，不求回报的。

这背后又有更深刻的原因：他们的支持，开路，并不是出于对我们个人的偏爱，唯一的目的是促进学科发展，唯一关心和讲求的是学术质量。因此，尽管我们之间后来有了私交，经常在一起喝茶，聊天，甚至打麻将，彼此有很深的信任感；但他们丝毫也不放松对我们的严格要求，文章写得不够格，照样"枪毙"，我们也不敢把稍微差一点的文章给他们：在我们共同自觉维护的学术场上，绝不讲人情，没有半点讲究人事关系的世俗气，不存任何私心，没有任何个人学术地位、利益的考虑，一心追求学术的独立、自由与创新，真正做到了"学术面前人人平等"。这是一种"纯粹"的学术境界，用樊骏的话来说，自有一种对学术的"神圣情感"，强调以追求真理为鹄的学术研究的神圣性和内在的精神性，由此产生的是"为学术而献身"的精神。这都是一种默契，绝不公开宣扬；王信和樊骏更是默默地以自己的言行影响着我们。严家炎先生谈到，"樊骏先生是位律己极严的人"，"通常人们所谓的那点'名''利'之心，好像都与他无缘"。王信何尝不是如此！我们有时私下议论，那样的律己到苛刻的地步，我们是怎么学也做不到的，但又不能不暗暗佩服：世界上哪里有如此"纯粹"的人！这样的毫无私心的学术"公心"和"正气"，构成的心灵的净土，学术的净土，真是可遇不可求。

王信和樊骏自己却从不期待做我们的"榜样"。他们更多地谈到自身的不足，也确实有着历史的缺憾，即他们所成长的1950年代的封闭造成的知识结构的相对狭窄，随着时代学术的发展，到新世纪他们越来越感到力不从心，就逐渐淡出学术界，以至今天现代文学研究界的青年一代很少知道他们。这都是自然发生的：每一代人都是鲁迅说的“历史中间物”，完成了自己的历史使命，就自动退出，也算是无愧于自己的一生。

但作为后来人，真正面对“这样的‘纯粹的人’不会再有了”的无情现实，我们内心却有“若有所失”之感。这是因为，我们的时代又走到了一个极端：在整个学术场陷入了权力场与商业场以后，不但没有了“纯粹”的学者，更充斥着“精致的利己主义者”和“粗俗的利己主义者”；不但没有了“纯粹”的学术，更充斥着“劣学术”和“伪学术”。樊骏早已远去，此刻王信的远行，就有了一种警示意义：即使我们不能也不必完全回到那已经逝去了的时代，但那内在的精神传统——学术的独立、自由、创新，学术的责任感，严格、严谨，绝不马虎苟且而又宽容的学术风范，学术公心与正气，都绝不能忘却与遗弃。我们总结1980年代以来的学术史，现代文学学科发展史，固然那些为学科发展作出了贡献的学人、学术成果，应载入史册；但王信、樊骏这样的学术的组织者、保护人，学科发展的开路人，学术后人的培育者，也应该有自己的历史地位。一定要后人知道并记得，我们曾经有过这样的“纯粹的人”。

2021年2月4日急就

（原刊于《现代中文学刊》2021年第2期）

追怀沦陷区文学研究拓荒者张毓茂先生

——从吉林大学的东亚殖民研讨会谈起

◎张　泉
（北京社会科学院文化研究所）

缘　起

在漫漫的人生路途中，在行旅的不同阶段，由于各种事由，我们总会遇到或共事协作、或志同道合、或情趣相投的人群。于是，一波一波或轻松或紧张的交流，或亲密或拘谨的交往，也就自然而至。人们各有各的忙碌，各有各的操心。特别是，随着兴趣工作的迁移、生活轨迹的变化，那些曾经或主动或被动的密切交流与交往，有的会延绵不绝，有的会慢慢淡出，也有的会戛然而止。人聚总有离散时。生活就是这样。但即使是慢慢淡出或戛然而止的那一群，也总有一些人在你的心中沉淀下来，融入了你的生命历程，留下无情岁月也无法抹去的情愫和感念。对我来说，张毓茂先生就是我的人生旅行中的这样的一位。他的声音影像已经静静的封存在我大脑的某个角落近二十年，是吉林大学的东亚殖民研讨会又把我的张毓茂记忆激活。

2019年9月21日至22日，“传播视域下的东亚殖民主义研究”国际学术研讨会，在长春吉林大学举行。来自国内廿二所高校、科研院所以及日本、韩国、美国、捷克的六十多位学者与会。十余家媒体做了充分肯定的报道。这一由多国学者组成的研究共同体，在中国大陆、台湾以及韩国、日本等地区和国家，举办以东亚殖民主义研究为议题的系列学术会议，搭建了学术交流平台，推动了该学术研究共同体的进一步合作。

的确，这次规模颇大的会议，是有着十几年的传承的。

早在2005年，韩国圆光大学金在湧教授就邀请对“东亚殖民与文学”这一历史议题有兴趣的日本和中国大陆、台湾的研究者，到韩国参加“殖民主义与文学论坛”。之后，一年组织一次。以一己之力办会实属不易。到2014年，在韩国连续举办十次的东亚殖民与文学论坛，落下帷幕。

曾多次出席韩国论坛的与会者觉得，这种连续研讨学术问题的形式，促使“不同学科训练、文化背景和意识形态的参与者，共同对新史料、新方法、新问题进行诠释商榷”[1]，使大家受益匪浅，也有力地推动了相关研究，应该创造条件延续下去。

于是，经协商，论坛改由东亚三国四地轮流举办。2015年12月27—28日，刘晓丽教授在上海华东师范大学组织了“东亚殖民主义与文学国际学术研讨会”，出版会议文集[2]，成功开启了“第二个黄金十年”。而后，柳书琴教授在台湾新竹清华大学（2016年），波田野节子、大久保明男教授在东京首都大学（2017年），金在湧教授在韩国圆光大学（2018年），波田野节子、大久保明男教授在日本冲绳琉球大学（2018年）举办的会议，均卓有成效。

这次由吉林大学新闻与传播学院主办、蒋蕾教授具体策划的研讨会，是研究共同体“第二个黄金十年”的第六次。会议的第一个特点是突出新闻传播学视角，对沦陷区的殖民文化现象作跨语、跨域、跨界的全方位阐释，论题涉及新闻学、传播学、历史学、文学、教育学等领域。其次，邀请到伪满时期知名作家爵青、王光逖、鲁琪的四位子女参会，代表听众与他们互动，营造出历史人物鲜活的在场感。第三，邀请曾经在沦陷区文学研究领域卓有建树的老专家、业内人士与会，这样，就把沦陷区文学研究在改革开放的伟大进程中艰难破冰的历史与当下的坚守统一起来，而正是这种统一，让我得以与一位曾经有过密切邂逅的前辈链接。

在研讨会的自由发言环节，当主持人蒋蕾教授一句“请阎志宏老师发言”时，我立刻四下张望。只见会场左前方应声站起一位。

原来是一位女士，高高的个子，传统的短发，传统的暗粉红点对襟上衣。在我的记忆网络里，阎志宏的名字是与张毓茂连在一起的。

在20世纪80年代初期那个百废待兴的时刻——现在回看，那个时候，无论是对于国家还是对于我个人来说，都是一个历史时刻：就是在那时，我下决心把我的专业方向之一沦陷区文学研究的范围，定位在我的服务机构的所在地北京（华北）。

作为参照或借鉴，关涉日据期东北、上海、台湾等地的著作、材料，我也都找来阅读。后来慢慢发现，各地其实是分不开的。博览各家、兼收并蓄让我格外注意政治文化背景和整体观，并在后来被动介入的有关沦陷区文学的商榷、论争中，为了有效厘清沦陷区文学的真相与表象，最终一步步形成了考察沦陷区文学的一种方法，即与殖民语境相关的四个维度背景。[3]

阎志宏研究东北沦陷时期文学的大作当然在我

那时的阅读范围之内。记得，也有她与张毓茂共同署名的。论文如《论东北沦陷时期小说》上、下（《社会科学辑刊》1992年第4期、6期），编写的著作如三卷本《萧红文集》（安徽文艺出版社，1997年）等，感觉他们是一个团队。果然，茶歇的时候她告诉我，张毓茂老师2月去世了。这突如其来的消息，令我一惊……

现在已是沈阳出版社负责人的阎总编约我写篇纪念文章。这于我，义不容辞。

结　识

初次与张毓茂先生见面，还是在20世纪末，是在作家梅娘家。梅娘的家就在她就职的北京农业电影电视中心的大院里，出了宿舍区，马路对面是友谊宾馆。我们三观一致，上来就无话不谈，言无不尽，顿时有一见如故之感。

他告诉我，他一定要在副市长任期之内，把《东北现代文学大系》推出来。为此，特意争取来了五十万元的专项经费。后来出版了，就给我寄了一套。他告诉我，他孩子在国外的情况。他也发牢骚。

张毓茂先生机智、直爽、坦诚、幽默。他没有架子、善解人意。这是他的脾气秉性，更是道德修养。相信与他相处的人都会感到舒适轻松，就像我的感受一样。

长期被不公正对待的北方沦陷区文学代表人物之一的梅娘，就特别期待和欢迎张毓茂先生的来访。我观察，对于长他近二十岁的梅娘，张毓茂对于梅娘的每一个倾诉都有恰当的回应。他也对作家梅娘有实实在在的帮助。比如，梅娘发表在沈阳《统战月刊》上的《我忘记了，我是女人》（1998年第7期）、《两个女人和一个杂志》（2000年第2期）等彰显女权的文章，很可能是他牵的线搭的桥。

那时，他也是民主党派的领导人，经常来北京开会，也就常与他见面。见了多少次，一时记不起。

中国现代文学研究成绩

张毓茂先生是人才辈出的北大中文系1955级的一员。早在“文革”中，他就离开北京的国家机关返回家乡，在辽宁大学工作，发表有研究报告文学、鲁迅的论文。而开始在学术上卓有建树，则是在“文革”结束之后。

中国共产党于1978年12月召开十一届三中全会，做出了实行改革开放的战略决策，中国开始进入探索国家现代化建设的新时期。与之相伴的，必然是一场拨乱反正的思想解放运动。

在包括文学在内的学术重建的初期，张毓茂发表有批判文章。批判容易建设难。过激的怀疑一切、否定一切很容易流于套路，等而下之的则有可能滑向哗众取宠或别有所图。“不破不立”这个词我们常常听到，它当然是诸多的至理名言之一。不过我们也可以把不破不立的思维路径反转一下。无疑，破是为了立。但为破（批判）而破并不一定能够完成“立”的任务，其积极意义可能很有限。经由更为繁难的艰苦奋斗、建立起基于史事的客观知识之后，也就是在“立”之后，主观的荒信、恶意的谎言自然而然会不攻自破。

很快，张毓茂转向扎扎实实的学术研究，重点探讨中国现代文学史上的主要作家郭沫若以及萧军等，出版了专著《文学巨星郭沫若》（与钟林斌合著，四川人民出版社，1984年）、论文集《阳光地带的梦——郭沫若的性格与风格》（北京师范大学出版社，1993年）、《萧军传》（与杜一白合著，重庆出版社，1992年）以及《跋涉者——萧军》（辽宁人民出版社，2000年）等。特别是在萧军研究领域，张毓茂多有独到的心得，曾被誉为“萧军研究领军人物”。

拓展沦陷区文学研究

而在我看来，张毓茂先生在学术上最有影响的，还是他的东北地方文学研究，特别是沦陷区文学研究。他的个人论文集有《东北新文学论丛》（沈阳出版社，1989年），主编有《东北新文学初探》（与刘秉山共同主编，1989年）、《东北现代文学史论》（高翔副主编，沈阳出版社，1996年）。他也是杜一白的《萧红作品欣赏》（广西教育出版社，1990年）的共同作者。在他主编的《二十世纪中国两岸文学史》（辽宁大学出版社，1988年）中，有机汇入了东北沦陷时期的作家。他主编的八卷十四册《东北现代文学大系》（沈阳出版社，1996年），洋洋七百万字，更是集大成之作。出版后，引发现代文学研究界的慨叹，学者许觉民、袁行霈、孙玉石、高擎洲、钱理群、杨义、徐迺翔以及作家马加、陈建功撰文笔谈，[4]均予以高度评价。

我揣测，张毓茂之所以能够超前的转向关注沦陷区，很可能是由两个方面的因素促成的。

就作家个案研究而言，萧军、萧红当然是革命作家或主流作家，是现代文学领域里的热门研究对象。但追根溯源，他们都是在“满洲国”登上主流文坛的，是典型的“满系”离散作家。[5]随着研究的深入，张毓茂自然会、或者不得不把触角延伸到二萧曾活跃其间的东北沦陷期的社会背景和作家群落。因为只有把二萧的来处和早期成长环境梳理清楚，才有可能完整准确地把握这两位历史人物。

再看重写文学史。与专著不同，通史类文学史需要均衡有序，不应该存在时段空缺或区域空缺。在撰写中国现代文学史的时候，把沦陷区排除在外，似乎还能够勉强蒙混过关，因为还有国民党政府的统治区，还有中国共产党的陕甘宁边区，在时间段上好像是完整的。但在撰写东北地方现代文学史的时候，问题就来了。钱理群等文学史家把现代文学界定为30年。如果把沦陷时期这14年一笔勾销，东北现代文学30年还能够成立吗？更进一步的追问是，难道在东北这片肥沃的黑土地上就孕育不出一脉相承的在地民族现代文学？显然，在有过沦陷历史的地区，在编写地方史时，这样的问题都会被尖锐地推向前台，让研究者也让文学史处在一种两难的境地。

对于这个问题，文学史叙事是不应该回避的。也无法模棱两可。

在1970、1980年代的转折期，中国从“以阶级斗争为纲”过渡到“以经济建设为中心”。1978年的

“真理标准”讨论，为拨乱反正做了思想观念上的准备，同时，也拉开了文学和哲学社会科学事业大发展的序幕。

正是在这一改革开放的背景之下，在中国现代文学学科“如何开创中国现代文学研究和教学的新局面”的大讨论中，在1983年，张毓茂具体就东北地方谈沦陷区文学：

第一，“必须彻底从‘左倾’错误的禁锢中解放出来，重新评价沦陷时期的东北文学，还历史以本来面目。”

第二，“应该集中力量尽快收集、整理东北沦陷时期的文学资料。”比如编印文艺刊物的目录索引；出版“有影响的进步作家”的作品；“组织现在还健在的作家写回忆录”等。

第三，“必须开展百家争鸣，深入探讨”，把握“这段文学发展的线索、过程和面貌，探索出内在的规律和因果关系，总结出成就和不足、经验和教训”，在此基础之上，完成比较坚实的东北现代文学史。[6]

以上观点，旗帜鲜明，立场坚定，又有可操作性，及时应和了这场大讨论的发起者的初心：“根据实事求是、解放思想的原则，摆脱陈旧的框框和模式，开阔视野，活跃思路，大胆探索开创新局面的途径和措施。”因为那时大陆的文学史里还没有沦陷区的内容，传说沦陷时期只有汉奸文学。所以，张毓茂的建言当然是一种大胆的创新，空谷足音。

张毓茂先生高屋建瓴地为沦陷区文学的研究方向定位，震聋发聩，对沦陷区文学研究乃至现代文学研究的影响深远。至少，我是受教者之一。

当时，我入职职业研究机构不足三年，正在为找不到研究题目而焦虑。受海外1980年出版的*Unwelcome Muse: Chinese Literature in Shanghai and Peking, 1937—1945*（[美国]Edward Gunn，New York: Columbia University Press）和《抗战时期沦陷区文学史》（刘心皇著，台北：成文出版社有限公司）的影响，退而求其次，正在一条一条的编写“北京沦陷时期汉奸作品目录”“北京汉奸作家目录”。当时我就想，就是沦陷区都是汉奸、汉奸文学，也需要有一个供业内人士参考的完整翔实的目录、简介呀。在这样的处境和心境中，张毓茂的三点建言对我来说不啻是明确前行路径的激励，醍醐灌顶。

在国家图书馆、首都图书馆和北京大学图书馆，从开馆到闭馆，度过了十个春秋，将文学杂志和主要综合刊物从头到尾一页一页翻过之后，我最终得出了与我原来所设计的题目完全不同的结果。[7]我之所以能够坚持不懈地完成这样一个并非轻松的题目，正是践行了张毓茂提出的排除“左倾”禁锢、从材料出发的原则。而现代文学研究界以后发生的一系列有关沦陷区文学的批评、反批评，也验证了张毓茂提出的可能会发生、也应该进行“争鸣”的预测。仅就我而言，关涉沦陷区政治评价面向上的争论文章，有以下一些，大致可分为三组：

第一组，1997年：王凤海《对〈沦陷时期北京文学八年〉一书的政治评价——与张泉同志商榷》；张泉《中国沦陷区文学研究中的政治立场问题——对〈对《沦陷时期北京文学八年》一书的政治评价〉的回应》（《北京社会科学》1997年第4期）。

第二组，2000至2019年：陈辽《关于沦陷区文学评价中的几个问题》（《文艺报》2000年1月11日）；张泉《史实是评说沦陷区文学的惟一前提——对“沦陷区文学评价问题”的回应》（《文艺报》2000年3月28日）。裴显生《谈沦陷区文学研究中的认识误区》（《文艺报》2000年4月18日）；张泉《二论史实是评说沦陷区文学的前提——对“沦陷区文学认识误区”的回应》（《北京社会科学》2001年第2期）。张泉《关于沦陷区作家的评价问题——张爱玲个案分析》（《江苏行政学院学报》2001年第2期）；陈辽《沦陷区文学评价中的三大分歧——对〈关于沦陷区作家的评价问题——张爱玲个案分析〉

的回应》(《江苏行政学院学报》2001年第3期)。张泉《沦陷区文学研究回顾与反思》(《中国现代文学研究丛刊》2002年第2期)。张泉《沦陷区文学研究应当坚持历史的原则——谈沦陷区文学评价中的史实准确与政治正确问题》(《抗日战争研究》2002年第1期);陈辽《也谈沦陷区文学研究中"历史的原则"——与张泉先生商榷》(《抗日战争研究》2003年第1期)。张泉《中国沦陷区文学的内容与性质之辩——试析几篇"商榷"文章中的史实差错》(《抗日战争时期沦陷区史料与研究》第1辑,2007年)。陈辽《陈辽自传·与钱理群展开沦陷区文学论争》(《陈辽文存》第12卷,香港银河出版社,2014年);张泉《东亚现代文学研究的一种区域/国别/全球史方法——从〈中国沦陷区文学大系〉引发的争论说起》(《汉语言文学研究》2019年第2期)。

第三组,2010至2013年:王劲松、蒋承勇《历史记忆与解殖叙事:重回梅娘作品版本的历史现场》(《文学评论》2010年第1期);张泉《构建沦陷区文学记忆的方法——以女作家梅娘的当代境遇为中心》(《山东社会科学》2013年第10期)。

需要说明的是,反批评文章发表不易,且难以持续。一般来说,一家报刊刊登出一来一往的一轮商榷文章后,不管留下多少有待继续讨论的问题,都不愿意再继续。有的稿件投出后，没有回音。改写投其他报刊发表后，原先寄出的又刊了出来。此外，长期讨论同一个题目，总觉得时过境迁，需要从头说起。有的时候，对同一个材料的理解发生变化，需要作或多或少有些改动的重新阐释时，会把原来使用过的材料原样照录。这样，就多有内容上的大量重复。这是需要加以检讨的。而避免重复的最好的方式，可能也应该像张毓茂先生那样，从“义正词严”的批评（反批评）、反反复复的批评（反批评）这个平面延伸的循环圈跳出来，转向实在的学术研究，开辟另外的建设性的题目。这是题外话了。

不过，时至今日，沦陷区研究仍是一个敏感的领域。由于在1980年代起步的那一大批沦陷区文学研究者中，我可能是仍留在这个领域的少数人之一，也就对沦陷区文学研究的当下尴尬境遇，有着有对比的长时段体验。在《殖民拓疆与文学离散——“满洲国”“满系”作家/文学的跨域流动》一书中，我例举过一些无暇一一具体深究沦陷区资料的德高望重的学者，面对面质疑沦陷区作家、文学、报刊的正当性、正面性，以及对改革开放以来的沦陷区文学研究结果持否定或怀疑立场的情形。[8]这可不是题外话。

而更为有些令人意外和费解的是，沦陷区进入研究视野已经有三十多年了，可当下的现代文学学科对于沦陷区文学的漠视，依旧没有多大改观。

比如，庆祝中华人民共和国成立七十周年是各行各业总结共和国七十年，特别是改革开放四十年历史的一个仪式，现代文学学科当然也少不了展示成就、回顾经验的长短文章。实事求是地说，沦陷区文学的介入是致使进入新千年前后出版的中国现代文史（通史类）格局发生重大改观的内容之一，也是有口皆碑的资料发掘整理成果中的成绩斐然的区块之一。比如张毓茂强力推出的《东北现代文学大系》就曾被誉为“留给下个世纪的珍贵遗产”。可是，有些罗列现代文学学科发展概况、宣布中国现代文学史知识谱系业已构建完整的大作，洋洋万言，可以只字不提沦陷区文学、不提各种大规模的沦陷区文学史料集成书系。

殊不知，在中国的现代文学三十年中，有三分之一左右的领土、近一半的人口曾沦为沦陷区，各地沦陷的时间从一两年到五十年不等。如果从时间/空间二维坐标加以审视，不难估算出日据区在中国现代史里所占有的大致比重。而在这中国的广袤沦陷区大地上，不仅仅只有一两位被游离在沦陷区文学之外的著名作家或附逆文人值得大书特书。

因而，我在抗战胜利六十周年的时候，曾以北京为中心的华北沦陷区文学为例，对此前已经得出的肯定沦陷区文学的结论，做了进一步的定性说明："一个显而易见的事实是，侵略与反侵略战争，是一场全民族的战争，是整个国家的战争。在对沦陷区文人作政治评价时，如果以文学文本的象征寓意和文化身份认同的维度为依据，而不是以公开场合的言行为依据，那末就不难发现，所谓'汉奸''附逆'云云，对大多数沦陷区文人来说，是冤屈的。对于北京沦陷区文学中的民族意识与国家认同的分析证明，相对封闭的环境，法西斯主义的高压，遏抑不住中国人的民族精神。沦陷区文学是中国抗战时期文学的重要组成部分，完全有资格跻于中国抗战文学和世界反法西斯文学，融入中国新文学。实事求是地估价沦陷区文学，不仅是完善中国现代文学史不可或缺的环节，而且具有文化上的深层意义。沦陷区文学的实绩证明，历史形成的民族国家意识和强大的民族凝聚力，是中华民族得以抵御外来军事侵略和文化奴化的内因之一。"[9]

我以为，对沦陷区文学的认识不足、处理不当，正是结构完整的系统化的通史类文学史著作不多的原因之一。[10]所以，严谨的史家多以个案汇集、专题叙述等样式来替代。

因此，就目前这样的状况而言，现在仍可以说，虽然三十多年过去了，张毓茂当年有关沦陷区文学研究的三点建言，并没有过时。也就是说，就是放到现在，也不落伍。

张毓茂先生曾担任沈阳市副市长、辽宁省政协副主席、民盟中央副主席以及全国人大常委会委员等职，被戏称为中国行政级别最高的中国现代文学研究专家。他在坚持和完善中国共产党领导的多党合作和政治协商制度方面所做出的贡献，已有定评（《人民日报》2019年5月19日第4版）。在这里，我主要谈他作为民主党派官员型学者的学术贡献，以及他的学术思想、学术成果对我个人的深刻影响。

也因他的平等待人、平易近人而表达对于他的深切追怀。

2019.10.16于至善路

2021.8.6修订于Menlo Park

注释：

1. 柳书琴：《导言：东亚文学场的跨境交流与研究动能》，柳书琴主编《东亚文学场：台湾、朝鲜、“满洲”的殖民主义与文化交涉》，台北：联经出版公司，2017年。

2. 刘晓丽、叶祝弟主编：《创伤——东亚殖民主义与文学》，上海：上海三联书店，2017年。

3. 参见张泉：《殖民拓疆与文学离散——“满洲国”“满

系”作家 / 文学的跨域流动》一书第十一章《日据区文学研究方法问题：整体与局部》第一节《宏观结构：四个共时 / 历时差异维度》，哈尔滨：北方文艺出版社，2017年。对于四个维度方法的最新改动，见张泉：《整合四十年代文学的宏观方法问题——以东亚地理与中国文学场为中心》，《当代文坛》2020年第2期。

4. 阎志宏整理：《留给下个世纪的珍贵遗产——专家学者盛赞〈东北现代文学大系〉》，《中国图书评论》1997年第8期。

5. 对于东北沦陷区离散的全面梳理，参见张泉：《殖民拓疆与文学离散——“满洲国”“满系”作家 / 文学的跨域流动》一书。

6. 张毓茂：《要填补现代文学研究的空白——以沦陷时期的东北为例》，《中国现代文学研究丛刊》1983年第4期。

7. 张泉：《沦陷时期北京文学八年》，北京：中国和平出版社，1994年。

8. 见《殖民拓疆与文学离散——“满洲国”“满系”作家 / 文学的跨域流动》的《结语：转向另一个起点的私语》，第455—463页。

9. 张泉：《反抗军事入侵与抵制文化殖民——抗战时期北京沦陷区文学中的民族意识与国家认同》，《北京社会科学》2005年第4期。

10. 张泉：《试论中国现代文学史如何填补空白——沦陷区文学纳入文学史的演化形态及所存在的问题》，《文艺争鸣》2009年第11期。

（原刊于《现代中文学刊》2020年第2期）

永远的老师

——回忆张恩和先生对我的教导和鼓励

◎ 商金林
（北京大学中文系）

记不清是1976还是1977年大年初一的傍晚，我到严家炎先生家拜年，严先生住在蔚秀园，刚刚进门张恩和先生就来了，说是“拜年来到第二家”。我当时并不认识恩和先生，是严先生介绍才认识的。恩和先生说他先去了王瑶先生家，聊得时间有点长，来晚了，算是“拜个晚年”。从那以后，每次见面恩和先生总会热情地招呼我，让我感到亲切和温暖。

说实话，那些年，我是见了名人就躲着走的。“大环境”对像我这样的“小字辈”很不利，心里充满了委屈，牢骚话说得最多的是长身体的时候赶上“三年自然灾害”，长知识的时候赶上“文革”，“文革”结束已到了“而立之年”，可一无所有，“家务”和“业务”的压力都很大。“小环境”还好，系里的老师对我还是很爱护的，但也被“补课”“进修”和“承担任务”压得喘不过气来。校外的老师最关心的也是“补课”“进修”和“成果”，虽说都是热心肠，但听来都是压力。1978年秋天，樊骏先生来北大参加“中国现代文学史参考资料”选编的研讨会，住在北大招待所，见我就住在招待所东侧的12公寓，就到我家里小坐。他知道我已经成了家，就说他知道自己不能成为一个称职的丈夫，更不能成为一个称职的父亲，就不敢有恋爱结婚的念头；知道我已经给学生开过课，问我有何体会，说他从不敢轻易上讲台，就怕学生知道得比他还多。后来知道我已经招收硕士研究生了，就问给研究生开了哪些必读书目、开过什么课程，以及研究生的论文题目，说他就是不敢招研究生，也没有带过。原因是他脾气不好，有点固执，又看重性情。性情合得来的，即便不好也另眼相看；性情不合的，再怎么好也合不来，要是招了个性情合不来的研究生可就麻烦了，干脆不招。这番话说得再真诚不过的了，可时至今日，回想起来还是让我如坐针毡，觉得自己太无知和冒失了，也就成了我见了“名人”就躲着走的理由。

可在恩和先生面前很难躲得了。他总会热情地招呼我，说得最多的是“不要太累”“不要太紧张”

"我看你可以"，大多是宽慰和鼓励的话。虽说"宽是害，严是爱"，可在当年像我这样的"小字辈"，更需要的反倒是像恩和先生这样的宽待和鼓励。有一次到北师大看亲戚，进师大北门就遇到恩和先生，原来恩和先生和我的亲戚是邻居。恩和先生住在丽泽6楼，我的亲戚住在丽泽5楼。恩和先生邀请我抽空到他家坐坐；我的亲戚知道后每次去的时候也问今天去不去张先生家?

与恩和先生见得多了，也就无话不说。我没有读研究生，有一段时间心里有些焦虑。恩和先生劝慰说，读研究生有导师提携引路，入门快。不读也没有什么大不了，北大有"重学术"的传统，学术氛围比较自由，又有那么多权威学者，只要虚心好学，持之以恒，还能站不住？没有拜导师又有什么关系呢，只要把教研室的老师都看作是自己的"导师"，多方请益，"博而不专"，岂不更好。又说我是有基础的，鼓励我潜下心来走自己的路。恩和先生这番话使我想起了一则名言：

> 书籍为吾侪之最良教师，不鞭挞我，不斥责我，亦不请求金钱衣服于我。试与之接触，和蔼可亲。我有所质问，彼则倾筐倒箧以出之。我有所误，彼则惟示其所当示，毫不讪笑。我之智识

浅陋，彼则尽其指导之责，绝不轻视。书之度量，抑何宽宏乃尔。

要成长发展，想做学问，排在第一位的当然是要多读书；想有所作为，靠的还是自己的修炼和努力，恩和先生提倡走自己的路，不要东张西望，不要作无谓的攀比，更不要试图去走什么捷径。他说有位老师总觉得受压抑，特地跑来和他商量，想组织一个协会，聚集同好，拧成一股力量，挑战“权威”；还说“协会”的名称已经想好了，就叫“面条协会”，大家的工资都很微薄，聚会完后吃碗面条，“面条协会”由此而得名。恩和先生反对这么做，说是另立“山头”，不可取。2000年郭沫若研究会酝酿第四任会长时，有人提议邀请某部部长当会长，说这样学会就有了“知名度”，“经费”也就不用犯愁了。恩和先生串通几位理事不同意，反对把学会变为“官场”，后来改选林甘泉先生当会长。恩和先生平易谦和的另一面是明辨是非，刚正不阿。

恩和先生学富功深，卓有建树，是著名的中国现代文学史研究和鲁迅研究专家，他的《鲁迅旧诗集解》《鲁迅与郭沫若比较论》《鲁迅与许广平》《郁达夫研究综论》《郭小川传》等诸多学术著作让我拓宽眼界，学到读书和治学的方法，令我感激不尽。

更让我铭感于心的是他一次次面对面的指导。十多年前写过一篇题为《阿Q对吴妈有过性骚扰吗?》的小文章，存心跟我很尊敬的朱正先生“唱反调”。朱正先生在一篇文章说“阿Q对吴妈性骚扰”，依据是“我和你困觉”。我以为阿Q对吴妈说的“我和你困觉”，是要吴妈“嫁给”他，只是“说”，并没有做什么，算不上是“性骚扰”。阿Q说完就“对伊跪下”，直到吴妈嚷着哭着跑出去了，他还只是“对了墙壁跪着也发楞”。恩和先生跟我说“性骚扰”并不一定要有“动作”，“语言”也能构成“骚扰”。2019年7月，在威海举办的“郭沫若与新中国”学术研讨会上，我做了个简短的发言，题为《郭沫若〈爱祖国爱人民的诗人屈原〉的两个版本》。郭沫若的《爱祖国爱人民的诗人屈原》，将近一千九百字，1950年叶圣陶将这篇文章编入《初级中学语文课本》第二册时，删减了八百多字，题名改为《屈原》。郭沫若的《诗的宣言》和《我想起了陈涉吴广》共六十行，1956年叶圣陶将这二首诗编入初中《文学》课本第三册时，文字改动竟有三十处之多，标点的增改多达十四处。在一般人的心目中，郭沫若似乎是很傲慢的，可看了课本让我意识到郭沫若也有很谦卑的一面。会议休息的时候恩和先生对我说，本想接着我的话展开来说的，主持人没有空出时间来，他说那个年代社会风气比较正，可以开展正常的批评和自我批评；容不得批评、“老虎屁股摸不得”大多是“反右”乃至“以阶级斗争为纲”之后的事。类似这样的点拨还有很多，让我意识到提高“思辨”能力的重要性，文学研究要紧密地贴近社会。

北大中文系对毕业论文的要求，向来以“严苛”著称，尤其是博士论文采用匿名评审和“一票否决”制，铁面无私，好几位“名师”的学生都未能过关。至于现代文学教研室对毕业论文的要求就更严了，使得我自从招博士研究生那天起就战战兢兢，如履薄冰，总担心名下的研究生过不了关，毁了他们的学业和前程。向恩和先生请教“如何带研究生”时，他讲到他的一位朋友与研究生交往中的几件小事。这位朋友觉得他的一位博士研究生字写得难看，就要求他练习写字，作为“作业”，定期交给他审查。这个要求本来也无可厚非，可作为导师他在公开场合多次讲到这件事，使得这位研究生很难为情。另一件事是某报刊聘请他的一位博士研究生课余主编一个学术专刊，这位研究生有才华，也很努力，把专刊办得有声有色，不料他的那位朋友知道后很气愤，公开批评是“不务正业”，必须撤出来。还有一件事是这位朋友的博士研究生毕业后写了一本学术专著，满心喜悦地送给导师看，请导师写篇序。不料他的那位朋友更生气了，居然说是为了评职称来“逼”他写序，话说得很难听，《序》也写得不那么像序。其实，这位博士研究生相当优秀，是现代文学学科教学和科研队伍中的佼佼者。恩和先生说的这几件事情可让我长了见识。当导师的岂能这样做？即便自己的弟子真有这样那样的不足，也要讲究方式方法，“关起门”来批评，话说得重一点无所谓；“大庭广众”之下就不能太任性。

著名教育家夏丏尊先生在《〈爱的教育〉译者序言》里，把办学校比做挖池塘。他说，自前清末年创办学校以来，老在制度上、方法上变来变去，好像挖池塘，有人说方的好，有人说圆的好，不断地改来改去；而池塘要成为池塘必须有水，这个最关键的问题反而没有人注意。他认为办好学校的关键在于感情，必须有爱；而当时的学校，所短缺的正是感情和爱，任凭是方的还是圆的，都成了没有水的池塘，一个个干涸的土坑。夏先生认为理想的教育要建立在感情的基础上，爱的基础上。研究生特别是博士研究生虽说都是“大人”了，但在“导师”面前也还是学生，对他们的教育和指导也必须建立在“爱的基础上”。叶圣陶先生也是这么认为的，他在《朱佩弦先生》一文中说：“像朱先生那样的教师实践了古人所说的‘教学相长’，有亲切的友谊，又有强固的责任感，那才自然而然成为学生敬爱的对象。”提倡当“导师”的要像朱自清先生那样把“强固的责任感”建立在“亲切的友谊”之上。叶圣陶先生还多次说道：“教育工作者的全部工作就是为人师表”，当教师的贵在“身教”和“示范”；而不是一味地“说教”和“管卡”。因为有了恩和先生的提示，我和研究生相处得还算好，他们也都顺利地完成学业，找到了比较理想的工作。也正是有了恩和先生的提示，促使我更理性地看待教育，看待青年。即便在退休多年后的今天，每当听到社会上的名家名师对青年学生有“酷评”时，心里总有一种强烈的反感。青年是祖国的未来，青年强则祖国强，对青年人一定要“关爱”多于“批评”，“批评”也要源于“爱”，我的这个想法与恩和先生的影响有关。

2019年2月的一天，接到恩和先生的微信，说是张大明先生写的《文学所现代室搞的集体项目》一文标名为“历史现场”，其实记忆有误。文章刊登在2017年《新文学史料》上，是哪一期记不起来了，要我帮查一查。因为大明先生谈的是唐弢先生主编《中国现代文学史》的事，恩和先生觉得有些事情我大概也知道，于是就说给我听。3月9日他把文章发给我，题为《我知道的〈中国现代文学史〉(唐弢主编）编写的一些情况》。此文作为恩和先生的“遗稿”，刊登在《新文学史料》2020年第1期。大概是编辑发稿时作了一点删减，登出来的文章与原稿在文字上有出入，尤其是“附记”（编辑改为“附笔”）改动得还比较多，现将原稿中的“附记”抄录于下：

> 写作此文前，读到中国社会科学院文学研究所张大明研究员的文章《历史现场：张大明：文学所现代室搞的集体项目》（文章写于2014年，发表于《新文学史料》2017年第4期，恕我消息闭塞，最近才由朋友转知）。张文将《中国现代文学史》（唐弢主编）列为文学所完成各项集体项目之第一项。且不说这本文学史算不算文学所的集体项目，（《中国现代文学史》出版“前言”开宗明义说：“本书系教育部统一组织编写的高等学校中文系教材”），张文对这本文学史编写的背景起因和编写情况亦毫不了解，凭主观臆测说是出于“周扬1959年形成的一个思想：中国人要编写一套中国自己的高等学校文科教材”，以改变高校文科教材“基本上全是翻译的”“充满教条，是欧洲中心的”现状。对于编写组成员和具体编写情况，也基本上是靠片言只语、一知

半解凑成。这必然导致后来的人对唐本《中国现代文学史》的茫然和误解。作者当时尚未到文学所工作，不在“历史现场”。不明情况，情有可原。但写作文章前，完全可以且应该向现代室参加了编写工作的樊骏、吴子敏、徐廼翔等同志打听探问，至少也应该阅读早已出书的《中国现代文学史》前言。看来作者这些基本准备工作都没有做。作者以资料研究见长，平时相当仔细严谨，写这篇文章又标出是“历史现场”，结果如此，令人费解。作者是我多年朋友，退休后也时有聚叙。但为了历史真相，我思考再三决定写出此文，读者当能理解。

恩和先生和大明先生是“多年”的“朋友”，“退休后也时有聚叙”，但在“学术”上“有错必纠”，这种“爽直”与他那总是面带笑意，淡定从容、侃侃而谈的鸿儒风度判若两人。这让我想起恩和先生的大作《郭小川传》，封面的设计有点特别：左半面是诗人的黑白照片，右半面是《团泊洼的秋天》中写“战士”的五节诗：

战士自有战士的性格：不怕污蔑，不怕恫吓；

一切无情的打击，只会使人腰杆挺直，青春焕发。

战士自有战士的抱负：永远改造，从零出发；

一切可耻的衰退，只能使人视若仇敌，踏成泥沙。

战士自有战士的胆识：不信流言，不受欺诈；

一切无稽的罪名，只会使人神志清醒，大脑发达。

战士自有战士的爱情：忠贞不渝，新美如画；

一切额外的贪欲，只能使人感到厌烦，感到肉麻。

战士的歌声，可以休止一时，却永远不会沙哑；

战士的明眼，可以关闭一时，却永远不会昏瞎。

恩和先生在书中说：“这些铿锵有力、掷地作声的诗句，唱出了一个战士对革命的忠贞信念，唱出了他面对迫害不怕牺牲的浩然正气，可以说由表及里，从内到外，活画出一名无产阶级革命战士无私无畏的高大形象，是一曲地地道道的无产阶级革命的正气歌。”这五节诗也可以看作是恩和先生为人的“取向”和“自述”。恩和先生的人生遭际，其实很坎坷，是他所崇尚的战士的性格和品质支撑了他。也正是有了这种性格和品质，他为人坦坦荡荡，一身正气，有所不为；做学问敢于直陈己见，不迷信前人，不害怕孤立，不随风使舵，不曲学阿世，求真求实，泽被后学。恩和先生的这些高风亮节值得我们永远景仰和怀念。

2020年6月6日于北大畅春园寓所

（原刊于《现代中文学刊》2020年第4期）

用心的学术行走

——致敬“石斋”吴福辉先生

◎ 李　今

（中国人民大学文学院）

吴老师走了，再读他的书感觉就不一样了。

记得两年前，为庆贺他的八十大寿，《汉语言文学研究》杂志筹划了个专栏向我约稿，真是恰逢其会。十多年前，我就曾应允为他大著《插图本中国现代文学发展史》写个书评，可调入人大文学院后，总因忙而一再食言。现在退休了，终于可以借机还账了。实际上，多一篇少一篇书评，对于吴老师是无所谓的，只是我自己想了结一直耿耿于怀的歉疚。1月15日惊悉吴老师在睡梦中仙逝，我于深深哀悼的同时，心底也因此多了一分宽慰。离开文学馆后，我和吴老师已多年疏于联系了。他去加拿大前曾将未赠予的书补寄过来，我只当是供写书评的参考，现在才又体会出了留念与告别的意绪。

多日来，我一直在慢慢地读吴老师新送的书《石斋语痕》《石斋语痕二集》，他甚至比过去更活灵活现地浮现在我的面前，越读越发感到吴老师早就开始"俯视""反观"自己，早就开始着手总结自己的学术经验，以"追念延缩年华"的方式，向自己，向他生存过的世间，向我们绵绵絮语，做"临末的倾诉"了。

我虽不是基督徒，却随着年龄的增大，越发意识到每个人来到世上都负有一份使命，只不过是能否觉悟，觉悟得早晚而已。吴老师似乎没有谈过，甚至有些抵触人生圣化的意义，但他却以自己治文学史六十年的业绩，成就了文学史家的天赋大任，昭显了他的灵命。

吴老师在他《都市漩流中的海派小说》新版前言中，曾"盘底"自己一生的学术工作，说他出版的十几本书，不计合著，"大概只有两本书或许可留存几年"，所指即该作和他的个人文学史。话中虽透露着谦虚，却也客观而中肯。我在书评《讲述现代中国文学场域的故事》中，也做出过类似的评价："他一生的学术研究似乎都是为推出这部文学史，他个人的生活和志趣似乎也都是在为写这部新型文学史做积累。"[1]毫无疑问，《插图本中国现代文学发展史》不仅是吴老师个人著述的顶峰，也会在相当一个时期独占个人著现代文学全史的鳌头。而其海派研究则是他通往文学史观念、结构以及叙述观点之全面更新的桥梁。

我的宽慰在于吴老师不仅读到了我写他的书评，并大体认可，尤其对我谈他建构起不同于古代，而专属于现代文学空间场域的文学变迁史的观点表示认同。当我把初稿发给他，请他赐教时，他给我回复微信说“这很符合我的原意，说在要害处”。更赞赏我说他在个人文学史里前所未有地创建起一个强大的市民文学叙述系统的观点，认为我文中的这一节“也是对二节的深化，但写得好”。吴老师的个人文学史的确“以其具有个人性的叙述声音和文化大视野，将文学史看作是文学场域活动的观念，把地域作为承载文学万象的空间性结构，通过对文人在现代社会中分化为三大流派的承续与流变的洞察，重建起一种全新的文学史图景。”[2]拙评不过出于自己的直觉印象，而重读他的两本《石斋语痕》后，才让我从中触摸到了他攀登这一学术高峰的坚韧足迹和艰辛历程。

过去我从未认真对待过吴老师的游历，不过将其看作是一种个人嗜好，甚至是喜欢享受生活的表现，而与悬梁刺股、甘坐冷板凳的学者形象相区别。但《石斋语痕》所记录汇集起他追随作家足迹的一次次探查活动，其范围之广，所收成效之大，的确不能不让我刮目相看了。

显然，吴老师已把实地踏查，践行积累成了他的学问功底，或可说成是现代文学研究的田野调查。与一般学者从书本到书本不同，他反倒像作家，或画家，讲究的是读万卷书，行万里路的功夫。他的回到历史现场，不仅仅是通常所谓查阅报刊，寻找第一手材料的意思，而真的是回到历史的现场遗址。早在写《沙汀传》时，他就开始下决心，把沙汀一生走过的地方都走上一遍，从其偏僻的故乡安县到睢水镇、秀水镇、读书的成都盐道街省一师原址、“左联”时在上海的居住地闸北德恩里、青岛巨野路，加上抗战期间重庆的角角落落，甚至包括“文革”遭囚禁的昭觉寺等等，他都一一踏访过，还曾数次进入汶川大山里面去寻访产生《淘金记》《在其香居茶馆里》故事的旧址。几十年下来，他探险般的足迹遍布现代作家的出生地、写作地和活动地。通过遍访胡适的老家绩溪上庄，对比周边歙县、黟县、祁门、休宁、婺源等地，让他震惊起胡适何以能够从如此贫苦农村走向杭州、上海和世界的好奇心；长治乡下赵树理家带花饰栏杆楼房的故居，打破了他对这位文艺新方向旗手贫下中农出身的臆想；在周氏兄弟故居，经过对绍兴新台门、老台门的细致勘察，他才意识到其家族原是多么大的一个官宦之家，体味到鲁迅所说“家道中落”的意涵；丰子恺的缘缘堂虽然早就毁于日机的轰炸，但他却不放弃，终于浙江石门旧址后修的故居中，找到了被邻居抢下的烧焦的木门，目睹原缘缘堂唯一保存至今的物品，摩挲不止，徘徊不去，让自己的心灵经受一次阵阵袭来的情感震撼。

还有沈从文的凤凰城、汪曾祺的高邮、废名的黄梅、萧红的呼兰河、艾芜的故乡新繁、李劼人的“菱窠”、徐志摩的硖石、冯雪峰的义乌、郭沫若乐山沙湾的祖屋、曹禺天津意大利租界的故居、梁启超的天津故居与广东新会老家、林语堂漳州坂仔村的教堂、郁达夫的杭州“风雨茅庐”、艾青的乡间奶母“大堰河”的墓地、闻一多的浠水、骆宾基的珲春老区、叶圣陶的角直，更不用说吴老师对自己出生地和居住地里作家遗址的珍爱了。鲁迅住过的八道湾、砖塔胡同和西三条、景云里的老石库门、拉摩斯公寓、大陆新村，老舍住过的小杨家胡同、“丹柿小院”，在他的描述中，文学上海是由韩邦庆之上海、曾朴之上海、茅盾之上海、丁玲之上海、沈从文之上海、穆时英之上海、施蛰存之上海、张爱玲之上海多维交织而成，旧上海的地标式建筑：大光明、国泰影院、百乐门舞厅、跑马厅主楼等等，似乎都被他视为了祖传的家宝，炫耀的资本，一次次带着朋友、学生兴高采烈地“游学”不已。

特别值得关注的是，吴老师的现代田野调查不仅仅以个体作家为单位，更以不同的现代作家群体占用一地后所形成的特殊空间为考察对象，在观察其分布、组合及其生活方式的人地关系中，探入不同文化景观的类型。

他的插图本文学史，不以某部作品的诞生作为开端，而以上海著名的报刊书店街望平街的形成作为文化与文学转型的现代标志，其发展则以文学北京和文学上海作为两大“标杆式”的现代文学空间，从而凸显出中国现代文学在都市中发生发展起来的这一性质。到抗战更通过梳理追寻作家们的全国性迁徙路线及其群居地，吴老师细致描述了此一时期人文现象的地理分布，在重庆、延安、桂林、昆明、香港等地所形成的不同文化城的文学生态图景。读过吴老师《抗战期间“文协”作家的重庆集聚地》一文的学者，恐怕都不会不惊服于为寻觅中华全国文艺界抗敌协会会址，他所表现出的细密与执着。沿着成立地址武汉追随其西迁的路线到达重庆，他居然还能注意到临时的落脚之地青年会，从临江门横街33号：“文协”第一个在渝总会会所，到“文协”作家战地访问团成员聚居地：华裕农场的四合院场部，到“文协”第二个家的处所：干涸了的桃子沟南温泉，到林语堂在北碚蔡锷路24号买下的一幢小楼：“文协”北碚会所，到“文协”最著名的总会地址：张家花园65号，等等，他都曾按图索骥、一一“参拜”过，不仅清楚每个会所的来由，甚至摸清了每个房间哪个作家居住过，在特殊时期所形成的共产式日常生活。

我想，现代文学研究者中大概没有谁像吴老师跑过这么多的作家遗迹了，难道他不累吗？面对他涉足如此多的穷乡僻壤，衡门深巷，不能不感到震撼！简直可以说，他一个人不知不觉中创建了现代文学研究的田野考古学。他的文学考察始终不离开人与地之间所形成的特殊空间关系，通过走访、现场观察、绘图、照相、记录，以及搜集作家的相关创作与回忆文献等等，尽可能地去整合复原作家活动的场域，助力进入“现场”，让自己像作家对故乡人物场景一样，达到“透骨般的熟稔”。

实际上，实地踏查不仅仅是吴老师独特的工作与研究方式，更出于他自觉的学术追求。他以为，“研究文学史，原是一件需贴近已逝的事物去触摸故人灵魂的工作”[3]，作家的故居和重要活动场所，正是解读现代文学经典，理解作家创作的“一处处指路灯”，从中能够看出作家的倾向与个性，是“凝固的活化石”，可以使我们“实实在在了解到那个文学时代的人情关节”。[4]正是通过全面而细致地踏查现代作家的活动场域，在吴老师心目中不仅形成了中国现代文学生长与分布的文化地图，凝固成他个人文学史大的“板块”与承续“线索”，更发散为他对作家生活环境、生活方式、交际往来等行为的沉浸式体验，生成为生动而亲切的絮语散文般的文学史叙述语调，从而打破了文学史写作的“教科书面孔”。我在书评中全凭直觉说他的个人文学史放弃了扮演权威的角色，“就像一个展览的解说员或一个旅游胜地的导游那样去讲述”。虽说这个比喻会被现实中那些只会背诵的解说员和导游形象所降低，但读过《石斋语痕》后，我却得到了证实。吴老师具有“杂陈”“万象”于“博物馆”的文学史观，他是“存了然于心的学养，行举重若轻的风范，极贯通之能事，向读者如数家珍地指点、讲述这段文学发展史山水流脉的生态图景”[5]，他的文学史所以能发出亲切、温情而生动的个人声音，不能不归功于他的实地考察和体验。最典型的例子，就是收入《石斋语痕二集》中，他将张爱玲的旧上海与自己的“童年上海”相对照，写出的系列散文《旧时上海文化地图：“看张”读书笔记》之一、之二、之三，他特别在《自序》中谈到这几篇所以“写得好些”的文章，是因为“毕竟每一寸记忆都回肠百结的呀”。将学术与自己的生活道路，以及实地考察相结合而生出“笔端带着感情的文字”，是他最赞赏，也最想追求的一种论述文的风格。

吴老师学术人生的独特与卓越当然不仅于此，解志熙在挽联中特别赞其“鉴赏最中肯”。虽说受限于文学史体式所要求的大视野与概况流脉的框架勾勒，吴老师的个人文学史未能尽展此端之才华，但他在《石斋语痕》中却大显身手。细读他这些“学余随笔”，时时会被他一语中的、犀利透辟的警句所击中。如他在讲读张爱玲晚期作品的提要里，评点《雷峰塔》《易经》《小团圆》三部作品是“一个天才作家写作高峰已过的‘困兽犹斗’”，表现出“一种从童年积淀而来的文字报复力量”。《小团圆》给他“印象最深的是作者的弑母情结”所透出张爱玲的“残忍”。[6]他评价萧红的小说“理念的隐退带来的是文学直觉的充分还原，复沓的文句充满诗意和回溯之美”。[7]他说朱自清的名篇《桨声灯影里的秦淮河》“会显出一点点矫情”，“或者称作情绪的浪费，是年轻的标记”。[8]他一眼洞察莫言成名作《透明的红萝卜》中那个让人惊叹的“小黑孩”“仿佛是眉间尺和黑衣人的复合体”[9]等，从中我们可以体味出吴老师品评作家作品的精准、恰适、透彻的感受力、思想力与表达力。

可以看出，吴老师还是相当看重自己的这些学术散文的，虽然他谦称其为“边角余料”“瓮牖剩墨”，但还是欣然接受了“微型文学史片断”的判定。这种品评鉴赏能力，是与他在集子中一再谈及的语文材料积累的功底分不开的：即“经过不知疲倦的阅读，让普天之下的优秀文字来触动、陶染我们，以打造出一副语文的好身手”，“获取正确语感，体悟美丽文心”，[11]而且认为如果进入大学之前，你还未经过持久的阅读获得初步的这种感知，即可说你还未入语文（包含文学）之门，并提出本科生四年内应读四十个作家作品，硕士研究生要基本读完作家作品的基数，认为阅读的盘子大了，自然能建立起作家作品和文学史之间的内在理路关系。这是吴老师提出的阅读标准，也是对其学术人生经验的又一总结。他一直以“文青”和二十多年在中学从事语文教育的经历，对古今中外文学名著的广泛涉猎为自己从事文学研究的底气。记得我曾惊叹，怎么说起哪位作家作品，不管大小，是否是代表作，他都门清时，吴老师郑重地告诉我，他研究生时把现代作家作品一本本地读了一遍，直到现在每天仍会有一定时间读文学作品，而且天天做笔记。

吴老师中肯透辟、精审入微的“语感”和“文笔”除了长期积累涵泳的功夫，不能不提的是，他所秉持的客观中正的学术态度。虽说，一般都认为吴老师通达人情世故，但他的学术著述虽轻灵圆通，并不失严肃与纯粹的气度，他的知人论世并不随方就圆。严家炎先生虽是他的导师，评其主编的《二十世纪中国文学史》，吴老师在肯定“学术锐气内含很深”的同时，又说：“本书不以全新的文学史叙述结构、视角、图景为自己的鲜明特色，它的文学史构架是偏于稳定的，积淀式的，持续生长型的”。[12]不扬不抑，分寸适度。樊骏先生是他最尊敬的学者之一，即使写悼念文章，缅怀其“给《丛刊》带来品格精魂”，也并无夸饰，他描述樊骏先生“平时穿戴也普普通通，只从行文的语气和穿着的干净劲儿上，能透出那么一点不凡”，还幽默地说：“这就是改造过的‘贵族’剩下的‘残余势力’了”，[13]刻画得真是惟妙惟肖，入木三分。他评说李欧梵其书其人，更力透纸背地指出，他所谓的“老上海殖民色彩里面的‘世界主义’”“是源于李欧梵本人的‘世界人’的文化立场”，他对《申报》副刊“自由谈”批评空间的讨论，“没有从‘公民社会’进一步讲到中国的市民社会，这往往是他的局限”。说他采取了“横跨，或横站”这样一种“我们这代人文学者面对世界最聪明的姿态”，他是“一个文学和文化的‘漫游者'"，他能"引人们进入20世纪中国现代都市文化的领域，靠的是文本、历史与诗相互结合贯通的学术方式"，甚至调侃他"开辟了狐狸式的研究格局"。[14]

吴老师的品鉴虽不属振聋发聩的宏论，但往往能将大家共同感受到而未说出的意思画龙点睛出来。他读万卷书，行万里路的治学方式，追求的是梁启超所谓"优游涵饮，使自得之"的境界。他处世的人情练达与其论学的平正中肯，是他自觉遵循王瑶先生"做人宜外圆内方"教诲的学行，也是他所喜好的"石性石德"，既坚实，又圆润"精魂"之显征。在他"石斋"学术的人生之旅中，吴老师的处世姿态放得很低，甚至低于谦和。他虽长期担纲《丛刊》主编，却如他所说："王瑶先生、严家炎与樊骏构成刊物长期的铁三角"，"我配合着一起工作了四分之一世纪"[15]；对于我们这些下属，他有时竟会以央求的语调哄我们做事。他坦承，像钱锺书、杨绛夫妇，还有萧乾、文洁若夫妇都是"为学术而生的人"，属于"尖端的例子"，"都不是我们所能轻易学的，甚至不可能也不必要照猫画虎地去学"，但坚守了他们自主地、愉悦地做学问之"普遍的法则"。[16]

吴老师到加拿大后，仍在继续他《石斋语痕》

的写作，我还收到他新写的两篇文章。早在2014年最初出版的时候，他就说："夕阳的年纪，总还存留着中年后期的生命感觉。但这种感觉会不会被某种突然降临的力量所打断，也是不可测的"。[17]吴老师一定不会预想到他走得这样轻松，在睡梦中就羽化了，这是多么美好的人生终结，同样让人羡慕！也不知吴老师的这类短文是否积存得又可以出一本《石斋语痕三集》了。

吴老师虽然走了，我的微信里还存有他发给我的短信，最后一条停留在2020年5月27日上午11时14分，他告诉我写了一篇在鞍山看电影的短文，临末却说："我在加还好，但人不老是不行的，对吧？"面对人的无奈谁能超克呢？我只能以遥远的祝福安慰他。但我现在可以说，"石斋"之建树亦足可告慰其主人在天之灵！只要是研读中国现代文学的人，谁能不读吴老师的文学史呢？他的精魂附体于文字，会长久和我们在一起。

注释：

1. 李今：《讲述现代中国文学场域的故事——吴福辉〈插图本中国现代文学发展史〉重读》，《汉语言文学研究》2019年第4期。

2. 同上。

3. 吴福辉：《由野史材料探入"文学现场"》，《石斋语痕》，开封：河南大学出版社，2014年，第39页。

4. 参阅吴福辉：《现代作家故居琐谈》，《石斋语痕二集》，开封：河南大学出版社，2018年，第174—180页。

5. 李今：《讲述现代中国文学场域的故事——吴福辉〈插图本中国现代文学发展史〉重读》，《汉语言文学研究》2019年第4期。

6. 吴福辉：《张爱玲晚期作品〈雷峰塔〉〈易经〉〈小团圆〉讲读提要》，《石斋语痕》，第86、87、89页。

7. 吴福辉：《萧红：〈呼兰河传·小城三月〉》，《石斋语痕》，第238页。

8. 吴福辉：《现代作家新编二题》，《石斋语痕》，第248页。

9. 吴福辉：《莫言的"'铸剑'笔意"》，《石斋语痕》第243页。

10. 吴福辉：《我的阅读史和你们的阅读史》，《石斋语痕二集》，第53页。

11. 吴福辉：《突破·调适·推进》，《石斋语痕》第259页。

12. 吴福辉：《给〈丛刊〉带来品格精魂》，《石斋语痕》，第323页。

13. 吴福辉：《李欧梵的文学与都市：其书其人》，《石斋语痕》，第328、329页。

14. 吴福辉：《给〈丛刊〉带来品格精魂》，《石斋语痕》，第323页。

15. 吴福辉：《从留发、剪辫说到明日之学界》，《石斋语痕》第274—275页。

16. 吴福辉：《自序》，《石斋语痕》，第3页。

（原刊于《现代中文学刊》2021年第2期）

怀念吴福辉老师

◎ 倪文尖

（华东师范大学中文系）

那天，早上醒来，依习惯看手机。看到一个现当代文学研究的群里：子善老师报告诸位不幸的消息，吴福辉先生今晨在加拿大突然逝世，享年82岁。

太突然了！怎么可能？心存一丝侥幸，赶紧去问。子善老师的回复却是证实了。

不久，收到李楠兄微信："倪老师，早上接到吴老师儿子信，'今天早上我爸在家突然去世，医生诊断为心脏病发作。'前天还在跟吴老师微信聊天。仿佛晴天霹雳！难以置信！"

唉，心里堵得慌。起床了，人也呆呆的。

做不了什么，只能在朋友圈表达沉痛的缅怀之情：

第一次见吴老师，是1992年，万寿寺。我拿着晓明老师的信去访学，吴老师客气得惊人，太温暖！当即签名送我《中国现代文学三十年》等一摞书。

后来见得挺多。却记不得最后一次见面的情形了。以为总还会再见。

印象深刻的有，陪吴老师走淮海路，为了买他心仪的白裤子；陪吴老师去北外滩，访他小时候的旧居；2006年吴老师来上海，特地来看骨折卧床的我……

福辉老师与我的微信通信定格在11月7日：

（子善老师在讲到您呢："我还没来得及告诉吴先生，他小时候老家那儿要拆掉了。"）

"看到子善近影，很亲切但也不免感慨：大家都老了！我在上海住过三个地方，静安寺今北京西路，迪斯威路今溧阳路，东余杭路春阳里。子善说要拆的，定是东余杭路。看不到了！"

唯一的安慰是，吴老师走得突然，没遭罪吧。

手足无措，就开始找起福辉老师题签送我的书来。家里书是乱得不能再乱。但还好，凭着有效虽也是有限的记忆，先是那本1987年版的《中国现代文学三十年》出来了，吴老师送我的是1991年10月第2次印刷的版本。接着，是他在上海亲手送我的最后一本书:《春润集》。这两本书，从“倪文尖同志雅正”变成了“文尖老友存之”，而时间是从“1992年6月”走到了“2012年11月”。最记得放在哪里，却搬了半天书才露脸的：先是《都市漩流中的海派小说》，该书是我读博期间用力最勤、收获最大的著作（几乎不用“之一”，吴老师的题签还提醒我回想起来，这书是烦劳他寄了第二次才收到的）；后是《插图本中国现代文学发展史》，这书应该也是吴老师寄过来的，我一直准备认真读而终于没来得及仔细读。颇有意味的是，这两本书，吴老师在扉页上写的都是“倪文尖存正”。大气的、熟悉的这五个字看着我，我看着它们，有些发愣，也若有所思，心里堵得更慌，就发狠试图找齐《带着枷锁的笑》《且换一种眼光》《深化中的变异》《游走双城》……但是这些书，有的应该是放在学校做教学之用，有的估计是借给学生写论文参考而不记得所踪了，反正，很难再有新的收获。当后来看到那本《梁遇春散文全编》，其实就在手边，其实前些天还正在用，却找了半天才想起来还有这本，我知道，我是心里乱得糊涂了，再找也无济于事，于是，又给子善老师写了条微信:“陈老师，学刊做一期纪念专栏吧，我想写一篇回忆兼谈老吴学术的文章，一早上很难过。”

那天，是1月15日。

生死无情，时间更无情。现在，福辉老师“五七”都过了。按我们家乡的传统说法，老吴是彻底地到了另一个世界，与我们完全地阴阳两隔了。这一个多月里，我重新阅读了吴老师的一些著述，感觉有了点新的体会。可是，看过一些悼念文章后，更是发现，自己的那点体会，其实，相识或不相识的师友们已经谈得相当到位。而且，吴老师热情相待、倾心扶持的后辈可谓数不胜数，他们对福辉老师为人、为学的理解，尤其是对吴老师晚年生活的了解，都超过我许多，也让我获益良多。我几乎都要后悔那天情之所至，主动要求写这篇文章了。

更后悔的是，福辉老师的集大成之作《插图本中国现代文学发展史》，我竟然延宕拖拉，没有及时读，错过了跟吴老师汇报心得、交流思想的机会。事实上，吴老师自己也非常看重这本书，他在《自序》中介绍“这部书的完成，真可谓一波三折”时，就开宗明义地说过“试想此书假若早几年写出，或许它只是一种陈旧的文学史加插图、加地图的东西，一种非驴非马、非旧非新、或形新而实旧的东西而已。而现在的此书，当然没有什么了不得的，正文之外的插图、表格也不是什么不重要，却色色样样都归结到一部含了些新观念的，说得大胆一些，是身上可能包孕着一点未来因素的文学史上面去了。”[1]谦逊之中，期待知音的意思也溢于言表，而且吴老师或许还私下给了我信号。前年5月24日，他主动发来王德威的该书英译本序。我却茫然不觉，没有及时回复，唉！真不知自己当时因为什么而忙昏了头。直到去年3月11日，我才给吴老师转去了当天看到的李今大作《讲述现代中国文学场域的故事》，以作为某种迟到的回应。况且那时正值新冠疫情猖獗，我去信的重心是在“吴老师健康长寿啊！非常时期，您多保重！”因此，老师的回复也主要是，“很久没通音问了，我人在加拿大儿子这里，人老了，干不成什么事了，也不知何时能去上海见见大家。疫情终会过去，希望相识者都平安康健！”这段话，这个月来我读了多次，为了努力想象吴老师那时是一种什么样的状态、什么样的心情。一向开朗达观的吴老师，终于还是开朗达观的，可惜啊，我当时只想到这一点，却没有太关注吴老师“人老了，干不成什么事了”的叹息，我更不敢想，假如我主动地谈起他对中国现代文学发展史的描画，他是否就会像我记忆中的吴老师那样再次阔论高谈、神采飞扬。

这真是一部非福辉老师不能写出来的文学史。该书勒口上的作者简介写道，“吴福辉（1939—），浙江镇海县人（今宁波市江北区）。生于江南上海，长于关外辽宁。”这是吴老师开讲自己的标配。在吴老师去年5月发我、我与悲悼文字同时转发朋友圈的《百年翩跹》一文中，他更详尽、清晰而深情地梳理了他们家族的百年迁徙史：“据家谱说，我们的根子是在延陵（丹阳常州之间），以后辗转至浙江四明之地等”，“宁波就不一样了，它是我能见到祖屋的故乡呵。宁波的创业中坚是我曾祖父”，“曾祖父在眼见上海越发崛起的关键时刻（约20世纪20年代），毅然决定了五个儿子的去向：三阿爷一家留守，二阿爷、小阿爷转移无锡，我阿爷和四阿爷奔赴上海”，“待我在黄浦江畔出生，家族的这次‘大转移’已然完成。我从小的感觉，宁波人融入上海求得立足，就像从这个市区搬到那个市区那么熟习、自然”，“1949年底，上海解放才半年，父亲即应东北人民政府重工业部的招考，录取后编入第18会计招聘团，携全家转赴辽宁”，“我们家已经扎根在鞍山、沈阳，五代人构成大大小小十几个家庭；一部分后代能听懂上海话，满口讲的都已是东北话；我母亲所做的拿手宁波菜、上海菜，被有的小辈继承。吃食与穿戴两项揉入的南北习惯，成了我们这个具有多元文化因素的家族特色”，“1978年我考上恢复高考之后的首届研究生，来到北京。毕业后留京工作，开始了家族部分成员向又一个地域的转移”，“我这里又分出新的一脉，下一代和下两代的儿孙不断有考上北京学校而留京者，北京支脉有了雏形”。这之后，吴老师在文中很有自我意识地总结道，“在做上世纪三十年代中国现代文学史研究的过程中，发现、挖掘了海派文学，触动了我对甬沪两地固有的‘情结’，调动起童年的生活记忆，写出了最早的海派小说研究专著。我从学术专业上仿佛踏上了一条回归之路。”[2]

这也是我这个月想得很多的关键问题之一，是吴老师一家和他个人在中国走南闯北的经历——而且吴老师喜欢旅游在圈内是出了名的，1998年的山西行中，我有幸和他一起登五台山、观壶口瀑布，更目睹他是如何一个兴致勃勃、熟知掌故和风土人情的最佳游伴。最近，又看吴老师河南大学的学生们回忆，他后来走遍了河南，也一直在很努力地走遍全国——使福辉老师对中国之大有特别深刻的感悟，国内各区域之间，各各不同，又各美其美。也正是这样一种空间感觉和空间意识，才可能使中国现代文学的发展在吴老师的思想中，将空间性的问题埋在时间性之下，而在他的笔下创生了“新的历史叙述空间，把过去线性的视点转化为立体的、开放的、网状的文学图景”。

当然，吴老师一生的履历中，最具有决定性的还是一头一尾。“一尾”是他以三十九岁之龄赴京求学，拜在王瑶先生门下开始现代文学研究之路，也开始做一个北京学人，做一个“北京人”。“一头”则是他后来越来越自觉，也一直乐于强调的，“在上海受小学教育”，长到十二岁才离开上海。对此，吴老师写了不少散文进行感性回忆，也在一些论文里加以理性回顾。在我看来，相当完整的上海童年生活以及由此形成的童年记忆，实在是吴老师一生的“底子”（张爱玲的一大关键词）。虽然那是一个风雨飘摇的上海年代，他们吴家的“中产市民家庭的地位”也时有失落之虞，但是，作为上海根本底色的市民生活和市民文化，还是奠定了吴老师的“三观”尤其是趣味，无论在日常生活中，还是在精神气质和文学审美上，吴老师都“到底是上海人”。这在他的老同学赵园老师那里，是20世纪的70年代末就有感觉了，而在吴老师早年的学术工作里，倒反而是潜伏在他对“讽刺文学”的津津乐道和对沙汀小说的深入剖析中。也是难怪，在1980年代早、中期，虽也不是没有汪曾祺的作品、陆文夫的《美食家》等显得另类的文学，但当年的时代精神和文化风尚，显然还没有准备好一个合适的阐释框架来予以接受和安置，以至于阿城的《棋王》出世了，大家都还在一起或认真或忽悠地谈“道家”论“文化”。要等到1987年，用我很多年来习惯了的一个说法，是随着大众、欲望和市场的崛起，以“新写实小说”风行文坛特别是王朔的作品风行全国为标志，世俗生活和市民文化的逻辑才终于“上得了台面”。1989年，吴老师果然领风气之先地，也责无旁贷地连发二文，《为海派文学正名》和《大陆文学的京海冲突构造》。这两篇著名论文，对于吴老师个人来说，是不仅发展出了学术代表作《都市漩流中的海派小说》，也在事实上构成了他独到的现代文学史观念与图景的滥觞，而对我们这个学科来说，则开启了一个研究海派和上海文学的潮流。

我的硕士论文写的是作家钱锺书，但与风行一时的“钱学”文章多少不同，我希望是把钱锺书的文学创作放在20世纪中国乃至更具体的40年代上海的历史语境里进行解读，所以，吴老师的大局观和接地气我是非常喜欢的，而万寿寺初次见面待我这个后学又是那样大气、和气、爽气，这让我对他既绝对佩服，又感到无比亲切，甚至还隐隐有点得意，因为吴老师渐渐地把我看作他的忘年交了。记得，我在入了钱（谷融先生）门而又被安排在上海文化发展基金会工作的一年间，吴老师跟我有不少书信往复。当时，我的具体岗位是《每周文艺节目》报的记者和编辑，吴老师对这份工作的兴趣甚至超过了我自己。印象中他说，你这是踩在了上海开始恢复都市小报传统的好节点，你是中国大陆新一轮小报热的先驱者啊，好好干！你应该专心做好记者，借此深入接触社会、认识上海，在读博之前有这么一年，有这么一份好差事，要是我还求之不得呢。我也感觉到了，吴老师这么说，不只是为了劝我调整心态、安心工作，他的那种兴奋感也的确是真实的。所以多年之后，吴老师和他的学生们投入那么大的热情进行小报研究，在我看来是一点也不吃惊。让我多少有点吃惊的是，当我越来越投入小报的工作，一度以巨大热情搞了个野心勃勃的改版设想，并汇报给吴老师之后，他在回信里竟然说，假如这样的设想有可能实现，假如你愿意有滋有味地去落实自己的设想，那么，你不再读博也是一种很好的选择。我是一个纠结的人，好在我的设想当然地没有可行性，因此，1993年秋季我又按计划回校继续读书了。

现在，我在这个学校呆了已经超过三十五年，从本科、硕士到博士，从当学生变成做老师，我的年龄，也已经超过我初次见到吴老师时他的年龄。一般都会说、也应该说，我作为“文革”中出生、在改革开放年代接受了正规完整的中学教育而后读大学、进入学术圈的一代人中的一员，总是比福辉老师以及他们的老师一辈要幸运得多，像吴老师在辽宁做了十九年中学教员，像钱谷融先生在大学当了三十八年讲师，而我们，只要自己努力，时代、社会给了多少好机会让你成长发达啊。可是，为什么21世纪以来我会时或想起吴老师那封信里的话，以至悬想自己的人生假如是另外一种选择？有的时候，我的回答是，那是因为我缺乏吴老师及他们一代人那种坚忍不拔的意志，更缺乏他们那种刻苦勤奋的毅力，而且既缺乏他们那样的才华又很可能是眼高手低；还有的时候，我的回答又是，那是因为我还是想向吴老师们学习，无论做或者不做什么事，都得是发自本心的热爱，都得是出自公心的使命感，无论做或者不做什么学问，也都得是从自己的生活和生命里长出来的。当然，我并没有将自己今日之所是（所非）归因到吴老师或者谁那儿的意思，每个有选择可能的人，其实最终都活成了自己心底愿意、自己也舒服的样子，虽然恐怕他并不愿意承认自己也固然有不那么舒服的时候。而且吴老师的优势和魅力，有许多是我想学也学不了的，不必说魁梧的身躯，超强的行政能力，也不必说广博的学识，广大的朋友圈，单是吴老师的那种潇洒，潇洒地做人，潇洒地做事，潇洒地做学问，就是我不能望其项背的。

比如这篇文章，我竟然写得如此之难，如此之纠结，不就是为了表达对吴老师的怀念之情吗？我对自己说，可另一个我又会说，怎么可以写得如此没有新意，这对得起吴老师吗？如此艰难地纠结之中写到了这里，我倒像是忽然明白了，就像当年吴老师说，只要你乐意怎么都是对的一样，此刻远在天国的吴老师，还是会以他习惯的爽声大笑劝我潇洒一点：可以啦，文尖，赶紧打下句号不就成了吗？这又不是那年在淮海路……

此文不足以怀念我心中的吴老师。

注释：

1. 吴福辉：《插图本中国现代文学发展史》，北京：北京大学出版社，2010年，第3页。

2. 吴福辉：《百年蹒跹》，《文汇报·笔会》2020年5月27日。

（原刊于《现代中文学刊》2021年第2期）

饱满的生命和学术

——吴福辉先生及其海派文学研究

◎ 李　楠
（复旦大学中文系）

2021年1月15日清晨，噩耗从冰天雪地的加拿大卡尔加里传来：我的恩师吴福辉先生突然病逝。用“晴天霹雳”形容听到此消息时的感受实不为过，因为之前不久还在跟老师微信联络，听老师兴致勃勃地介绍他的新居，规划即将开始的域外新生活。看到镜头中老师一如既往的开朗和阳光，由衷地佩服老师惊人的适应能力和不服老的乐观精神，哪里会想到这竟然是最后一面！如果按照民间说法，82岁倒也算高寿，而且老师是在睡梦中悄然离去，不曾遭受病痛折磨，实乃福报不浅。但是，对于深爱老师的家人和亲朋好友，内心的悲伤必将长存，难以释怀。毕竟老师走得太突然，令人猝不及防，没有任何心理准备。老师最终选择那个遥远而陌生的卡尔加里作为长眠之地，致使这么多热爱他的亲戚、朋友、同事和学生们失去了为他送行和日后看望他的机会，不免留下遗憾。也许，依老师豁达的性格，即使远离故土，也不会感到冷清和寂寞，但愿如此，望老师安息。

一

记得老师病逝那天，同事们告诉我："各个微信群里都在感叹'吴老师好人啊！'能够在身后被学术界同事一致评价为'好人'者，其实并不多。"如今社会上有一些人急功近利，把名和利的"成功"看成考量人价值的唯一标杆，为追逐"成功"而不惜突破道德底线。因此，当下社会成功人士常有，真正的"好人"却不常有，尤其在身后被业内同行集体称赞为"好人"者更是微乎其微。此生有幸成为德高望重的"好人"吴老师的学生，心中的自豪感不言而喻。我想，老师之所以能够在生前身后赢得尊重，原因在于他那宽厚仁慈、豁达通透的人格魅力。实事求是地讲，在做老师的学生这20年间，从未听老师议论过牵涉人事的是非短长。老师对于他认可的人或事儿，往往不吝赞誉。而对于他不认可的，轻轻带过，不予置评。老师常教导我们："做学问和做人一样，要宽大。”宽大和厚道成就了老师的好性情和好人缘儿，凡是认识老师的人都会说：“吴老师平易近人，没有一点儿架子，温和又温暖。”即使遭逢势利小人，老师也从不计较，甚至以德报怨。用老师的话说：“我专注于现代文学研究，不会让那些无聊的人和事儿来打扰我，影响我的情绪，转移我的注意力。”老师视现代文学研究为生命，所有不利于做学问的因素都会被他轻易化解或者忽略不计。孙郁老师是吴老师相识多年的朋友，其评价一语中的，他说，吴老师是“超然中看文坛风雨，独思里觅人间诗魂”，“精神通达，笔趣温润”。是的，老师为人处事像他的文章一样，通透晓畅、温润平和，不纠结、不愤激，既宽大包容，又坚守底线。即使批评，也是同情的批评，绝非赶尽杀绝、不留余地。这就是老师之所以赢得了“好人吴老师”赞誉的原因所在。跟老师相知相交四十多年的同窗好友温儒敏老师和赵园老师分别称赞他是“坚实而睿智”[1]“大度”“有兄长范儿”。[2]可见，老师留给学术界同仁的印象是老大哥一般的存在，宽厚仁慈、大度大气，有担当，但不缺乏智慧。

老师的宽厚仁慈、大度大气还在于他常怀同情弱者之心。老师长期负责《中国现代文学研究丛刊》，发现和帮助了不少优秀的青年学者或身处边缘的大学教师。老师曾经说过："位高权重者往往不会体谅小人物的生存不易。即使他们也经历过艰难的爬坡阶段，但是，一旦掌握了权力之后，很少有人会记起小人物的困境。稍有不合自己的心意，就会动用权力，毫不留情地施行打压。他们的一句话、一个轻轻的举动，压在小人物身上，就是足以致命的大山。压得人几十年、甚至一辈子难以翻身。"虽然老师也曾经属于所谓的"位高权重"者，但是，非常难得的是，老师能够设身处地为弱势群体考虑，理解小人物的处境，从来不曾横加责备和埋怨，更不会落井下石。

很少有人知道老师除了学者身份之外，还是一位厅局级领导干部。可是，老师完全没有掌控权力的欲望，他从不把自己当作领导，不摆架子，不要威风，不欺负弱势小人物，不利用手中的权力谋取个人利益，更不会拉帮结派经营江湖势力。学术界从来没有人把"吴老师"和"厅局级领导干部"联系起来，这是因为老师始终保持着纯粹的学者本色。老师常常自豪地说："我的同学、同事、朋友们对我的评价是：'老吴不像个当官的，完全没有官气和官派'。"

总之，老师的人格魅力有目共睹，单是看这来自四面八方的唁电和悼念文章即可窥见一斑，大家一边惋惜老师的突然离世，一边追忆过往的点点滴滴，万般不舍之情跃然纸上。凡是跟老师交往过的同事、同学、朋友和学生，都是由衷地敬佩老师出色的学术成就和端方、温厚的人品美德，还有那积极的生活态度，以及出色的行政管理能力。

有些悼念文章讲到老师喜欢文化旅游、美食、收藏、下棋。我的学生读了这些文章之后，不解地问我："吴老师这么爱'玩儿'，为什么学问做得那么好？老人家莫非是天才？"老师是一位能够从生活中发现美的人，但说不上"爱玩儿"。老师一生的追求是为现代文学研究贡献出更好的成果，永远在为下一本著作辛勤耕耘着，其实，老师非常用功，有那么多优秀的学术成果作证。但是，老师并不认为学者必须足不出户、日日待在书斋里才算是勤奋努力。他所身体力行的理念是，在完成阶段性工作任务之后，应该多出去走走，去亲近大自然，了解社会生活，发现和享受生活的乐趣，开阔视野，丰富人生阅历。文学研究关乎人生，只有将学术和现实人生联系起来，才能做出有温度、有诗意、有价值的成果。当然，如果没有老师那样的天赋和才干，无法兼顾学问、行政事务、家庭生活和业余爱好，也就不可能像老师那样把平凡的日子过成诗歌。

老师读书、写作、处理行政事务的效率奇高，是一位时间管理高手。老师身兼数职，担任文学馆副馆长、负责《丛刊》和学会工作、指导博士生、讲课、兼任各种评审委员、参与社会活动等。如此繁杂的工作，丝毫没有影响老师做学问的质和量。而反过来看，做学问也没有耽搁其他工作。面对各种工作任务，老师永远能够做到举重若轻、游刃有余，从容淡定，有条不紊。这是老师的天赋，也是长期磨炼的结果。老师在一些回忆性散文中讲过，他是家中的长子，下面有四个妹妹和一个弟弟，从小就帮助母亲料理家务、带孩子。经常是一边帮妈妈撑毛线，一边管理弟弟妹妹；一边剥毛豆，一边照看灶台上烧饭的锅。小小年纪协助母亲把一个八口之家管理得井井有条。老师小学毕业之际，和母亲、弟弟妹妹们一起，跟随父亲告别了上海、响应祖国号召去支援东北，搬家到了鞍山。在这座北方钢都，老师读中学、读师范、做中学教师和中学教务主任，直到1978年考入北京大学。老师谈起在鞍山的中学教书经历时，除了语文教学方法和读书写作之外，对于如何做好班主任，颇有心得体会。老师认为，只要方法得当，不需要花费很多精力和时间，一样能把班级治理得井然有序。老师说，一般人的想法是，中学班主任最辛苦，起早贪黑，一刻不敢放松。他做班主任时，告诉学生的最重要的事情却是："非工作时间，不准去打扰老师。老师要读书、写作、备课、做家务，不可能把所有时间都奉献给班级。"虽然没有每时每刻紧盯着班级，老师却能做到最好，每一个最差的班级经老师调教，均能奇迹般逆袭为优秀班集体。不得不佩服老师的管理才能，颇有四两拨千斤之风范。时间过去半个多世纪了，老师当年教过的中学生早已步入暮年，每每回忆起那段岁月，依然对老师钦佩不已。记得老师不止一次说过："我能够同时做几件事情，得益于小时候的家务劳动和做过中学教师的经历。在学者中，像我这样既能做事情，又能做学问的人，并不太多。有些学术表现很优秀的学者一次只能做一件事儿，任务一多就乱了阵脚。一来二去，逐渐产生畏惧情绪，于是，干脆放弃所有事务性工作，专心读书、写作。"可见，家庭成长环境和日后的历练不仅造就了老师宽厚、豁达的好性格，也培养了老师出色的才干。老师从来不曾抱怨过事务性工作和家务劳动侵占了他做学问的时间和精力，原因是，他擅长合理分配时间和精力，应付裕如，做学问和做事情两不误，不会落入手忙脚乱的境地。

今天，老师已经远行。回望老师的一生，追忆老师走过的路、做过的事，敬意和感佩充溢于心。老师一生中的前四十年，从上海到东北，经历了从都市繁华坠入关外荒原的落差，遭逢各种政治运动，虽然没有遇上大的灾难，但也并非顺风顺水。天生乐观豁达的老师无论面对怎样的困境，总能在风雨中找到安身立命的角落，时刻不忘埋藏在心底的文学梦。即使在“读书无用论”横扫天下之时，也不曾放松读书和写作，从未虚度光阴。终于在三十九周岁时，迎来了“科学的春天”，跻身学术界，做上了准备半生的现代文学研究工作。由于前半生的磨炼和积累，加上老师的天赋和勤奋，在后四十年的学术生涯中，无论是做学问，还是办杂志、做领导，都有杰出的表现，为中国现代文学研究和现代文学学科作出了重要贡献。有同学说，老师的一生没有一刻是碌碌无为，很圆满，很有成就。是的，如果说，性格决定命运是事实，那么老师事业上的成就与他心胸开阔、善良淳厚、乐观开朗的性格有直接关系。老师自我要求高，但从不苛责别人，总能设身处地为他人着想，一生没有敌人，避免了陷入人事斗争的漩涡而影响学术研究。老师具有老上海人的专业精神，认真对待学术事业，无论外界环境如何变化，都不曾忘记孜孜以求钻研业务，力求在学术上日日精进，这是不变的奋斗目标。老师从小受父母影响，热爱生活，注重生活品质，但不追求奢华，在做学问和爱生活之间找到平衡点，把文学之美和生活之美结合在一起。老师虽然在陪伴家人、旅游、收藏、下棋上花费了时间，但并没有影响到做学问，反而有助于加深对学术问题的理解和认识。老师认为，文学是人学，生活也是艺术，做文学和文化研究离不开生活。老师认真对待生命和事业，不虚度、不彷徨，一步一个脚印，不追求完美，但尽力为之，把生活和学术之路走得越来越开阔。

二

老师这一代学者有一个共同的特点，那就是学术研究所关注的议题与生命经验密切相关，因此，他们的研究鲜活而充满生机，包含着感情、责任和担当。老师曾经谆谆教导我们："要融入你的研究对象。"在谈起为何钟情于海派文学研究时，老师说："跟着父母家人离开上海的时候我年仅11岁，上海对于我却有着浸透骨血一般的余痕，并种下了我日后研究'文学上海'、研究'海派文学'的根子。"[3]1995年，第一部海派文学研究的奠基之作《都市漩流中的海派小说》出版时，老师在后记中深情地写道："海派研究于我，就如同踏上一次返乡的路途，这是圆我一个残缺的梦。""我谨以此书献给我的出生地（上海）。虽然出生地并非我的故乡，而且她可能早已辨识不出我的模样，无法接纳我（我也背离了她），但我们之间还是存在着一份先天的亲情。这是人与土地的一种深深的维系。”“我的土地既不是黄土地，也不是红土地，甚或大漠荒原，却是水门汀！我的童年回忆便是雨后洁净如洗的方格子人行道，以及酷暑天滚烫的、柔软的柏油马路。”[4]童年和少年的上海记忆成为老师一生的“乡愁”，也是老师研究海派文学取之不尽的灵感和内在动力。

1981年，当海派文学尚未被看好时，老师在没有任何依傍的情况下，独立认定《春阳》是施蛰存先生的代表作之一，给予充分肯定。那篇发在《十月》上的《中国心理小说向现实主义的归依——兼评施蛰存的〈春阳〉》[5]一文，引起了学界的关注。1986年，老师在《日本文学》上发表《中国新感觉派的沉浮和日本文学》，为新感觉派追根溯源。1989年，老师在经历京派文学研究之后，对海派研究有了更为成熟的理解和认识。8月，在《文艺报》发表《为海派文学正名》，旗帜鲜明地指认海派文学是中国城市现代化的产物，具有“现代质素”，不可简单归入等而下之文学而了之。10月，力作《大陆文学的京海冲突构造》发表于《上海文学》，此文荣获年度上海文学奖。1994年在《文学评论》发表《老中国土地上的新兴神话》，论述海派小说的文化风貌。1995年，《都市漩流中的海派小说》问世，此书首次对海派文学进行定义，系统梳理海派文学发生发展的历史过程，归纳和分析海派作家和作品的审美特征，介绍海派文学期刊杂志。熟悉海派文学的另一位海派文学研究大家陈子善老师曾给予高度评价："福辉兄爬梳剔抉，抉微发幽，发掘了不少'海派'作家和作品。尽管这些作家的小说成就有高有低，文坛影响有大有小，但他们如何各自在人的主题尤其'现代人格'的文学表现上进行开掘、如何各自在小说文体先锋性上进行实验、如何各自在大众趣味和开放姿态的结合上进行探索，福辉兄对此都作了细致而又独到的分析，给予了不同程度的肯定。"[6]至此，曾经被长期遮蔽的海派文学终于得以整体呈现，中国现代文学研究增添了新的生长点，京海派研究的热潮来临。

《都市漩流中的海派小说》奠定了老师作为海派文学研究重要开拓者的学术地位，"至今仍被当作海派文学的入门书来读"，[7]除了合著的《中国现代文学三十年》，也是老师所有著作中收到书评最多的一本。此书每十年再版一次，先后由三家出版社出版。此书出版之后，老师没有停下脚步，而是作为又一个起点，继续有关海派文学和文化的探索。1997年和1998年出版的论文集《京海晚眺》和《游走双城》，仍是关乎“京”和“海”的思考。在合著的《中国现代文学三十年》的上海初版和北京修订版中，老师第一次将叶灵凤、穆时英、张爱玲、徐訏、无名氏等人归入海派来叙述。之后，老师将先锋杂志、通俗画报及小报纳入视野，把镜头延伸至晚清小说、鸳鸯蝴蝶派小说，力图在一个更大的视野里重新审视海派，将海派研究引向深入。1998—2003年间，老师编辑出版了《予且代表作》《张爱玲代表作》《施蛰存短篇小说集》《施蛰存作品新编》等海派作家作品资料。除此之外，先后发表了与海派相关联的理论文章数篇，其中有影响力的包括《中国自由主义文学的评价》（1998年6月，发表于香港中文大学中国现代文学研讨会）、《中国左翼文学、京海派文学及其在当下的意义》（1999年8月，发表于韩国第19届中国学国际学术会议）、《海派的文化位置及与中国现代通俗文学之关系》（2000年12月，发表于韩国第6届中国现代文学学会国际学术会议）、《阴影下的学步——晚清小说中的上海》（载2003年《报告文学》第1期）、《多棱镜下有关现代上海的想象——都市文学笔记》[载2003年《湖北大学学报》（哲学社会科学版）第4期]、《海派文学与现代媒体：先锋杂志、通俗画刊及小报》（2003年11月，发表于台湾中正大学“文学传媒与文化视域”研讨会）、《关于都市、都市文化和都市文学》［载2007年《上海师范大学学报》（哲学社会科学版）第2期］等。

老师经过对海派文学、都市文化、现代媒体、晚清文学和通俗文学之关系的考辨，对于现有的中国现代文学史有了更为深刻的认识。2006年发表在《中国现代文学研究丛刊》第1期的《“五四”白话之前的多种准备》，是对当时学术界存在的要求重新规定现代文学史起点的声音所做出的回应。2007年7月至2008年3月，老师在《文艺争鸣》发表系列文章，参与又一轮的“重写文学史”讨论。这四篇文章分别是《寻找多个起点，何妨返回转折点（现代文学史质疑之一）》《消除对市民文学的漠视与贬斥（现代文学史质疑之二）》《“主流型”的文学史写作是否走到了尽头？（现代文学史质疑之三）》《为真正的教材型文学史一辨（现代文学史质疑之四）》。距离这些文章的发表时间，已经过去十三年，今日读来仍然深受启发，不失为探讨文学史写作的重要参考文献。至于具体内容，在此暂不赘述，单是看题目，想必能够明白老师的核心观点。

作为创造了文学史奇迹的《中国现代文学三十年》的作者之一，老师对于文学史的观念和书写策略有深入的了解。在谈到海派文学研究带给“文学史”写作的影响时，老师有切身的体会：“海派文学的研究视野一旦打开，我们就能清楚地看到非主流文学和主流文学相向而行的文化态势。更多的非主流作家和主流强势的左翼作家一样，得到了注目。现代文学史上一时间独尊现实主义，而忽视甚至排斥现代主义（一整打的形形色色现代派）的流弊，提到我们受到的外国文学影响单单指向19世纪的欧美，而不愿看到20世纪欧美的偏见，都由此发生微妙的转变。其他如文学与电影等艺术的关联、与通俗文学、与大众化的联系，也都相继引起注意。商业化不再是单纯的罪恶之渊薮。海派研究牵一发而动全身，在一个方面带动了文学研究的整体变动。”[8]可以说，是因为受到海派文学研究的启发，老师有了更多更新的文学史写作思路，中国现代文学史的结构在老师的脑海中变得更为开放和立体化。2010年1月，北京大学出版社隆重推出《插图本中国现代文学发展史》，这是老师以一己之力完成的一部大书，也是一次文学史写作的大胆探索，是老师进入海派文学研究之后，十几年积累的围绕文学史思考的结果。

“插图本”因其结构新颖和资料翔实，甫一面世，即迎来好评如潮，钱理群老师称赞此著“是集大成，又是新的开拓”[9]。此书体现了老师所倡导的

“合力型”文学史新见，消解了以一种理念统摄全局的“主流型”文学史认知和书写模式，把过去线性的视点转化为空间的、开放的、网状的文学景观。而且，“不仅仅有文学视角，也有广阔的文化视角——出版文化、教育文化、政治文化、市民文化、乡土文化，等等；文学视角与文化视角紧密交织在一起。”“图像、图表、地图、文字、数字等联袂互动，构成了一个立体化的文学史叙述模式，真实而全面地反映出现代文学的历史复杂性。”[10]总之，这是一本全新面貌的中国现代文学史，其创新性、丰富性、流动性和多元性赢得了海内外同行的高度评价，目前已被翻译成英文、韩文、俄文、越南文、哈萨克文、吉尔吉斯文等六种文字，未来将会陆续被翻译成更多种文字，在更多个国家出版。英文版由英国剑桥大学出版社出版，哈佛大学王德威教授为之作序。平心而论，《插图本中国现代文学发展史》之所以能够从数以百计种中国现代文学史著作中脱颖而出，受到海内外同行的重视，原因在于它打破了早已僵化的传统文学史写作模式，将文学看作是充满了文本内外因素的文化生产场域和生态场域，视现代文学的发展为各种话语、媒介领域、政治立场之间持续相互作用的过程。这种文化研究关照下的文学史写作思路其来有自，可以追溯到1995

年老师出版的《都市漩流中的海派小说》，该书正是从产生了海派的大马路（南京路）开始论述，在都市中观察海派文学，不是单纯的围绕文本论述，而是将文化环境、媒体运作、读者市场等多种因素纳入视野。正如陈子善老师所言："可以毫不夸张地说，老吴的海派文学研究在海内外现代文学研究界处于领先地位，也是他的现代文学史研究必要的准备、补充和深化。"[11]

以上是对老师的海派文学研究的简单回顾，老师的海派文学研究动因来自生命体验和对民国时期上海文化的切身感受。海派文学研究带给了老师对文学史的再认识，从与钱老师、温老师合著的《中国现代文学三十年》，到老师独立写作的《插图本中国现代文学发展史》，中间因为经历了海派文学研究，两部文学史的面貌全然不同。如果说前者是传统文学史写作模式的典范，那么后者则是开放式文学史的成功尝试，就目前海内外的评价来看，二者都是中国现代文学史写作历史上的美丽的收获。老师的一生著述丰厚，且不论其他成果，单是《中国现代文学三十年》（合著）、《都市漩流中的海派小说》和《插图本中国现代文学发展史》这三本书，已经是了不起的成就，担得起学界送给老师的称号："文学史专家""海派文学研究开拓者""海派文学研究专家”，的确如此，名副其实。

三

如今，海派研究已是一门显学，自1990年代以来，在中国现代文学研究领域，有关海派文学和文化研究的学术成果层出不穷、蔚为大观。当然，对于“海派文学”的定义也是见仁见智、丰富多样，不同人有不同的理解和定义，其中以吴老师给出的海派文学的解释接受度最高。老师早在1989年发表《为海派正名》这篇文章时，已经有了自己的界定：“所谓海派文学，第一，它应当最多地‘转运’新的外来的文化，而在20世纪之初，它特别是把上一世纪末与本世纪初之交的世界最近代的文学，吸摄进来，在文学上具有某种前卫的先锋性质。第二，迎合读书市场，是现代商业文化的产物。第三，它是站在现代都市工业文明的立场上来看待中国的现实生活与文化的。第四，所以，它是新文学，而非充满遗老遗少气味的旧文学。这四个方面合在一起，就是海派的现代质。符合这样品格的海派，只能在20年代末期以后发生。那就是叶灵凤、刘呐鸥、穆时英、张爱玲、苏青、予且诸人。”[12]虽然他们的文学作品，有高下之分，但都具备了上述定义的海派属性，是海派文学。显然，海派文学不是晚清小说，也不是以鸳鸯蝴蝶派为主体的通俗文学，是五四以后成长起来的、接受过新式教育的现代都市儿女所创作的文学，具有现代都市的性格、习惯和情绪，保持开放的文化态度。

老师定义下的海派文学不包括晚清小说和通俗文学，仿佛跟早已约定俗成的“海派”有所出入。为此，老师在不止一篇文章中对海派文学和通俗文学的区隔与关联做过详细而精到的分析，明确指出：“鸳鸯蝴蝶派文学同海派文学，不是源与流的关系。就像民国旧文学不能自然过渡为新文学，鸳鸯蝴蝶派也不能自然延伸出海派来。”[13]原因是，“鸳鸯蝴蝶派的小说不肯与明清小说作彻底的决裂”，“而‘五四’新小说是彻底移植西洋小说的结果”，海派文学属于五四和五四之后的新文艺范畴，所以，海派文学不包括通俗文学。这样的观点也许会引起质疑，因为通俗文学中有一些作品在艺术技巧上有对西方小说的模仿和搬用，而且，通俗文学所表达的某些主题看起来也有“现代性”。那是因为民国社会风俗接受了西方文化的影响，而通俗文学描述的主要内容就是社会风俗。社会风俗是通俗文学和西方文化发生关系的中间环节。[14]至于通俗文学作家模仿和搬用西方小说艺术形式，的确是事实，但与海派文学的移植不同，仅流于表面而未接受其内在的精神。

老师在区隔海派文学和通俗文学时，所依据的另一个重要事实是，这两种文学形态发生的都市空间不同。上海既有华界又有租界，二者的文化氛围不同，华界和华洋过渡地区是鸳鸯蝴蝶派赖以生存之地，以二三十年代的南京路和霞飞路（今淮海路）为代表的租界中心则是海派文学的诞生地。不同的生存环境和生活方式，带给它们对都市文化的感知是不同的。海派文学“注重和张扬个性，领会都市的声光影色，感受物质进化带来的精神困惑与重压，进而提出人对自我的质疑等等。鸳鸯蝴蝶派的现代感觉大大落伍，慢了不是一个两个节拍，它们是不能混同的”。[15]

老师从中国都市文化的特殊性出发辨析通俗文学和海派文学的差异，其意义在于，由此看清了通俗文学和海派文学不同的出身、审美趣味、读者接受群体、生产方式和市场机制，进而建立了不同的价值评判体系，为那个长期悬而未决的如何评价通俗文学和通俗文学如何进入现代文学史的问题，提供了有价值的思考路向。当然，这也是以五四新文学为主线的现代文学史观的体现。

以上是老师对于海派文学的界定，除此之外，老师研究海派文学的其他显著特征包括：从生命经验出发，将个人的认知和感悟融入研究对象；从海派文化的历史变迁切入，在都市空间中审视海派文学，从而发现“京海冲突构造”是中国现代文学和文化发展变化的内在动因。

前面已讲过，研究海派文学对老师而言，是一次返乡的旅程，是童年和少年生活的回忆。老师无论是解读海派文学作品、搭建论述框架，还是升华主题，都会情不自禁地把自己的人生经历和感悟带入其中。比如，老师小时候在上海的家多次搬迁，随着父亲薪水的变化，从“上只角”逐次下降，直到落入“下只角”。在这个搬迁过程中，老师见识了上海不同区域市民的不同生活面貌，了解到中国都市文化空间和市民社会形态是多元的、分层的现实。[16]由此提出，考察都市文化，自上而下或是自下而上，观察点不同，得出的结论是不同的。这是有关研究方法的重要提示。又如，老师分析张爱玲作品时，对照自己的民国上海经验，发现“张爱玲谈吃不灵光”，不了解上海普通市民餐桌上本土性和开放性兼具、“海纳百川”的特征，有以偏概全之嫌。谈吃不灵光的张爱玲却是一位名副其实的服装专家，对穿衣着装的理解颇为到位，张爱玲的审美眼光不俗。[17]另外，老师认为张爱玲擅长写婚事，能够把一场婚礼牵涉男女二人、两家以及姻亲们在钱财、门户地位、人与人的关系的种种变动，写得深长微妙。联系中国人的婚事和婚礼内含有价值观、时代感、社会风俗等丰富内容，老师看到了张爱玲的社会批评性并不弱。[18]类似的例子，还有很多，不再一一列举。总之，老师这种将生命体验融入研究对象的解读，少了不少隔膜，多了许多真切，有实感、有温度，增加了历史感，提升了说服力，不失为一种有情的学术书写。

同样是拜人生经历所赐，老师年纪很轻时就深切感受到了中国南北、城乡之间所存在的巨大差异。对这种差异的观察和思考，构成了海派文学研究的重要理论依据，被老师称作“京海冲突构造”。老师说：“‘京海冲突构造’的概念，来源于长期对中国经济文化不平衡性的感受，是自少年时期冷丁离开繁华沪地到了严寒东北市镇就一直隐隐环绕我灵魂的实际生活体验，在强烈接触了京海派文学之后自然提升出来了。”[19]老师开始海派文学研究的切入点是上海近现代都市文化形成和变迁的历史过程，这是海派文学赖以生存的文化环境。而这个文化环境本身则充满着可以用“京海冲突构造”来概括的新与旧、传统与现代、中与西、南与北、城市与乡村、沿海与内陆等几对矛盾，它们相互交织、融合、纠结、共存，构成了近现代上海这座中国都市的文化底子，经由海派文学呈现出来。因此，认识到这个层面，就可以顺理成章地理解海派文学的精神特征，也明白了为什么是张爱玲代表海派文学最高成就的原因。接着，老师由海派继续推进："京海冲突构造"不仅限于京派文学和海派文学，它"包含了中国基本的文化冲突内容，如传统与现代、西方与东方、革新与保守、都市与乡村、正变与歧变，等等。"[20]这是中国社会发展不平衡的现实，也是中国文化的特征。至此，"京海冲突构造"作为一个事实、一个观察视角、一种研究方法，获得了提升，从京海派文学研究扩大至中国现当代文学。这就是发现"京海冲突构造"的价值和意义。

综上所述，老师的海派文学研究所彰显的特征集中体现在三个方面：一，研究对象锁定在20世纪20年代至40年代上海的部分文学和作家；二，把个体生命经验带入研究对象，学术研究因此而变得鲜活、生动，富有触手可及的质感和人文气息；三，引入"京海冲突构造"，揭示"中西杂糅、新旧交错"是中国都市文化的本质，由此发现海派文学的精神特征。并将海派文学研究生发开去，扩大至中国现代文学和文化，从而升华了海派文学研究的价值和意义。"发端于上一世纪末、本世纪初的中国大陆的京海冲突，并由此提出的文化重建的命题，是中国几代文学家为之感奋，并有其历史正确性的。海派存在的价值，正是由它来提醒我们，现代文明在中国只能经过京海冲突的曲折历程，才能逐渐建立。”[21]

通过梳理老师的海派文学研究成果，分析研究特征，看到了老师寄托其中的文化重建的思考和期待。老师《都市漩流中的海派小说》的结束语令人感动，抄录如下，与诸位老师和同学共勉：“我不认为现在有必要去消解海派和京派。相反，或许倒应该继续独立地发展中国的区域文化，使它们不断检验自己文化的现代品质，加强引进，加强渗透，激发内部的矛盾冲突，包括由海派的存在而挑起的各种冲突。只有这样，中国文化、中国文学的现代‘重造’，庶几有望。如果一代人两代人做不到，至少我们应当肩起沉重的闸门，放21世纪的后代到光明的地方去吧？！”[22]老师写下这段话的时间是1994年，廿七年前了，今天读来仍然发人深省。21世纪来到了第二个十年，老师已经离去，留下的问题将长久存在，值得我们去思考、去努力。

时间过得飞快，转眼间，老师病逝已是两个月前的事了。两个月中，我重新拿起老师的书，从头至尾认真阅读、仔细品味，思索老师走过的道路，领会老师的学术思想。老师这一代学者，与生俱来就有知识分子的责任和担当，对他们而言，做学问是在寻找个人关于人类、国家、民族、文化的思考的答案，寄托着理想、梦想和情感，与生命经验紧密结合，跟当下单纯为适应管理体制的“做项目”完全不同。他们各自因人生经历和审美追求不同，关注的具体问题不同。有的关注国民性改造，有的关注知识分子问题，有的关注传统文化的命运，等等。吴老师所关注的是中国文化的建设和重建。老师的海派文学研究表面上看是乡愁，其实是对中国文化的深度思考。老师期冀透过研究中国都市文化的历史，发现当下的问题，找到未来的出路。老师留给我们的那本颇具海派色彩的《插图本中国现代文学发展史》仿佛是一个隐喻，它所展示的文学史面貌是开放的、立体的、多元的，文化原本就该是这样，只有如此，才能永远保持勃勃生机。

老师走了，这是事实，每个人终究都将离开这个世界，早和晚而已。我们常说，生命的价值不在于长度而在于宽度。但是，对于人文学者来说，长度跟宽度一样重要，因为做学问需要积累。老师在这世上待了八十一年零一个月，留下了美好的声誉和学术论著，可以说，是圆满的。至于太多学界同行遗憾老师的突然离去，那是出于对老师的热爱，好人总是被希望活得更久一些，老师是好人，也是好学者。老师拥有一颗宽厚仁慈的悲悯之心，温暖对待世界，对待世界中的家人、同事、同学、朋友和学生。老师坦然面对现实，从不计较个人的挫折和苦难，永远保持着乐观但不盲目的进取精神。老师的生命样态像他的文字一样，饱满、充实、温润、生动。老师走了，再也听不到他那爽朗的笑声了，如果想寻找老师的影子，那就认真地读老师的书吧，那是老师留给世界最好的礼物。

注释：

1. 温儒敏：《坚实而睿智的文学史家吴福辉》，《中华读书报》2021年1月18日。

2. 赵园：《悼吴福辉兄》，《中华读书报》2021年1月30日。

3. 吴福辉：《中国文学城市与我的四城记忆》，《石斋语痕》，开封：河南大学出版社，2014年，第29页。

4. 吴福辉：《都市漩流中的海派小说》，长沙：湖南教育出版社，1995年，第347页。

5. 吴福辉：《中国心理小说向现实主义的归依——兼评施蛰存的〈春阳〉》，《春润集》，上海：复旦大学出版社，2012年，第18页。

6. 陈子善：《吴福辉的“海派文学研究”》，《博览群书》2010年第11期。

7. 吴福辉：《〈都市漩流中的海派小说〉新版前言》，

《石斋语痕二集》，开封：河南大学出版社，2018年，第184页。

8. 同上。

9. 钱理群：《是集大成，又是新的开拓》，《文学争鸣》2010年第7期。

10. 秦弓：《走进历史深处——评〈中国现代文学发展史〉（插图本）》，《文艺争鸣》2010年第7期。

11. 陈子善：《文学史家老吴》，《南方论坛》2018年第3期。

12. 吴福辉：《都市漩流中的海派小说》，第3页。

13. 吴福辉：《海派的文化位置及与中国现代通俗文学之关系》，《多棱镜下》，北京：人民文学出版社，2010年，第18页。

14. 张赣生：《民国通俗小说论稿》，重庆：重庆出版社，1991年，第5页。

15. 吴福辉：《海派的文化位置及与中国现代通俗文学之关系》，《多棱镜下》，第20页。

16. 吴福辉：《关于都市、都市文化和都市文学》，《多棱镜下》，第69页。

17. 吴福辉：《旧时上海文化地图："看张"读书笔记之一》，《石斋语痕二集》，第72—75页。

18. 同上，第79页。

19. 吴福辉：《大陆文学的京海冲突构造》，《春润集》，第59页。

20. 同上，第60页。

21. 吴福辉：《都市漩流中的海派小说》，第318页。

22. 同上，第320页。

（原刊于《现代中文学刊》2021年第2期）

理想作者与他的“生命之痕”

——一个前编辑眼中的吴福辉老师

◎ 孟庆澍

（首都师范大学文学院）

认识吴福辉老师，已有十几年。因为中国现代文学馆与河南大学合办中国现当代文学博士点，吴老师在河南大学担任博士生导师，每年都会来开封参加开题、答辩，有招生年份的时候还会来参加面试。所以2004年我博士毕业回河南大学工作，就很自然地认识了吴老师。但那时我是一个青年教师，吴老师是鼎鼎大名的学界前辈，权威教材里走下来的人物，所以虽然认识了，但除了有时候迎来送往、陪同吃饭，并无更多的交往。记得曾经和吴老师一起去山西长治参加赵树理学术会议，几天时间里知道了吴老师喜欢旅游和搜集地图的爱好。但除此之外，便没有什么私人交往。真正和吴老师熟悉起来，是在我进入《汉语言文学研究》（季刊），担任兼职编辑之后。从创刊开始，吴老师便是这份刊物的重要作者，而巧合的是，我在刊物工作的经历，也正好与吴老师为刊物写稿的时间相始终。编辑和作者之间是纯粹的工作关系，但通过这十年的交往，我得以走近、认识一位著名学者的学术生活，这不能不说是一份珍贵而难得的机缘。

一　一个年轻编辑的“理想作者”

2010年，在学校的支持下，《中学语文园地》更名为《汉语言文学研究》，从一个教辅类刊物正式改版为学术期刊。编辑部人手不足，我就担任了兼职编辑，负责近现当代文学方面的编务工作。刊物初创，最需要的就是稿源。大家都被发动起来，四处找名家约稿。吴福辉老师是河南大学博导、学界耆宿，自然是编辑部力邀的对象。因此在改版后的第1期上，就有他的论文《1930年代文学与新兴电影艺术的交互作用》。为了继续支持刚刚起步的刊物，吴老师又与编辑部约定，从第3期开始，开设“石斋语痕”专栏，每期发表一篇学术札记。谁也没想到，这个不起眼的小栏目竟然坚持了8年之久，而《汉语言文学研究》也成为吴老师晚年发文最多、交往时间最长、结缘最深的一个刊物。

在我这样一个半路出家的编辑看来，吴老师实在是一个难得的“理想作者”。首先，他是一个很适合开专栏的作者。写专栏，由于有时间限制，到期必须交稿，因此对不少人来说，既是一个机会，也是不小的负担。但对吴老师来说，这却并不是什么难事。我们刊物是季刊，节奏不快。但我想即使是半月刊，对他来说也能轻松胜任。正如吴老师自己所说，从青年时代开始，他便在地方报刊投稿涂鸦，写教育随笔；从事学术工作之后，长期大量的阅读与思考，又使他积累了无数素材，只是需要一个合适的理由，将其中的一段集中写出来即可。对他来说，这样的学术札记其实是“学人文化休息的副产品”，并不费力。对于吴老师几乎不用催稿，他已经和编辑部形成了惯例：每一期稿件，由编辑告知吴老师最后截止日期，然后吴老师安排时间写出，按时发给编辑，同时，每年年终会和编辑部确认一次，看下一年这个栏目还开不开。虽然吴老师是学界名家，各种稿约不断，但只要是交稿时间快到了，吴老师一定是先写专栏稿，保证按期交稿。8年之中，只有提前交稿的时候而从无拖延。即使他卧病在床、难以写新稿的时候，也总是想尽各种办法，从存稿中修订、整理出像样的文章，从未耽误过刊期，堪称是模范的专栏作者。

其次，虽然吴老师写专栏堪称轻捷，但他并不轻视这种文体。他对这个栏目，对自己的文字，都有着十二分的重视。在文章形式上，吴老师有意识地探索新的文体，拒绝摆出“专门散文家的架子”，务求文章写法的灵活多样。除了常见的学术短论，还包括材料阐释、笔记批注、实地考证、读书札记、答读者问、名作重评等多种形式，甚至还包括为作家互联网页所写的网页词。[1]这种网页词从学术角度来说并没有太多创新，但吴老师看重的是学者有时也需要写写这种“向大众传播学术的新文体”。[2]在文字表达的细节上，吴老师也十分讲究。可能和他做过多年的中学语文教师有关，他的文章行文流畅，遣词造句准确灵活而富有文学性，读起来是一种享受，编辑起来也很省力气。比较起来，有些青年学者的稿子在语言上就问题多多，难以卒读。如果要用的话，需要编辑从头到脚进行深度加工，几乎每句话都要重新修改这样的情况也是有的。以至于我形成了一种印象（也许是片面的印象）：就是前辈学者大多重视语言表述的雅洁准确，在文字表达上问题较多、不能过关的，还真是年青学者居多。此外，吴老师还有一个好习惯，就是稿子寄出之后，还会再读一两遍，这样往往还能发现一些问题。在我们的往来邮件里，经常有他发现多出或缺少了一个标点符号，又专门来信提醒我注意的例子。也有时候是他突然有了新的灵感，于是在稿件里添加一段附记，重新发给我，并嘱咐一定要按修订稿发排。这样的习惯也多见于师长辈，同辈或更年轻的作者中不能说绝无仅有，但着实是不多见。吴老师对专栏的重视，还表现在他非常注意读者对自己文章的反应。他绝不因为这些都是几千字的、难登大雅之堂的小文章便敷衍了事，而是像教师重视课堂互动一样，重视文章发表后的效果。他专门给编辑部写信，希望编辑部将收集到的读者反应告诉他，如哪篇较好或哪篇不尽人意，以便他改进。[3]在我看来，这绝非他的客套之辞，而是源自一个老“文学青年”对写作的发自内心的热爱。

当然，这样一位高标准的“理想作者”和不那么理想的编辑之间，也并非毫无龃龉。我和吴老师之间便有过一次小小的误会。那是在2014年，第3期“石斋语痕”稿件是《谈〈雷雨〉蘩漪出场提示语的修改》。我收到稿子之后，觉得题目有些啰唆，而且标题里的“出场提示语”对于不熟悉戏剧的读者来说也比较费解，就自作主张将题目改为《谈〈雷雨〉的一处修改》。没想到吴老师看到刊物之后，在寄来第4期稿件的同时，严正地提出了抗议，认为编辑在修改他的文章之前，应该征求作者的意见，更何况是改了题目？他并且很认真地提出，如果还要继续合作，就不应该再发生类似现象。这是我和吴老师的交往中第一次受到他的批评。我当时的反应，一方面确实意识到自己有些鲁莽，在进行题目的修改时应该和作者进行沟通，征求作者的意见；另一方面内心仍然认为自己的修改没有错，改后的题目肯定是更简洁清楚的。但今天重新来看，我就发现了自己存在的一个很致命的问题，也就是当一个人做了几年编辑，见到各种类型的稿件，有了些经验之后，很容易会产生一种错觉和误判。因为在编辑过程中，总是需要对稿子进行修订（包括语言规范、注释格式等等），并且这种修订也经常会延伸到文章的修辞、段落、结构等等实质性的部分，而在文章发表之后，很少有作者会对这种编辑的修改（有时候甚至是幅度很大的修改）公开表示反对。因此，编辑往往会产生错觉，即自己的修改总是正确的，自己总是要比作者高明的。而事实上，这只是经过不平等的权力关系所扭曲之后的一种虚假知识关系。编辑可以修改，作者对修改不表示异议，并不意味着修改就一定是准确的。现在看来，吴老师原来的标题并无语法错误，而且有其表意清晰明确的优点。我的改动虽不能算错，但其实是没有必要的。而以“简洁、精炼”等等为名义，将改动强加于作者，不正是潜意识中对权力的一种滥用吗？学术刊物对投稿者往往都有一句提醒："本刊有权对稿件进行必要的修改与删节"，但这种权力也应该慎用。不仅对著名作者是如此，对普通作者、青年作者也应该如此。

后来，吴老师出版随笔集《石斋语痕》，在收入这篇文章时，仍然使用原来的标题。这也可以见出，吴老师对我的改动并不以为然。但他并没有因为这次"妄改"而怪罪于我，本质上，他对于年轻人是宽厚而包容的。我们年复一年地约定，下一年继续开设这个栏目；而吴老师的文章也一期又一期地按时出现在刊物的最后几页。无论是吴老师还是我，一度都已经习惯于它的存在，视其为理所当然，而忘记了万物有始必有终。2018年3月1日，吴老师发来电邮，一下子寄来三篇专栏文章，嘱我慢慢刊发，应够大半年之用。殊不知此时刊物人事已经发生了很大变化，我因为工作调动，不再担任刊物副主编、编辑部主任，新的刊物领导已经走马上任。学校领导层也发生了变动，新的主管领导对刊物提出了进入CSSCI的要求，并认为"石斋语痕"栏目与刊物的整体风格不协调，从2018年开始不再开设这个栏目。无奈之下，我只好写信与吴老师沟通，将情况向他汇报。好在吴老师通情达理，同意停开专栏，而他发来的三篇文章不能用了，他也似乎并没有感到不快。从此之后，吴老师便再也没有在《汉语言文学研究》上刊登过只言片语。

这一年秋，我曾到吴老师北京家中看望他，那时我已不再是他的编辑，而他也不再是我的作者。他被肠疾所困扰，病容憔悴，身体明显不如从前。不久之后，吴老师便远赴加拿大定居。而我也一度以为他于刊物、于我都缘尽于此了。直到2019年第4期《汉语言文学研究》发表了“吴福辉现代文学研究”笔谈，吴老师不是以作者身份，而是以研究对象的身份回到了刊物，重新成为刊物的一部分。说到这组笔谈，必须感谢当时还在北大念书的李浴洋。他听王德威先生说起为吴老师的《插图本中国现代文学发展史》英文版写了一篇序言，就想起2019年是吴老师八十寿辰，如果能在国内发表这篇序言，应该很有意义，遂请王德威先生授权，邀请季剑青老师翻译，并说如果有刊物愿意为吴老师八十大寿做专题，此文可以贡献出来，成为其中的一部分。[4]在随后的一封信里，浴洋更是直接建议由《汉语言文学研究》为吴老师组织一个学术研究专题，以为祝寿。他的理由是：吴老师与河南大学渊源深厚，可能是除北大之外，交往最密切的一所大学；吴老师从北大毕业之后主要在中国现代文学馆工作，不带学生，这在学术承传方面是有些吃亏的。[5]2019年，与其同庚的钱理群、洪子诚先生等，都有学校为其张罗八十寿辰的祝贺活动。如果《汉语言文学研究》能为吴老师做一个专题，想来可以稍微弥补这一遗憾。这样的理由在情在理，令我既感且愧。因为吴老师在河南大学兼职博导十多年，为刊物撰稿也近十年，而我竟一点也没有意识到，吴老师即将步入杖朝之年。幸得浴洋提醒，我和刊物才有机会对吴老师的多年付出表示感谢。而且此前浴洋已经为《汉语言文学研究》策划了几次专题，效果都不错。因此我虽已经离开刊物，但还是征得了刊物现任领导的同意，开始着手和浴洋一起组织这个专题笔谈。他约请了曾与吴老师共事多年的、中国人民大学的李今教授，我约请了河南大学的刘涛教授以及吴老师的高足、复旦大学的李楠教授，而三位作者也贡献了风格各异、质量上佳的三篇文章，对吴老师的学术思想和成就进行了深入的探讨。在吴老师去世之后，这三篇文章更是被各大微信公众号频频转载，可见是代表了当前学界对吴老师学术思想的研究水准，得到大家认可的。此事虽微不足道，但现在想来，能让吴老师在生前看到这组专题的发表，也颇令人欣慰。俗话说，秀才人情纸半张。我这个小小编辑，为“理想作者”所能做的，大约也只有这些了。

二 争议中的“生命之痕”

退休后，吴老师笔耕不辍，写作了大量的学术随笔，《石斋语痕》系列只是其中的一部分。当然，像《插图本中国现代文学发展史》这样的个人著述才是他的名山事业，但他也同样看重这些“语痕”——“说得庄严一点，也是‘生命之痕’。”[6]实事求是地说，对于这类他投入了许多精力的学术小品，读者的反应并不一致。不少读者能够接受，以为这类随笔灵动洒脱，使学术刊物的风格不那么言语无味、呆板僵硬，占用版面不多而时能给人以启发，不失为高头讲章的一种补充。有些读者则不以为然，认为内容芜杂庸常，拉拉杂杂，只是说些陈年闲话，白白占据了宝贵的版面。这两种声音从“石斋语痕”栏目开设到这个栏目结束，都同时存在着。那么，应该如何理解这一问题？

对于采取这种文体为晚年写作的主要形式，吴老师应该是有相当的自觉。他对自己有清醒的认识，意识到自己已很难再有精力去完成专深的学术著作或者是数万字的专题论文，但他又不愿意停止思考：

> 夕阳的年纪，总还存留着中年后期的生命感觉。但这种感觉会不会被某种突然降临的力量所打断，也是不可测的。至少我要在这长长的文化休息时段里，将短文继续写下去。拿得动笔的时候就不嫌笔重，就不封笔。[7]

因此，这种写起来轻捷便利、又能够发表一得之见的短文就成为他后期很趁手合用的写作形式。说是后期风格，其实在一定程度上是向早期风格的回归。吴老师在中学时代就喜爱写作，至今保留有近百则“生活手记”。这些手记是生活片段写作，是为正式创作而做的训练和准备。按照吴老师的说法，这种文体来自1950年代大名鼎鼎的文学普及刊物《文艺学习》，丁玲等作家的提倡也起到了助推作用。它所要实现的，“是经过观察和一定积累将自己周围生活中感兴趣的事物，譬如一件事、一句话、一个表情、一个动作或一个眼色记下来。”[8]参加工作之后，吴老师还经常在报刊发表教育随笔。因此，吴老师对写作随笔并不陌生，青年时代的写作经验已经培养了他对材料的敏感性、观察力和分析力，培养了他重视从细节、从现象发现问题的能力。当他从事了几十年文学史研究、对历史材料有了深广丰厚的积累之后，写作学术随笔便是顺理成章而游刃有余了。当然，再怎么说，这些随笔札记的分量都难以与高文大册相提并论。沉湎于此，未免会有不务正业之讥。吴老师也意识到，耗费时间于此，会引起一些读者的误解。但他对这类文章的意义有自己的认识：

> 我的意思，学术散文不是学术论文，不必陈义太高，有一点新颖的不是俯拾即得的材料，有一点新奇的能够引向深入的观点，有一点新鲜的表达不俗且能调动读者理论趣味的文字形式，就可以了。[……]有的读者看过几篇“石斋语痕”文章后，觉得这实际上是微型的文学史片段，是文学史大厦的一粒小的泥石。可能连一整块砖瓦都不够，却是足以能构成这砖瓦的一分子的。它继续在重写文学史，在传统的历史体系和新锐材料之间发现缝隙，于成熟的史见史识和前锋的反思中产生张力，于是会得到些许的启发，日积月累，为未来的文学史写作不经意间准备了各种可能性。[9]

在他看来，这类学术随笔既是“微型文学史片段”，又是构成新的文学史大厦的一砖一瓦，同时还为新的文学史写作提供了可能性。它既是文学史写作的副产品，本身也是重写文学史的一部分。只有在这层意义上，这些学术随笔才值得去写。在这类随笔写作的背后，起主导作用的乃是吴老师内心深沉热烈的文学史情结。

众所周知，吴老师（以及他这一代现代文学学者）对文学史写作可谓情有独钟。他正是在“重写文学史”的浪潮中走上学术舞台，走到聚光灯下的。从《中国现代文学三十年》到没有完成的《二十世纪中国小说史》，到《插图本中国现代文学发展史》，再到《中国现代文学编年史：以文学广告为中心》，对文学史的关注和写作构成了吴老师学术研究的主旋律。所谓纲举目张，他的文献准备、审美意识、学术思维与历史眼光在在与此有关。2008年，他曾提出，有五种有代表性的文学史新见值得注意，分别是严家炎的“文学生态”说，范伯群的“双翼论”，陈思和的“先锋与常态”说，杨义的“重绘文学地图”说，以及吴老师本人提出的“多元合力共生”说。[10]值得注意的是，这五位学者都属于现代文学研究的第二、第三代学人，其中最年轻的陈思和先生也已经是“50后”。也就是说，在吴老师看来，更年轻世代的学者并没有提出有代表性的、新的文学史观念。如今距离吴老师写这篇文章又已经有十几年，似乎情况并无改观。这究竟是因为中青年世代学者的研究还不够成熟，以至于暂时没有形成自己的文学史观，还是因为他们的学术兴趣发生了转移，对撰写文学史已经没有那么深的执念？

温儒敏先生认为，王瑶先生对文学史研究的一种观点，在第二代学者中得到普遍的认可，即坚信现代文学研究主要是文学史的研究。[11]在“文革”后进入大学、在新时期成长起来的第三代学人如吴老师等人这里，这种坚信依然闪闪发光。吴老师曾在一篇文章里对这一代学人的学术特征进行分析，认为他们经历了“文革”后1980年代思想转变的大潮，学术思想更加开放，“试图综合各种文学流派和形式以‘整合’成宏大文学史系统的想法，都在禁不住地涌动”，[12]身上蕴藏着时代所熔炼的“重写文学史”的巨大热情。然而，在“70后”乃至更年轻的一代研究者这里，微观的、局部的文学史研究还存在着，甚至变得更精细、更专业化，但宏观的文学史编撰似乎已经不多见了。由个人来重写整部文学史似乎已成为父辈古老的手艺，变成亟待保护的遗产。这里的原因是值得反思的。

吴老师这一代人是如何处理文学史与作品的关系？从他的阅读史可以看到，吴老师较早就接触到了王瑶、刘绶松、丁易等人的文学史，但他在研究生阶段，是以大量阅读作品为主，等作品阅读达到一定的量，就会自然而然地发现文学现象之间的联系，进而对这些联系进行分析和总结，从而否定原有的文学史结论，发现新的文学史“规律”。而以笔者为例，年轻一代的研究者往往是先接受文学史的教育，然后再去接触作品。在本科、考研阶段带有浓厚应试色彩的文学史教学中，文学史作为需要背诵和复述的“规律”，被他们所反复记忆，它凝固下来，甚至成为头脑中顽固的教条，以至于他们在日后需要有所创新的学术研究中，不得不努力和这种教条进行斗争。但是，如果他们担任大学教师，在教授“现代文学史”等本科生核心课程的时候，又需要不断把文学史作为一种“确定性的知识”灌输给学生，以满足教学大纲的要求。这就使讲授者形成了扭曲的双重人格：一方面是在研究中不断跳出、修正乃至否定固有的文学史结论，另一方面又不得不将自己并不相信和值得质疑的教条性文学史结论，作为知识讲授给学生。换言之，这些接受了科班教育的新一代研究者，他们的认识过程是和吴老师一代人相反的：不是从个别到一般，从局部到整体，从现象到规律，自然地形成全局性的眼光和系统性的认识，而是先在头脑中植入了某种权威的框架、结论，再去接触作品（而且由于在研究生阶段就要进入“窄而深”的专题研究，他们对作品、作家的阅读也是极为有限的)。当发现文学现象与头脑中的文学史结论不符的时候，又需要花数倍于植入这些结论时的力气将它们从脑袋中清除出去。己所不欲勿施于人，或许正是这种“植入”而又“清除”的苦恼经验，使年轻一代学人对重新编撰文学史有些敬而远之。

更深一层的原因，或许在于年轻一代研究者的历史观发生了变化。吴老师晚年虽然受新文化史的影响，主张文学内部研究和外部研究打通的“大文学史”，但他并不否认历史真实的存在，并不反对文学史真相的追求，总是强调要接近文学现场和原生状态。他的随笔既是文学史的片段，有些也是社会史、文化史的片段。他更像一位倔强的私人历史记录者，通过喃喃自语保留部分的个体记忆，对遗忘和涂抹历史做无声的抵抗。而年轻一代研究者有相当一部分深受后现代思潮的影响，更愿意将历史视为历史学家所想象和叙述出来的故事。既然史实的客观性已成过眼云烟，历史变成符号的游戏，[13]再耗尽心力重新建构文学史的宏大叙事，又有什么意义？在他们看来，吴老师对历史真实的苦苦求索可能更像是大战风车的堂吉诃德。他们怀疑理性和启蒙，怀疑人能否对历史进行有效的认知，甚至宣称“历史已死”。和吴老师这一代人相比，他们年轻很多却又更为通透和世故。但，这真的是一种进步吗?

历史是否已死，我不知道，但吴老师却已真的离我们远去。他所留下的这个问题，像一道生命之痕，横亘在我的面前，没有答案。

注释：

1. 所谓“网页词”，是指吴老师为某作家网页所写的普及性的介绍文字。

2. 吴福辉：《沈从文网页词摘选》，《石斋语痕》，开封：河南大学出版社，2014年，第102页。

3. 吴福辉：致《汉语言文学研究》编辑部电邮，2012年3月27日。

4. 李浴洋：致孟庆澍电邮，2018年12月18日。后王德威先生之文在《中国现代文学研究丛刊》发表。

5. 吴老师1999年起在河南大学招收博士研究生，2015年停止参与博士点工作。

6. 吴福辉：《自序》，《石斋语痕》，第1页。

7. 吴福辉：《自序》，《石斋语痕》，第3页。

8. 吴福辉：《从生活手记看50年代“文青”的写作姿态》，《石斋语痕二集》，开封：河南大学出版社，2018年，第41页。

9. 吴福辉：《自序》，《石斋语痕二集》，第1页。

10. 吴福辉：《中国现代文学研究的当今态势》，《多棱镜下》，北京：人民文学出版社，2010年，第300—305页。

11. 温儒敏：《第二代学者对于现代文学研究的巨大贡献——冯济平编〈跋涉者的自白〉序》，《中国现代文学研究丛刊》2010年第5期。

12. 吴福辉：《我们这一拨儿人》，《石斋语痕》，第319页。

13. 黄进兴：《后现代主义与史学研究》，北京：生活·读书·新知三联书店，2008年，第203页。

（原刊于《现代中文学刊》2021年第2期）

樊骏与王富仁

——在王富仁追思会上的发言

◎王　信

（中国社会科学院文学研究所）

我读了王富仁的一些文章后，总想用什么话来概括我的印象。想来想去，想出了两句话，实际上是很一般化的两句话：

学术有自信，绝不骄傲；

研究重创新，永不满足。

其实，很多执着于学术事业的学者，都可以这样形容。虽然我是根据对王富仁的切切实实的印象得出这两句话的，却没有说出他的学术工作的具体特点，没有说出他的研究个性。

为什么特别提“绝不骄傲”呢？王富仁不仅谦虚，而且自觉地反省已有的文章的缺点和不足。他在《先驱者的形象》一书的“代自序”《自我的回顾与检查》一文中，对自己的文章，毫不犹疑地承认有教条主义、机械论的偏差，指出自己在《尼采与鲁迅的前期思想》一文中把尼采直接当作反动哲学家和思想家来论述，未能正确评价尼采思想在西方哲学史和思想史上的作用和意义，“犯了一些不可饶恕的错误”，等等。对自己的著述，如此苛刻的自评，也是少见的。这是因感到一些学者有所成就就骄傲的有感而发。

为什么说他“永不满足”呢？王富仁研究的视野不断在扩大（古代文学、现代文学、当代文学、小说、电影都有所涉及与研究），研究的课题也在不断地更新、深化。如果王富仁的生命更长久些，他还会写出更多的论文，还会继续为现代文学学科做出独属于自己的贡献呢！

由此，我想到樊骏在《中国现代文学研究丛刊》1995年第2期曾写有《我们学科：已经不再年轻，正在走向成熟》。在文中，樊骏对20世纪80年代涌现出来的一些有成就的学者的学术个性进行分析和评点，提到的学者有陈思和、王晓明、刘纳、赵园、吴福辉、钱理群、温儒敏等。关于王富仁，这样评价：“王富仁有良好的艺术鉴赏能力，但更多地从社会历史的角度考察问题，他总是对研究对象作高屋建瓴的鸟瞰与整体的把握，并对问题做理论上的思辨。在他那里，阐释论证多于实证，一般学术论著中常有的大段引用与详细注释，在他那里却不多见，而且正在日益减少。他不是以材料，甚至也不是以结论，而是以自己的阐释论证来说服别人，他的分析富有概括力与穿透力，讲究递进感与逻辑性，由此形成颇有气势的理论力量。他的立论，也往往是从总体上或者基本方向上，而不是在具体细微处，给人以启示，使人不得不对他提出的命题与论证过程、方式，作认真的思考，不管最终赞同与否。他是这门学科最具有理论家品格的一位。”这段话讲得很到位，很准确，很深刻。当然，在其他方面还可以做些补充。例如王富仁对一些作品的解读。正如樊骏谈到的，他有良好的艺术鉴赏能力，又有逻辑性很强的思辨能力，这两者结合起来解读作品，就常常有与众不同的新颖而又深刻的见解。比如他对现代的《狂人日记》《风波》《雷雨》，古代的《木兰诗》《天净沙·秋思》（马致远），当代的小说《人生》（路遥）、《鸡洼窝人家》（贾平凹），甚至电影《喜盈门》《野山》，都有独到的分析。

讲了樊骏对王富仁的评论，同时我也想到了王富仁对樊骏的学术研究工作的评论。樊骏在世时，王富仁就给自己的硕士研究生一个课题，研究樊骏的学术工作。学生圆满地完成了这个任务，写出了硕士论文《我把‘正业’看得很神圣——论樊骏的中国现代文学研究》。但他还有一个更浩大的计划，要写专著《樊骏论》。樊骏逝世后，王富仁在《北京师范大学学报》（社会科学版）2011年第6期发表了《樊骏的中国现代文学研究》，在《中国现代文学研究丛刊》2012年第1期发表了《学科魂——〈樊骏论〉之第一章》，在《天津师范大学学报》（社会科学版）2012年第1期发表了《中国现代文学：它的存在就是它的意义——樊骏先生的中国现代文学史观》，在《现代中文学刊》2012年第1期发表了《中国现代文学研究的当代性〈樊骏论〉之一章》。这些还不是全部，不知现在遗稿中是否还有（后来宫立告诉我，《樊骏论》，王富仁已经写了23万多字，可惜还是未完稿）。

《樊骏论》，我读得比较粗略，记忆也不好，很难转述。总的印象，王富仁是从整个现代文学研究如何形成了一个学科，经过怎样的发展过程这样一个比较大的背景来看樊骏的现代文学研究以及独特贡献的。王富仁认识樊骏后，两人关系很好，还计划一起合作项目（后未完成）。但王富仁写这篇文章，绝不仅仅是因为私交，也不单是出于樊骏对自己的帮助，而完全是因为他觉得樊骏是个值得研究的对象，所以认真下了功夫，虽然没来得及完成。

对樊骏，现代文学的研究者都很熟悉，也都肯定和称赞，但如何认识他的贡献，王富仁的《樊骏论》，可能使我们的认识更深一层。无论对王富仁的意见是否同意，但却不能不承认，王富仁是以正直的、严肃的、热忱的态度进行研究的。

说到此处，我想到曹丕在《典论·论文》中说的一句话，“文人相轻，自古而然”。这种不好的现象，现在当然也还有（甚至文人相妒、文人相害、“大批判”也都有过），但更正常的现象，还是普遍的——这就是“文人互重”（相互尊重）。如果再提高一步境界的话，就是互相理解，对人格、学品、学术作风、学术成绩互相理解。我觉得樊骏和王富仁两位学者的关系，可以说达到了这样的境界。

（原刊于《现代中文学刊》2017年第4期）

王富仁《樊骏论》序

◎ 陈思和
（复旦大学图书馆）

《樊骏论》是王富仁兄尚未完成的一部遗稿。现在要出版，他的学生宫立先生来信嘱我写一篇序。我自然没有什么理由可以推辞，而且私下里，我对樊骏先生还怀着一份很深的怀念，我确实很想读到王富仁兄对于樊骏学术成就的全面的研究和评价。记得在樊骏先生去世不久，中国社科院文学所要编辑樊骏先生纪念集，来信邀稿，我寄去一篇是早几年发表的、阅读了樊骏先生的《我们的学科：已经不再年轻，正在走向成熟》以后生发开去议论学科建设的文章，还特意写了附记，回顾了我与樊骏先生的一点交往，作为纪念。但我没有涉及樊骏先生的学术思想和学科贡献，而这方面，正是富仁兄所擅长论述的。

下面便是我阅读富仁兄《樊骏论》未完稿的一点体会。阅读过程也是学习过程，同时也不断产生自己的一些想法。这些想法也许与富仁兄的初衷未必相同，一并说出来，把它当作一份与老友交流心得的札记。

“学科魂”，这是王富仁对樊骏先生的评价。我认为是非常精到的看法。王富仁说，“学科魂”这个词是他生造的。学科应该有它自身的魂，这是随着学科发展而出现的本质性的概念。在富仁兄的论述中，中国现代文学学科在不同阶段拥有不同的“学科魂”。在1949年到1976年间，照富仁兄的说法，是中国现代文学学科的第一个阶段，新民主主义革命理论是其史观基础，那时候的“学科魂”是以他的老师李何林先生为代表的。因为李先生带着中国现代政治革命的传统进入中国现代文学研究界，实际上起到了现代文学研究学科的精神支柱的作用。而另外两个传统：王瑶先生的现代学院派的学者传统和唐弢先生的中国现代作家的传统，在当时都不可能起到与学科内在精神浑然一体的核心作用。然而到了“文革”结束，中国社会进入改革开放的历程以后，中国现代文学研究学科发生了翻天覆地的变化，新民主主义革命的理论基础被现代性的理论基础所取代，中国现代文学研究学科的精神传统发生了根本性的变化，由李何林先生的现代政治革命的传统逐步向王瑶先生的现代学院派传统过渡，而樊骏先生，正是在王瑶学术传统的传承中涌现出来的第二代学人的学科之魂。——以上是我根据王富仁的理论阐释概括出来的意思。

在我看来，现代文学历史的本体发展，与现代文学研究的学科建设，并不是一回事，不能完全等同。前者是本体，后者是对前者的理解和阐释，是属于研究者的主体范畴。后者的发展建立在研究者不断努力地接近前者本相的过程中，但是，后者永远也不可能穷尽研究对象，否则学科就没有必要存在；后者也不能传声筒般地传达关于前者的某种已经定论、且不可改变的历史结论，否则学科研究与宣传部门就没有任何区别，也就等于抹杀了学科存在的必要。更何况我们所从事研究的现代文学（后来被教育部命名为现当代文学）学科，研究对象是一个时间可以无限延伸的文学创作历程。在王富仁为代表的第三代学人刚刚走进这个领域的时候，现代文学只有三十年，是个非常有限的时间概念。1985年，“20世纪中国文学”这一概念提出的时候，离20世纪结束还有长长的十五年，那时候的现代文学（包括“当代文学”)也只将近七十年，还没有预见到以后中国发生的大变局，一切都在变。然而发展到今天，中国现代文学研究学科的研究对象，已经接触到了新世纪文学、网络文学、“80后”“90后”文学……研究的视域在不断地延伸，这也就是樊骏先生意识到、但还来不及做深入考察和阐述的“中国现代文学研究的当代性”问题。我想要强调的是，中国现代文学研究学科的研究对象的特殊性，决定了学科与生俱来的多变、多元、多矛盾的特点。所谓“多变”是指随着时间的无限延伸、研究对象自身处于不稳定的状态，会不断产生新鲜事物，以及新的问题，不断改变人们对这一段文学史的认识；随着多变现象的涌现，文学研究也就会相应地产生不同的学术流派和学术见解，必然会产生“多元”的特点。王富仁归纳的李何林、王瑶以及唐弢为代表的三大传统，在1949年到1976年间的现代文学研究领域，是显在的，其实在一个舆论一律的时代，始终存在着被遮蔽或者被边缘化的隐形传统，我们不能忘记贾植芳先生为代表的受难者的传统，以钱谷融先生为代表的讲究人性论的传统，等等。只要承认我们这个学科具有“多变”“多元”这一本质性的特点，那么，我们就会意识到，任何企图定于一尊、企图永恒不变的流派观点都是违反客观事实的，不管它曾经有过多大的权力或者势力，都是没有活力的。一个健全而有活力的学科，必须具备容忍

"多矛盾"、有冲突、有争论的状态的能量。我们不能回避，在1949年到1976年间的中国现代文学研究学科的早期阶段里，其宗旨其精神大都是与这样一种学术民主的本质性学科特点背道而驰的。所以，要从这样的学术瓶颈中摆脱出来，与20世纪80年代思想解放、改革开放的社会发展主流取得一致的发展方向，中国现当代文学研究学科确实需要有王瑶先生为代表的现代学院派的传统来领导和完成这个历史的转折，樊骏先生就是这样被推上了学科的领军人物的地位。

樊骏先生为人平和，勤于做实际工作，在学术研究上慎于亮出自己鲜明观点。但是圈内人说起樊骏先生，几乎没有人不称赞他的学术严谨，功底扎实。那时候有人说他是"没有专著的研究员"，但并没有人认为他在学术上不符合研究员的资格。于是，王富仁又"生造"了两句精辟的话，说明了这个悖反现象：

> 如果我们不想恭维这个不需要恭维的人，我们就得承认，他其实什么也没有做！新时期以来中国现代文学研究中的任何一个新观点都不是他首先提出来的，任何一个新方法都不是他首先应用到我们中国现代文学研究中来的，任何一个新

的研究领域都不是他为我们开拓出来的。但是，当我们说出“他什么也没有做”这句话之后，紧接着就会说出另外一句相反的话：“他什么也为我们做了！”新时期以来中国现代文学研究中的任何一个新观点的提出，任何一个新方法的应用，任何一个新领域的开拓，实际上都与他有着千丝万缕的联系，都是通过他而上升到整个中国现代文学学科的高度、中国现代文学研究传统的高度的。

王富仁这里讲的是樊骏先生从20世纪80年代开始、并且持之以恒地从事的一项重要工作：每年一度的有关中国现代文学研究的“研究综述”。王富仁把“研究综述”这类最没有个性彰显的文体解读得风生水起，甚至堪比鲁迅对于杂文文体的创造性运用。王富仁把中国现代文学研究分为三个层面：个性层面的研究、国家层面的研究、学科层面的研究。“个性层面的中国现代文学研究是有‘我’而重‘我’的”，指的是学者们富有个性的研究，我们通过这个层面的研究，“能够了解不同的研究者对中国现代文学都有哪些不同的感受和理解，起到的是相互沟通和相互启发的作用。”第二个层面的研究，即“国家社会事业层面的中国现代文学研究是有‘理’

而重‘理’的”，这个“理”，不是指道理或者理由，而是指权力话语带来的独断性，我们通过这个层面的研究，“能够了解的是国家、集体对我们中国现代文学研究学科的希望和要求，起到的是协调中国现代文学与国家、集体事业的关系的作用。”第三个层面是学术层面的研究，“是无‘我’、无‘理’而有‘道’（整体性）的，”通过这个层面的研究，要了解的是“中国现代文学的整体状况。”王富仁进而说，樊骏先生的学术研究工作及其价值，是属于第三个层面的研究，所以，他的研究不需要（或者不屑于）所谓的“独立的见解”（第一层面）和“有益的教诲”（第二层面），他要体现的是我们学科的“整体状况。”接下来，王富仁对樊骏先生二十年间所写的“研究综述”做了一个中肯而精彩的评述：

> 樊骏先生根本不是将这些文章当做表现自己的研究能力的学术研究成果而写的，因而他也没有必要对于文化大革命结束之后二十余年间中国现代文学研究仅仅以自我的感受和理解做出仅仅属于自我的主观判断，将“自我”注入到客观事实的叙述之中去；与此同时，他更不是站在高踞于全部中国现代文学研究者之上的国家的或者事业的领导者的立场上对当下的中国现代文学研究

者发表的指令性意见，所以他也没有必要将文化大革命之后二十余年间的中国现代文学研究理出几个纲目并在此基础上提出自己的几个指令性的意见、宣示几个人人必须遵循的思想原则，将“理”注入到客观事实的叙述之中去，他只是作为中国现代文学研究者中的一员而将文化大革命之后二十余年间中国现代文学研究的整体状况(“道”)呈现出来，所以他的这类文章中是无“我”、无“理”，而有“道”（整体性）的，这体现的不正是中国现代文学研究学会及其会刊《中国现代文学研究丛刊》所体现的科学研究（学术）层面的中国现代文学研究的特征吗？

王富仁对于中国现代文学研究的整体性思考是相当深入的，我从未这样想过。但我回忆起来20世纪80年代的情景，不能不说，王富仁的观察是对的。现在的学人可能会对于这类研究综述忽略不计，樊骏先生生前大约也无意把那些署名“辛宇”的文章结集出版，但是我们当年一直把樊骏先生的综述文章视为一种导向性的标志，每年《中国现代文学研究丛刊》发表樊骏先生的研究综述文章，大家都会争相传阅，樊骏先生几乎读了所有人的研究文章，他认为有价值的，都会在综述里提到。作为青年学习者，能够被樊先生提及名字或者篇目，自然是一件值得高兴的事情，会得到很大的鼓舞。反之，也有另外一种情况，在20世纪80年代思想解放的过程中，舆论导向时有反复，也有些所谓学者，本来对学术信念就不坚定，时刻窥看政治风向，一有风吹草动，他们立刻就变脸，发表一些兴风作浪的文章来迎合来自第二层面的某些指令性意见，但是思想解放、改革开放的大势终究不会倒退，没过几天，一切都风平浪静，而那些投机的“浪里白条”们反倒落了个出丑露乖的下场。那个时候，我们也会看看樊骏先生究竟会将哪些人的文章归到这一类。表面上看，樊先生也只是作客观归纳，但是文字的斟酌、人物的取舍，都是赢得我们会心一笑的。在那些日子里，樊先生是一个有立场有良知的学者，一个有原则的知识分子，他不是中国社会特产的乡愿。尽管他是以他特有的温和、稳重、长者的姿态，来应对社会上的各种风波。这一点，论及樊骏先生的人品和文品，都是要特别指出的。

王富仁把樊骏先生称之为“学科魂”，也就是说，他是把樊骏先生的学术成就与中国现代文学研究学科的建设联系在一起的，那么，我们禁不住要想一想：是什么意义上的学者能够与学科建设联系在一起而担当得起“魂”之美称？学科是一个近几十年来流行于教育界学术界的概念，尤其在教育部资金分配的“双一流”导向下，学科的概念无比重要。但是在20世纪80年代，学科的概念仅仅限定在高校领域。照我导师贾植芳先生的说法，建设一个学科需要符合三个条件：一是有一批坚实的理论著作和学术研究成果；二是能够进入高校课堂并且在研究机构里培养专业研究人才；三是需要有专业刊物作为交流平台。樊骏先生不在高校里从事教学工作，勉强算得上与第二条有关的是他在“文革”前曾参与唐弢先生主编的现代文学史教材的编写。但是第一条和第三条则与樊骏先生的工作有密切关系。第一条指的学术成果当然不是指个别学者的著作，而是就整体的研究水平状况，这一点，恰恰是樊先生最关注的主要研究对象。然而他的研究成果又是与《中国现代文学研究丛刊》这本刊物紧密相关，可以这么说，作为学科魂，樊骏先生首先是这本刊物的灵魂。就中国现代文学研究领域而言，20世纪80年代这本刊物质量之高境界之大影响之深，当时能够相提并论的刊物，大约唯有《文学评论》，今天流行的学术刊物，没有一种可以与之相比；当时它起到的对青年学人的培养功能，现在也无类似刊物可以例举。这是无可回避的事实。然而还有一点不能忘记，樊骏先生的工作，是与中国现代文学研究会紧密联系在一起的。这个学会的会长，初创以来一直是王瑶先生担任的，而具体工作主要是樊骏先生在张罗，当然还有其他的前辈学者参与其中。在我的模糊印象中，中国现代文学研究会风气清正，活力洋溢，新人辈出，这些都是与樊骏先生的辛苦努力分不开的。我只举一项学界都知道的例子来说明：樊骏先生晚年从海外家族获得一笔遗产，他将全部遗产连同自己一生省吃俭用积累下来的两百万人民币，分别捐给学会和中国社科院文学所，鼓励学术研究。其中一百万就是捐给学会的"王瑶学术奖"。他不愿透露自己的姓名，在很长时间里外人一直以为是王瑶先生在海外的女儿所捐。但是，当第一届王瑶奖评选结果出来后，樊骏先生认真阅读了获奖作品，他表示了极大的不满，为此他给学会会长严家炎先生写了一封好几张纸的长信，坦率地提出了批评。这件事，是严家炎先生亲口告诉我的，我没有看到樊信的原件，但严先生非常重视樊先生的意见，为此多次征求各方面对"王瑶学术奖"的看法和建议。后来，果然王瑶学术奖越办越好了。这件事，我们可以从各个角度来解读：首先，在当时学会的经济状况比较差的情况下，他捐出了自己的积蓄来鼓励学术研究，并且不愿透露自己作为出资人的身份；其次，作为出资人，他不愿意参与具体的评奖工作，也不愿意干预具体的评奖工作；其三，当他发现问题将不利于评奖活动的正常发展时，毫不犹豫地提出批评，唤起大家的警觉，以保证学会的健全发展。该退隐的时候就退隐，该放弃的时候就放弃，但是遇到该尖锐的时候，他也就挺身而出了。这就是我们的樊骏先生。——因为我本人一直置身于学会活动之外，所以对于这些事情并不很了解，也许有些转述与事实不完全符合。不过我举出这样的事例，也许很能够说明樊骏先生对于学会的特殊贡献了。可以说，樊先生是用自己的全部生命能量投入了中国现代文学研究会、《中国现代文学研究丛刊》以及整个现代文学研究学科的建设工作。

很可惜的是，王富仁没有能够最后完成这部通过研究樊骏进而达到对于中国现代文学研究学科之“魂”的阐述。中国现代文学研究会在王瑶先生仙逝以后，选严家炎先生继任会长，严先生退休以后，王富仁也担任过一届会长，以后又把重任交给了温儒敏兄……。我想王富仁在担任会长期间，一定很认真地思考过这个问题，有些委曲体会也是非在任的会长莫属。所以，他才会对现代文学研究现状做出三个层面的区分，并且在研究者的个性研究与国家、社会事业对学术的高度控制之间，分割出一个整体性的学科研究的层面。在本书的后半部将近一半以上的篇幅里，也就是在第四章《樊骏先生的中国现代文学史观》里，王富仁用模拟樊骏的手法，浩浩瀚瀚地写出了一部综论中国现代文学史观的大文章。他深情地说：

> 我是第三代中国现代文学研究者中间的一个，因而也像我们那代中国现代文学研究者中间的所有人一样，一直停留在个性层面的中国现代文学研究中。在开始，我是完全按照自己的想法写文章的，也自觉不自觉地按照自己的想法看待整个中国现代文学研究的现状及其命运和前途，后来才发现，我按照自己的想法写文章是一回事，而按照自己的想法看待整个中国现代文学研究的现状及其命运和前途又是另外一回事。因为仅仅从我的个性出发所能够看到的东西是极其有限的，并且仅仅是一个角度。依照我自己的个性要求表达我自己的感受和理解，是我应享的权利：自己选择，自己负责，但仅仅依照我自己的个性判断和（来）评价别的个人、别的个性，就存在一个对别的个人、别的个性尊重与不尊重、爱护与不爱护的问题了。在这时，我开始更多地想到樊骏先生和他的学术研究。我的对于中国现代文学研究学科的一些带有整体性的想法，大都

是从樊骏先生其人、其文的感受中领悟出来的，并且大都与我原来的、按照我自己的个性推断出来的并不完全相同。现在，我将自己想到的几点用自己的话阐述出来，我认为，人们一眼就能够看出，这些想法并不是从我作为一个鲁迅研究者的个性追求中自然衍生出来的，而是从樊骏先生其人与其文的启发中所领悟到的，因而也理当是樊骏先生学术思想的题中之意，而不是我凭空罩在樊骏先生头上的光环。

这部分内容相当丰富，看得出是王富仁一气呵成的一篇杰作。但因为是未完成稿，我们无法看到经过作者最后斟酌、改定的文本，同时也看不到具体观点论述的引文和注释，因此我还是无法判断，这篇文学史观论究竟是王富仁根据樊骏的立场观点模拟樊骏可能拥有的学术见解，还是王富仁学习樊骏的“整体性研究”而推断出来的他自己的观点。当然更不能说因为王富仁从樊骏先生的“其人与其文的启发中所领悟到的”一些想法，就理所当然地作为樊骏先生的学术思想和学术观点。在学科层面的“整体性研究”并不是一个人的工作，各个三级学科领域、各个高校和研究机构的学科领域，都需要有学科层面的研究，来规划、指导和提升整体的学术研究。樊骏先生只是其中一个杰出的代表。王富仁兄由一个研究鲁迅、推崇研究个性的第三代学者担纲起学会的负责人，自然而然在研究方法和研究思路上也相应地发生变化，因此，这本书后半部分的“中国现代文学史观”论，我觉得看作是王富仁晚年的中国现代文学史观，也许更加合适一些。但这种研究方法，并且因为方法而导致了研究本体的观点之变化，也可以说，是与樊骏先生有关。或者说，是樊骏先生影响了王富仁。

2018年7月22日于鱼焦了斋

（原刊于《现代中文学刊》2018年第4期）

冯铁没有死，他进入了新生活

◎ 王锡荣

（上海交通大学人文学院）

2017年10月25日下午，突然接到冯铁从奥地利打来的长途电话。他那熟悉的洪亮的声音从听筒里传来时，我很意外，但也感到兴奋。没等我定下神来，冯铁劈头一句话就把我吓蒙了："锡荣兄，我快不行了！你能不能来看看我啊？"我愣了一下说："怎么会呢？你声音这么响亮？到底怎么回事？医生怎么说的？"他说："医生已经放弃治疗了。声音我也不清楚，一直就是这样的。"我安慰他说："不会的，不会的！你别急，我马上申请出国去看你。"又问他："究竟怎么回事？"他告诉我，他是肺癌。上半年就动了手术，做了几次化疗，后来就越来越不好。10月中旬就从医院回来了，不再进行任何治疗。我手拿着手机，一句话也说不出来。只是听他说：

“我原来打算今年到上海住两个月的，我们的手稿学课题还没有完成啊！现在已经没办法了。没想到，这么快！太可惜了！太可惜了！我现在非常想念朋友们……”说着，突然电话就断了。我仿佛听到了他的哽咽声。

过了一会，电话又来了。他说：“对不起……，刚才断了……要不要我给你发邀请函呢？”我说：“你先别急，我需要先得到学校同意。你要安心养病，不要激动，那样对身体不利。我尽快申请。”我让他把他女友魏爱悟的联系方式给我，以便在他不方便的时候保持联系。说着，电话又断了。我放下电话，跌坐在椅子上，发了很久的呆，只觉得胸口堵得慌。

我想起来，他去年作为教育部邀请的高端外国专家连续第三年来到中国，8月17日跟他的女友魏爱悟从维也纳来上海，参加我主持的上海交通大学“《鲁迅手稿全集》文献整理与研究”项目，他本来说好今年7月要来上海住两个月，还要去新疆旅行。并且准备明年5月到上海举办六十大寿，他甚至跟我讨论了庆生活动的方案。去年9月底他们回去后，开始还频繁联系的，去年底还在台湾一起开会。今年1月9日以后，就突然没有消息了。后来我几次发邮件给他，都没有回复。

7月10日，他突然给我发来邮件：

锡荣兄：

好久没通过信，原因实际上不使人高兴：年初后不久才知道我有肺癌了，之后到今经过几次化疗，不幸效果还不太好，身体还比较弱，工作能量很有限，无法超越一两个小时的功夫。为了这种原因恐怕没办法到上海，就是说要取消今年八九月份待沪的计划。

非常抱歉这样麻烦你，而一直到当日我还希望，虽然病况如此我还赶得及去上海，现在知道不行。请向领导问问在这样特殊情况下能否改为明年来（一月份后基本上无法继续做论文集筹备工作，而只能说计划基本上弄完了）。

请说明我会顺利度过这情况所引发的困难。

希望全家健康，并祝

夏安！

弟 冯铁上

我心头一沉，我知道事情不是那么简单了。我立刻给他回信，试图劝慰他：

冯铁兄：

听到你的坏消息，真让我难过。今年初，我也被查出说是肺癌转移复发，又有前列腺癌，但是后来经过反复检查，看来问题不大。实际上，由于我当时被查出的身体情况，学校方面已经把我的项目取消了。当时已经告诉了你和易鹏，可是一直没有得到你的回复。我本来想争取明年再报，现在要到9月份才可以重新申报。我希望你尽快康复，争取明年上海见！

锡荣上

我不敢过多流露伤感，只能尽量轻描淡写，并婉转暗示也有可能误诊，但他的情况显然很难说是误诊了。

8月底，我见到韩国外国语大学的朴宰雨教授，他刚刚于7月间去维也纳参加了一个会议，要在以往，冯铁一定是那个会议上的活跃分子，甚至是主持人。我问他见到冯铁吗？他竟然说："冯铁在家里，已经没治了……"我听了，心情更加沉重。但竟然还希望他是故作惊人。再问具体情况，他又说不清了。我有点惶惶然起来。当晚就给冯铁写信，问他近况如何？但依然还是没有任何回复，10月初，由于明年的高端外国专家项目申报即将截止，我又给他写信，让他尽快填写报表以便申报，信是同时发给他和他的女友魏爱悟的，然而还是没有回复，直到25日突然来这么一个电话。

25日虽然是双休日，我还是决定马上向学校提出紧急出访请求。给学院主管外事的领导打电话，对方回答说：有关于合作项目上的紧急事务，可以临时申请出国。然后，我就马上向冯铁发去信息，请他尽快给我发邀请函。26日，收到魏爱悟用英文写的来信，落款是冯铁：

亲爱的王锡荣：

今天早上和你谈话很愉快。很抱歉，我的谈话受到了很大的阻碍。首先我的电话卡用完了，我的电话公司没有运行。最后也用魏爱悟的电话，但无法联系到你。我希望我们今天能谈得更多。

魏爱悟和我被你的想法深深打动，你准备来看我，我真的很高兴再次见到你。

今天和你说话很高兴。

冯铁

看来是冯铁口述，魏爱悟打字的。我看到后立即回复说：

亲爱的伊芙琳：

我很沮丧地知道关于冯铁健康的坏消息。我真诚地希望上帝能拯救他。我将设法拜访你们。但我不知道这是否可行。我希望他能坚持下去。我为他祈祷。

锡荣

11月1日，我又给他写信，请他发邀请函。2日凌晨1点，魏爱悟来信说：为邀请函事，冯铁将于2日给我打电话。我回复说，我将等候他的电话。但是，到了2日晚上11点，魏爱悟来信说："很抱歉他今天没能给你打电话，希望他明天能打。他非常、非常虚弱。"

3日一天，我在忙一个会务，始终没有得到任何消息。到了4日晚上22:39，收到魏爱悟的来信，标题是："Feng Tie is dead"，我惊倒了！她告诉我："今天清晨，冯铁在睡眠中死去，没有痛苦，没有恐惧。"

我立即把这个消息转发到微信朋友圈里。朋友们纷纷表示震惊和痛惜。我即把这个情况告知了魏爱悟，希望给她带来一些安慰。7日，魏爱悟回信说：

亲爱的锡荣：

你的话深深地打动了我！它们安慰着我。

我能很好地理解你告诉你的朋友，因为和别人分享自己的悲伤是有帮助的。

他在中国朋友心中占有一席之地，这对我来说当然是有意义的。请向他们表示衷心的感谢。

我把他的死亡通知书拷贝发给你（你可以猜到，他是自己做的）。他很抱歉，他没有足够的时间来设计一个中文的。

致温暖的问候！

伊芙琳

冯铁竟然制作了一个自己的死亡通知书，魏爱悟告诉我，这张死亡通知书制作于10月18日，魏爱悟是在11月6日发现的。

劳尔·戴维·冯铁

汉学家（17.5.1958—04.11.2017）

布拉迪斯拉发考门斯基大学东方语言文学系教授

《斯洛伐克东方文学研究》主编（2009年起）

波鸿鲁尔大学中国语言文学系教授（2001—

2009）

华沙大学客座教授

四川大学（成都）客座教授

耶路撒冷希伯来大学客座教授

北京师范大学客座教授

维也纳大学客座教授

上海同济大学客座教授

我想起了冯铁的种种。

那是2005年早春，我应陈子善兄之请，到华东师范大学参加一个座谈会，就在那次会上，我第一次遇到冯铁。他一米九以上的高个子，穿着一套不太挺括的西装，汉语说得比较慢，音调起伏，声音洪亮。

之后，很快他就出现在我的办公室。因为他正在研究中国作家手稿，希望到上海鲁迅纪念馆看鲁迅、茅盾、丁玲、瞿秋白等人的手稿。我给予了方便。其实我们对于藏品采取开放的态度，只要是真正的研究者，需要查阅藏品，我们都是给予方便的。他很高兴，他当时正在写一篇文章，叫作《从“福特”到“雪铁龙”——关于茅盾小说〈子夜〉（1933年）谱系之思考》，他把中文译稿发给我，让我给他润色，我给他做了一些修改，发回给他。后来不记得在哪本刊物上发表后，2009年收入他那本《在拿波里的胡同里》了。

巧得很，就在那年5月，我刚好有机会去德国基尔办展览。冯铁就邀请我到他所在的波鸿鲁尔大学去做一个星期的研究。那里的东方图书馆收藏了大量中文书刊。这样我就在公务活动结束后，独自一人坐火车转道汉堡去波鸿。冯铁和夫人艾华到车站站台上来接我，把我安置在鲁尔大学海格学院的招待所住宿，他们俩亲手为我铺床单的镜头，至今历历在目。冯铁为我开绿灯：把东方图书馆的门禁卡交给我，我得以自由出入书库，每天可以看书到晚上9点，这是来访学者的最高礼遇。我在那里发现了一些有价值的新资料。

但我并没有每天都看到深夜，因为，冯铁几乎每天晚上都邀我去他家或者跟朋友们在一起聚会，常常是到深夜，甚至下半夜。他家藏有多达几十种各国的红酒和奶酪，我在他家好像上了培训班，一个星期下来，真能品尝出各种红酒和奶酪的细微差别了。

那时，冯铁夫妇住在波鸿一栋外墙爬满了绿萝的三层楼房里，他租下了二楼，有三房两厅。他的书房里挂着上海学者潘颂德写的“红螺斋”条幅。冯铁让我也给他题一个书斋名，我说，你不是已经有书斋名了么？他说，那是以前的。我回来后，因为他的家外墙满是绿萝，所以给他起名“绿萝轩”，写了条幅寄去，他就也把我的字挂在书房里了，还拍了照片寄给我。

之后他几乎每年都来中国。只要到上海，必定来找我。我曾经开玩笑地问他：“你老往中国跑，家里人会有意见吧？”他说：“长远来说，将来一定是长住中国。”“哦！”我还在想：我们想去各国跑跑还没条件，他这个满世界跑的“世界人”却想长住中国！他用他那双鹰眼一样的眼睛看着我的眼睛，认真地说：“肯定啊！研究中国文学，这是当然的！”我想：也是，研究中国文学，最方便的地方，当然是中国啊！其实我知道，还有一个他从来不说的原因：他对中国充满好感。他对无论什么人说中国的无论什么毛病，都从来不附和，反而常常为中国解释。连中国的气候他也喜欢，常说，欧洲太冷了，所以看到阳光很贪婪，所以在上海过的特别舒心。

2008年5月，他在北京什刹海的孔乙己酒家庆祝五十大寿，邀请我去参加，我刚好单位也有事需要去北京，就在公务之余，参加了他的庆生宴会。他很高兴，请了很多朋友来。

自那以后，我们的来往就很频繁了。

2011年3月，我和几个同事又出差到欧洲，先是通过冯铁联系，想去德国访问曾经把鲁迅《阿Q正传》翻译成德文的德国人卢克斯家属，试图征集其翻译的手稿。冯铁曾经受我的委托，与卢克斯家属商谈，一度似乎很有希望，当时家属说，卢克斯的遗物都还在。此外，我们要到法国里昂的市立图书馆去查资料，那里收藏着原中法大学图书馆的藏书。冯铁曾经在那里发现了敬隐渔的学籍档案，为中国的相关研究填补了空白。冯铁不仅帮我们联络好一切，还亲自赶到里昂，在图书馆门口等我们。可是由于我们路上耽搁了，到里昂已经是下午近三点了，加上时差，已经精疲力竭。尽管图书馆非常热情地准备了大量的珍贵文献让我们一饱眼福，可是我们个个累得睁不开眼，于是匆匆看了一些就结束了。看得出来，图书馆方面花了大量人力充分准备，我们却匆匆看过，他们感到不解甚至不满，我们也不好多说。晚上，图书馆王兰女士和冯铁邀请我们去跟友人聚会，但是我的同事都已经困乏已极，我就让他们休息了，自己一个人去。晚上聚会结束，冯铁还带我去一家旧书店，去寻访我希望的书刊。冯铁跟书店的女老板很熟，我问有没有1920—30年代的《欧罗巴》杂志，她说没有，但是答应以后为我留意。过了几天，我们去德国，先是经过波鸿，这时冯铁已经搬到维也纳住了。我们住在冯铁“旧居”附近，走过“绿萝轩”时，不禁心生怀念。然后，我们来到德国南部一个小城市，叫作“马尔巴赫”，这个地方虽然只有一万三千多人口，但却出了一个大名鼎鼎的人物：德国著名的戏剧家席勒。冯铁介绍我们去这里，不是为了席勒，而是让我们去考察这里的德国文学手稿档案馆。这个手稿档案馆是2006年6月刚刚落成的，坐落在一个漂亮的公园里，就在席勒故居旁边。但是这个小小的公园里到处是参天大树，从地面上几乎看不到建筑，只有一个不起眼的出入口，整个档案馆都在地下，光是收藏馆就有5层，设备非常先进，藏品也非常丰富和珍贵，包括席勒、尼采、卡夫卡这些世界文豪的手稿，让我们大开眼界。这使我开始认真思考手稿学在中国的理论建设问题。中国的手稿研究，可说源远流长，但是国际上新兴的“文本生成学——手稿学”，作为一门新兴学科，却还只有几十年的历史，也还没有充分发展，还没有形成系统成熟的手稿学理论。在中国，虽然手稿研究始终没有停歇过，但理论意义上的“文本生成学一手稿学”就更几乎是空白，迫切需要开展起来。这次考察，就成为2012年我在上海交通大学创设中国作家手稿研究中心的缘由。这是中国第一个专门研究手稿学的学术机构，可算是筚路蓝缕。

我一直没有意识到，其实我和冯铁在手稿学研究上，早就是同道了。他早就在研究中国手稿，而我从踏入鲁迅研究领域，几乎就同步踏入了手稿研究领域。1991年我校勘鲁迅与周作人在日本留学时代合作翻译的《神盖记》手稿及研究论文，冯铁注意到了我的成果，并多次加以引用，后来自己也对它进行了新的研究。所以，我俩共同语言越来越多。2012年10月，我作为首席专家申请的国家社科基金重大课题“《鲁迅手稿全集》文献整理与研究”项目获批，我请冯铁作为我的项目的外方合作者。

一切是那么自然而然，我们的手稿学研究合作，从兴趣接近，相互关注，到很快成为合作伙伴，实现紧密合作，似乎都是冥冥中注定的。从2014年开始，我每年都聘请冯铁来上海开展合作研究。冯铁的加盟，使我们的研究如虎添翼。一方面，他把我们与世界上的手稿学专家联结起来，每年我们召开手稿与文献国际研讨会，他总是请来一些国际上的手稿学大家和活跃者，参与研讨，让我们迅速与世界手稿学界接近；另一方面，他把国际最新的一些手稿学研究概念与理论引进过来，让我们对建构中国手稿学的理论框架，有了大致的方向，使中国手稿学研究的深度和理论，大为提升。从前年开始，他实际地参与我们课题的深度研究，承担了建构中国手稿学理论术语名词规范化的高难度项目。

与冯铁的密切交往，也使我更加频繁地出入欧洲。2013年我去奥地利维也纳大学东亚研究所汉学系参加冯铁主持操办的“中国的八十年代——文艺变迁”国际学术研讨会，并到冯铁当主任和教授的斯洛伐克考门斯基大学东亚研究所讲学。会议期间，冯铁带领与会代表到布拉迪斯拉发寻访文化旧迹。傍晚，一行人坐电车去布拉迪斯拉发郊区的唐人街吃中餐。晚餐后，冯铁带大家去参观他的书房“捷芗庐”。那是一座废弃的仓库，冯铁把它改造成了自己的书房，里面有两层，大得简直就像一座中型图书馆，总有好几万册书刊。在书房的深处，有冯铁的书桌，还有我给他写的“绿萝轩”和潘颂德的“红螺斋”条幅都挂在里面。因为这里原来是捷克斯洛伐克，又是乡间，所以叫作“捷芗庐”。他的书房，早在波鸿时期，我就见识过了，是他的舅子帮忙打的，准确说那是木架子加托板，没有门的，高达天花板，高处需要用梯子才能拿到。后来在维也纳，我曾借住他家，也见识过他的丰富收藏。没想到，“捷芗庐”的书更多。冯铁说，他每周来考门斯基大学讲课和工作期间，都会来这里做研究。从维也纳到这里不过60公里，开车也就一小时，有时候他来了就住在这里，就可以安心用功到很晚。冯铁说，他非常喜欢我的毛笔字，希望我再给他的捷芗庐写一幅字。回国后，我就重新写了一幅字：

访友论学斯奥行，
捷足夤夜入唐城。
芗泽满溢书香处，
庐主陶然是老冯。

这是一首藏头诗，四句的首字连起来是“访捷芗庐”。“斯”是斯洛伐克，“奥”是奥地利。记得那晚去唐人街、捷芗庐，走了很多路，所以我说“捷足夤夜入唐城”。我想象冯铁独坐在书香满溢的捷芗庐深处，一边抽烟一边打电脑的怡然陶醉神情，所以说“庐主陶然是老冯”。

冯铁的烟瘾很大，可说烟不离手。这跟他用功也有关系吧。他的抽烟习惯，跟别人大不相同。他总是买了烟丝，再用专用的卷烟纸，没事就卷烟抽。那种卷烟抽的方式，在中国是五十年以前的事了，现在根本看不见了，恐怕连烟丝、卷烟纸都买不到了吧。在旅途中，或在做案头工作时，冯铁就会一支接一支不停地卷，抽。有一次路过上海在我家借宿一晚，第二天早上起来一看，满桌烟蒂，满地烟灰，满屋烟气。我觉得他买的卷烟似乎是很廉价的。

有一次他和艾华陪我去科隆、波恩参观，在一家酒吧休息的时候，他卷烟抽，后来走的时候把烟荷包落下了。等到在归途的火车上，又想抽烟了才发现，于是赶紧给那家酒吧打电话，那家酒吧后来还真把他的烟荷包给邮寄回来了。这事给我印象非常深。每当冯铁咳嗽的时候，我就会想起一个人来，这个人就是我的亦师亦友的前辈包子衍先生。冯铁的咳嗽声，很像包子衍，感觉是从肺的深处咳出来的，可以咳到脸色通红的那种。包子衍先生也是烟瘾极大，他跟我合住一间宿舍的时候，抽烟抽到整个房间烟雾腾腾几乎看不见人，以致保安以为失火了，紧张兮兮地上来查看。老包55岁就患肺癌去世了。所以，每当看到冯铁那样的深咳嗽，我就隐隐替他感到不安。

去年9月，我们的第三次国际手稿学研讨会在上海举行，事先我早早给他办好了手续，他还请了欧洲几位著名的手稿学和文本生成学专家一起前来莅会。可是，过了年他就没消息，直到6月间，还没有消息。邮件有去无回。眼看着有些手续再不办就要过期了，我急了，就给他打电话。他告诉过我，给他打电话必须在早晨6点，他们那里是晚上12点。因为早了他在忙，还没安定下来，再迟可能休息了。可是，早上6点打电话还是没有人接。后来翻出他在瑞士的一个号码打过去，是一个老太太接的，我不知道她是谁，就请她转达我的信息，让冯铁尽快联系我。后来冯铁终于来电话了，原来，他生病了，是心脏出了问题，在医院住了很久，所以没法接我的电话。而我打通的那个电话，接电话的是他的远在瑞士的妈妈。

所幸，心脏病没能阻拦冯铁来中国的脚步。8月17日，冯铁和他的新女友魏爱悟一起来到上海。他和艾华早在2009年就已经分手了。魏爱悟也是学文学的，正在维也纳大学攻读博士。看来他们在文学研究上很有共同语言。9月20日，会议在上海鲁迅纪念馆举行。冯铁带来了很多新成果，包括关于《神盖记》的版本资料和欧洲相关研究资料，他送给我一本原版的《神盖记》复印件，还对我的研究做了延伸研究，纠正了我对于书中基督教与天主教牧师和神父称呼的说法。

去年12月，我和冯铁又在台湾见面了。这是由台湾“中央大学”英文系的易鹏教授主持操办的。易鹏教授也是当前国际上“文本生成学——手稿学”研究的活跃者，前几次由冯铁介绍认识后，每年都参加我们的会议。这学科原本没有统一名称，以前国际上多称为“文本发生学”，但是易鹏先生认为：称为“文本生成学”更恰当，而冯铁也赞成他的观点。因为“文本发生学”，是强调了最初的萌生，不一定涵盖整个文学生产过程，而“文本生成学”则是由“生”而“成”，涵盖了整个生产过程。冯铁认为“文学是一个过程”，因此，此后我们就统一使用“文本生成学”了。在台湾，又有一批欧洲的文本生成学专家与会，也进行了更为深入的理论研讨和个案研究，大家相约明年秋天在上海再次相聚研讨。

但是，那次的相约，我们都失约了。首先因为我自己在今年初身体出了状况，一度被认为极其严重，好在后来确认是一场虚惊。然而，就在这场虚惊平息下来的时候，另一场噩梦却开始悄悄降临了。先是冯铁的高端外国专家项目被莫名其妙地漏落了！接着是我申请的国际会议也没有了下文，这是我每年都申请的，从来没有出现过问题的项目，却不知道怎么就没了。连续开了几年的会议不得不叫停。这些似乎都预示着2017年的不顺。然后是冯铁没了消息。我初以为又是心脏问题，甚至希望只是因为出去旅游、讲学而没有看邮件，谁知，去年的有惊无险没有再次出现……

此刻我想起了易鹏教授。他大概是冯铁的比较接近的朋友中最后一个得到冯铁噩耗的人。事实上，在第一时间，我就给他发去了微信告知冯铁的事，可是，他后来说由于换手机没有看到。直到半个月后，他才辗转从别人处听到，但还不敢相信，急忙给我发邮件，还不敢明说，只说听到一些关于冯铁的传闻，问我究竟怎么回事？我如实以告。他立刻回复说："真是晴天霹雳！"是的，凡是认识冯铁的人，没有人不这样感觉。就连我这个算是近来在中国与他联系比较密切的人，已经有了一些预感，但还是无法控制自己的情绪，因为实在无法接受这样残酷的事实。他还不满60岁，他还有很多事要做，他将在"文本生成学——手稿学"研究上创造一个新时代。冯铁的离去，将使国际"文本生成学——手稿学"研究遭受重大挫折。但他已经在鲁迅研究和手稿研究史上留下了自己的印记，他的遗产，将成为后人的宝贵财富。

我凝视着他的照片，他那洪亮的嗓音，爽朗的笑声，鹰一样的眼睛在我眼前浮现。我记起了冯铁的死亡通知书。在它的天头上，左右分别引用了中国古人朱熹和欧洲古人安杰勒斯的语录。左边是朱子语录：

> 人读书，如人饮酒相似，若是爱饮酒人，一盏了又要一盏吃，若不爱吃，勉强一盏便休。

右边是17世纪西里西亚的安杰勒斯语录：

Ich glaube keinen Tod: ·Sterb ich gleich alle Stunden So hab ich jedesmahl ein besser Leben funden.（“我没有死，我坚持。我每小时都应该死去，但每小时都有更好的生活。”）

冯铁把这两个人的格言放在自己的死亡通知书上，真是写出了冯铁的人生真谛。我知道，这绝不是临时找来的，而是他早就铭刻在心的。朱熹的语录，那是生活中冯铁的写照；安杰勒斯的语录，则是死去时冯铁的写照。这两句格言，应该写在冯铁的墓碑上。

冯铁没有死，他进入了更好的生活。

2017年11月24日，冯铁逝后二十日

（原刊于《现代中文学刊》2018年第1期）

甘居“主流之外”的汉学家

——怀念冯铁先生

◎ 史建国
（山东大学文学院）

2017年11月5日中午，突然接到导师沈卫威先生电话，他向我求证冯铁先生去世的消息。我一下蒙了。有一段时间没有冯铁先生的消息了，其间发过多次邮件，都没有回音。当然，以前也遇到过这种情况，见面时问起，他说根本没有收到我的邮件。这让我怀疑是不是邮件服务系统出了问题，因此后来有时收不到他的回复也并没有在意。

放下电话，赶紧跟汉田联系，他正在斯洛伐克跟冯铁先生读博士。汉田是我们专业的硕士，两年前的9月，我邀请冯铁先生和当时还是他女友的Eveline来济南玩。那天下午，正陪他们在济南长清当年徐志摩坠机的山头寻访遗迹时，接到了汉田的电话。他说自己想申请冯铁先生的博士，问我能不能帮忙联系。此前的2009年我曾邀请冯铁先生访问山东大学，并为学生们做了一场关于中国现代文学翻译问题的讲座。汉田当时正在读本科，就是在那次讲座上他第一次见到了冯铁先生，后来在我的研究生课上又对冯铁有了进一步的了解，因此萌生了去跟他读博的念头。这次冯铁先生来济南，没有给他安排学术活动，也没有外传他来济南的消息，因为知道他不久前刚因心脏问题做过手术，不能太劳累。所以事情就是那么凑巧！我跟汉田说，太巧了，冯铁先生就在我身边，你晚上过来一起吃饭吧，当面跟他聊一聊。那晚聊得很开心，冯铁先生对他也很满意，鼓励他积极申请。后来汉田如愿以偿去了斯洛伐克跟他读博士。

算算时间，欧洲已经是早上了，相信汉田那边很快就会有消息。果然，一会儿收到了他的回复："是的，昨天早上，冯铁先生在睡梦中离开的，非常突然，我也是刚刚知道。师娘应该是昨天下午（国内晚上）处理冯铁先生邮件的时候给国内的王锡荣老师说了，然后消息又传开的……"几乎与此同时，微信群里果然就看到了上海交大杰祥师兄转的冯铁太太Eveline发给王锡荣先生的那封邮件。

消息证实了！可是这怎么可能！

这些年经历了许多生离死别，尤其是在经历了与父母双亲的永别后，我以为自己已经看淡了生死。生老病死，这是自然规律，难以抗拒。何况活着有时也实在太过艰难。尤其是对于那些重病缠身整日被痛苦折磨的人来说，活着其实更多的是一种煎熬。因此，当七年前母亲查出癌症短短四十天就去世后，我一方面十分痛心，意识到自己将要背负“子欲养而亲不待”的终身遗憾。另一方面却也有些欣慰：所幸母亲在最后的日子里并没有太痛苦，她走得还算安详。那天早上我和姐姐正喂她吃饭，突然头一低，人就没了……在母亲去世前不到一年的2009年8月，当时正在中国的冯铁先生跟我说想到北方的农村去走一走，于是我便带他去了我的老家。那是母亲一生中唯一一次“会见外宾”，也是老家的村子里第一次有“外宾”到访，想来应该也是冯铁先生无数次中国行中比较特别的一次吧，所以回国后他特意给我写信致谢，还发来他那次旅行拍的许多照片。今年国庆节期间回乡扫墓，母亲去世时墓前插下的松树苗已经茶碗粗了，树冠也已蔚然可观。而不曾料到的是，八年前她曾“会见”过的冯铁先生于今也猝然去世了！我打开电脑，翻看着当年留下的照片，往事一幕幕在眼前浮现，一股浓重的悲凉从心底升起。我想我还没有自己想的那么淡然与超脱。

结识冯铁先生是在2005年4月，我的导师沈卫威先生是冯铁先生的老朋友，当时正在帮他联系出版中文论文集。而准备收录到集子中的英文论文便由我和火源兄负责翻译。那次在南京的几天里，除了讨论论文集，空闲时间我便陪他城里城外各处转转。中山陵、总统府、先锋书店以及南大附近的旧书店，一路走下来，他兴致勃勃，尤其对总统府画舸品茶的经历表现得格外高兴，逛书店也是收获满满，由于担心行李超重而不得不将一堆书提前寄回国去。有天晚上沈老师请冯铁先生喝茅台，因为自己不喝酒，沈老师便安排我和他当时正在城资系读博士的弟弟作陪。就是那晚，我第一次见识了冯铁先生喝酒的豪爽与海量，而那也成了后来我与他许多次痛饮畅聊的开始。

因为翻译事宜，此后不断跟冯铁先生有邮件往来。2007年，国家建设高水平大学公派研究生项目启动，我得到了去国外“联合培养”的机会。沈老师一开始想让我去布朗大学，后来考虑到我跟冯铁先生相对比较熟悉，便跟冯铁先生联系想让我去德国。当时冯铁先生正担任波鸿鲁尔大学东亚系主任，很快回信表示欢迎。于是，2007年10月，我便到了波鸿，冯铁先生也成了我的导师。

在波鸿的一年里，因为要参加博士生的研讨课，同时也因为论文集的翻译问题，我跟冯铁先生的联系非常密切。他出生在瑞士，是地道的西方人，但同时又是汉学家，受中国文化影响很深。中西两种文化在他身上交汇融合，使得他的思想观念以及行为习惯都呈现出明显的东西文化交融的特征。我去德国是做他的学生，但他似乎并不怎么讲究师道尊严，待我就如熟识的老友，尽管我们之间有着不小的年龄差距——撇开师生不谈，单从年龄上说他也是长辈。在这一点上他可谓非常“西化”。比如我到德国时，他会亲自乘火车从波鸿到杜塞尔多夫机场去接我，然后把我送到他提前帮忙租好的房子里安顿好；比如他会亲自帮我办理银行卡、签证延期、学籍注册等琐碎事宜（其实系里明明有勤工助学的中国学生，他完全可以让他们来帮忙）；比如尽管当时他是鲁尔大学东亚系主任，工作繁忙，但却仍然会专门抽出一整天时间，开车陪我去科隆游玩，参观美丽又庄严的哥特式教堂、品尝酒馆自己酿造的德国啤酒……但在很多时候他又显得“很中国”。比如那时我们常常去酒馆喝酒，但他从来不肯按照西方的习惯跟我AA制，每次都是抢着买单请客，而外出游玩时无论车票还是景点门票，每次也都是他抢着买。比如他非常讲究“礼尚往来”。他喜欢抽烟，而且烟瘾很大，每天总是随身带一个装满烟丝的小布袋，用裁好的纸片自己卷烟抽。他后来患肺癌恐怕就与烟瘾有关，当年也曾劝他少抽，但意料之中的是他不会改变，于是每当有朋友回国，我便托朋友带条中国烟送给他，想着至少比他自己卷的烟靠谱些。他收到后总会非常高兴，给我打电话说要留着跟“烟友”分享。然后也总会请我吃饭喝酒，表示感谢……现在想起来，他真的像对待一个交情很好的老朋友那样来对待我，尽心、真诚、平等而友好。

初到德国，冯铁先生安排我住在一个德国人家里。房东Wegmann教授是鲁尔大学东亚系的退休教授，也是位汉学家。那时他正在将贾平凹的《废都》翻成德文，并且也将拉丁文的《道德经》翻成德文。翻译中总会遇到这样那样的问题，因此他对我的到来感到非常高兴，遇到问题时便常常很客气地向我请教。而他每天也会抽时间教我学习点德语。这样相互学习，我们合作得很愉快。时间长了，便知道了他的许多往事，比如四十年前他曾在台湾待过，在那里他不仅先后做过朱家骅和蒋纬国的德文秘书，还娶了一个中国太太，生了一个漂亮的儿子。比如他跟当年的许多“党国要人”都有过密切的交往。在他的老相册里我看到了他与许多“党国要人”的合影，在他的书架上我也看到了当年的许多台湾朋友送给他的著作。承他允许，我可以随意翻阅他的藏书，后来我写的一篇《任卓宣：名以叶青显 文因反共多》就是得益于阅读他书架上那些任卓宣本人签赠他的著作。不曾想到的是，我竟成了陪伴Wegmann教授走完生命最后一程的人。2008年3月的一天，Wegmann教授在午睡中再也没能醒来。突如其来的状况让我手足无措，于是赶紧打电话给冯铁先生。他立刻开车赶来，陪我协助警察处理Wegmann教授的后事，联系他的家属。而后也多亏他的帮助，我在很短时间内申请到了学校的公寓。有了自己的公寓后，有时我也会做上几个中国菜，请冯铁先生到我那儿吃饭。每次都是痛饮畅聊至夜深方罢。

当然，喝酒聊天时的话题是非常广泛的，虽然看似漫无边际，但却多与学术有关。从中我既知道了他的许多趣事，也从他那儿得到了很多教诲。比如他的中文名字叫冯铁。“冯”是他的姓氏“Findeisen”的谐音，“铁”则是因为他生于1958年，正是中国轰轰烈烈搞“大跃进”、大炼钢铁的年代；比如他十九岁时开出租车因此练就了高超车技的往事，以及他与许多中国朋友的交往经历，等等。不仅如此，他的学术观念对我也产生了很大影响。国内学界的人文研究有尊崇理论的风尚，研究实践中往往会把一些欧美流行或并不流行的理论生搬硬套后用来图解文本、甚至构建一种“学说”。这样写出来的文章往往晦涩难懂，不惟一般读者难以理解，就是作者本人其实也是似懂非懂。记得顾彬曾经批评过这种现象，他说："我真的搞不懂，海德格尔的著作都是用非常艰深的德文写成的，我这个母语是德语的教授读起来都困惑不已，然而美国人却能读懂、中国人也能读懂……那些法国哲学家写的著作，同样是用非常艰深的法文写成的，法国的教授们也不敢说能读懂，但是美国人能读懂，中国人也能读懂，并且在自己的文章中反复运用……"当时的我对布尔迪厄特别着迷，于是研讨课上或是与冯铁先生聊天时，每每会围绕自己所做的课题，结合布尔迪厄的社会学理论大谈一通。然而往往说完后却应者寥寥，冯铁先生也不置可否。后来有一次喝酒聊天时，他委婉地说："既然不是专门研究理论，为什么把过多的精力都放在理论上呢，一种理论也许现在是流行的，并且也许能流行几十年，但过后还有多少人能记得呢？所以我觉得我们做文学研究还是紧贴文本比较好。"这对我可谓当头一棒！其实，我一直以来也不太喜欢"理论"，在国内受导师的影响，写文章也大多还是注重史料和文本的。但却时常有一种疑惑，以为不谈理论就会边缘化，远离了学术界的中心，于是有时忍不住也会跟着"时髦"一下。然而来到盛产理论的德国后却发现情况有些出乎意料，冯铁先生并不怎么谈理论，就连开设的现代文学课也是“《东方杂志》研究”等这类带有强烈的史料研究色彩的课程。这其实也大致反映出了欧、美汉学界中国现当代文学研究的差异，欧洲的许多汉学家都是从研究中国古典学术开始的，受古典学术影响很深，相对“重史”，而美国汉学界从事中国现当代文学研究的学者多为华裔，研究路径多数偏重理论。两种研究路径各有长短，在此姑且不论。从冯铁先生个人的研究来说，尽管他的鲁迅研究、中国现代文学手稿研究等等都明显偏向“史料研究”一端，但也并非意味着他轻视理论，他的研究中就没有理论的介入、提升或引领。读他的研究论文可以清楚地看到，他并不拒绝理论，他对各种理论都非常熟悉，他的论文集中就有“文学理论与翻译研究”的专辑，并且他也常常借助理论去分析文本、阐释现象，他的理论阐释与史料或文本贴得非常近，读起来没有生硬或隔膜的感觉。所以，他其实并不反对理论，他只是反对那种“跟风”的研究风气，反对那种为追求时髦而对理论的生吞活剥。就在那些酒至半酣的畅聊里，他的许多话对我产生了很大的触动，影响至今。

波鸿的一年快乐而短暂，虽然因出国而推迟毕业一年，也错过了一些机会，但想起来并不会感到遗憾。回国后继续与冯铁先生保持密切联系，他的论文集翻译早已完成，出版却遭遇了一些波折，险些搁浅，所幸在沈老师和杨全强先生的努力下，最终还是由南京大学出版社出版了。论文集的书名冯铁先生本来拟的是《寻真求是》，后来又定为《历史的真相》，但出版社觉得“历史的真相”这一书名可能会带来许多额外的麻烦，建议改名。冯铁先生也很理解，与我多次沟通，但又都觉得不合适。一直到2009年8月，我带他到我位于沂蒙山区的农村老家游玩时，车上我们还在商量书名该叫什么。后来我随口说了一句，要不就将集子里您一篇文章的题目《在拿波里的胡同里》作为书名吧，然后再加一个副题，“冯铁中国现代文学论集”，这样出版社方面肯定会认可。他听了非常高兴，觉得我的建议很好。回国后还特意给我写信，说“您在路上随意所提的建议，觉得真合适！”后来出版社果然对这个书名比较满意。但关于封面设计，美编却和冯铁先生的意见又发生了冲突。冯铁先生本来准备了三种方案，一是用《意大利访问记》原书的封面插图拿波里湾作为论文集的封面，二是用黄苗子所作的一幅鲁迅漫画来做封面，三是用《意国留踪记》的原书封面图片作为论文集封面。可惜这三种方案最终都被美编否定了，理由是做出来后不好看。冯铁先生虽有些遗憾，但也无可奈何，论文集最后出版时还是采用了美编最初设计的封面。

《在拿波里的胡同里》，是冯铁先生在中国出版的第一部论文集，也是他将自己的研究成果第一次较为集中地向中国同行展示。收录到论文集中的文章原先是用德文、法文、英文等多种文字发表的。冯铁先生是瑞士人，父亲的母语是德语，母亲的母语是法语，所以从小他是德语、法语双母语，但在后来的学习过程中，他又熟练掌握了英语、意大利语、俄语、希腊语以及汉语、日语等许多种语言。看他文章的参考文献就可以知道，几乎他的每篇论文，都是在占有并参考多语种研究成果的背景之上再往前推进的。这样一种语言背景，使得他的研究视野极为开阔，也总能站在世界汉学研究的前沿去开展自己的学术研究。

作为一个汉学家，冯铁先生非常重视与学界的交流。一方面，在英语几乎已经成为世界语言的当下，那些用德语、法语或俄语、意大利语等所谓“小语种”写成的研究论文很难被欧洲以外的研究同行——尤其是中国的研究同行所关注到，而英语写成的论文则可能有很多的机会被注意到。这就是后来他为什么较多地使用英语进行学术写作的原因。另一方面，他也对欧洲汉学界某些学者在从事研究时丝毫不顾及该论题在中国的研究现状、一味闭门造车的做法提出了尖锐的批评：反正研究界同行关注他们用德语、法语等小语种写成的研究成果的机会不多，于是他们就“大胆地假设”自己的研究是属于“填补空白”。可以说，由语言壁垒而导致的人文学科学术研究同行之间缺少交流是“全球化”的问题，正如他在《在拿波里的胡同里·后记》中所追问的：“那个专门研究汉语音韵学，最近又阅读了他的圣彼得堡同行的俄文专著的学者在哪儿呢？又有哪一位研究明代知识分子史的德国学者关注着他在那不勒斯的同行用意大利文写成的最新成果？”但是既然有关学术研究的对话交流仅限于某一特殊语言共同体之内的现状短时间内无法改变，而任何人也不可能对每种语言都掌握到能够熟练进行学术写作的程度，那么借助翻译也许是唯一的选择了。这就是冯铁先生最终决定出版他的中文论文集的原因。

论文集《在拿波里的胡同里》可以大致反映出冯铁先生从事中国现代文学研究的经历、兴趣、专长与特色。他由最初关注西方哲学在中国的传播接受入手，进而关注到鲁迅、郭沫若、郁达夫、茅盾等尼采哲学的中国接受者，并开始正式踏足中国现代文学研究。当然其中用力最多、研究也最为深入的还是他对鲁迅的研究。2001年他在博士学位论文基础上整理出版的德文版《鲁迅研究资料文本图片文献汇编研究》，是欧洲汉学界也是国际鲁迅研究界的重要收获。在书中，他对鲁迅“经典化”及其重要作品生产、传播、接受的过程进行了细致研究。而这一研究也基本奠定了他此后进行中国现代文学研究的研究基础和基本格局，因为对文学生产、传播等方面的研究势必会关注到现代文学期刊以及作家们的经济状况、版本比较等问题。同时，这也使得他的现代文学研究从一开始就带有浓重的实证色彩。尽管国内中国现代文学研究界一直以来都有实证研究的传统，并有一批致力于现代文学史料研究的学者始终在这一领域辛勤耕耘、努力开拓，但在欧美从事中国现代文学研究的汉学家中，注重史料和实证研究的学者还是比较少见的（日本的现代文学研究恰恰以史料研究见长，日本学者关于中国现代文学史料的研究成果往往都会让中国同行感到叹服不已）。正因如此，龚明德先生才在为论文集写序时对冯铁以“富有实证意识的国外学术同道”相称。

从关注“鲁郭茅”等“文学丰碑”式的重点作家，冯铁先生进而关注那些几乎被文学史所遗忘了的“小作家”，以及那些虽是“名家”所作但又并非其赖以成名的文体的创作文本。通过这类研究，冯铁先生力图还原的是一幅尽可能完整而又丰富复杂的现代文学图景。比如他会研究创造社的后起之秀敬隐渔这位长期以来被文学史有意无意忽略的作家与翻译家，并且借助里昂中法大学的注册记录，对敬隐渔的生平作了准确的呈现，同时也对敬隐渔小说中的宗教色彩进行了令人信服的分析。比如他也会关注著名诗人汪静之的小说创作，探讨其小说《耶稣的吩咐》中为中国传统的婚姻道德和基督教观念中的同情、仁慈与救赎之间所构建的联系。总之，在走出“鲁郭茅”等“丰碑式”的重要研究对象之后，冯铁先生越来越有兴趣去关注那些几被文学史所忽略和遗忘的边缘作家与作品。但毋庸讳言，这种研究对象的选择是有一定争议的，而且即便在中国的现代文学研究界也显得有些“非主流”。尽管有着汉学家的身份外衣，中国同行可能会对其研究保持适度的礼貌与客气，但冯铁先生想要的其实是真正的对话与交流，因而他所面临的挑战与压力也就可想而知。

由关注现代文学边缘作家入手，冯铁先生又开始从性别视角出发去关注文学史上一个更为边缘的群体，女性作家以及男性作家的异性伴侣或配偶。他注意到，无论是女性作家还是那些男性作家的异性伴侣或配偶，在文学史的叙述中都处于一种被压抑的状态。而实际上，异性伴侣或配偶在男作家文学史形象的构建中起到了远比文学史叙述所承认的更为重要的作用。收录在文集中的那篇《从文学到恋爱——情书文体的兴盛与没落》，正是他从这一视角出发对这个问题的全面探索，同时也是他提交给苏黎世大学的教授资格论文。这一研究视角异常新颖，它不同于从女性主义出发去张扬女性文学从业者与女性人物形象主体性的常见研究路径，而是既对女性作家的文学史意义进行了重新发掘，同时也对现有文学史叙述一般不会涉及的男性作家的伴侣或配偶给予关注，高度还原并彰显了她们在男性作家文学史形象构建中所起的作用，因为伴侣之间的创造性影响的确是影响文学生产的重要因素之一。而对20世纪二三十年代“情书集”扎堆出版的文学史现象，他也深入到文学生产与消费的肌理内部去予以探讨，并将“情书”上升到文体的高度去进行讨论。应该说，他的这类研究是非常富有新意和学术价值的。

最近十多年来，冯铁先生将主要精力放在对中国现代作家手稿的研究上。这一研究同样比较“边缘”而且带有浓重的探索意味。他将手稿视为文学生产的物质核心，研究范围包括从书写工具到修正和修订的方式等方方面面，并且试图围绕手稿研究去创造一套独立的话语体系——这也是他关于手稿研究的文章许多编辑都反映“看不懂”的原因。事实上，即便在眼下的中国学界，有关现代作家手稿的研究也还只能算是处于起步阶段。这一方面是因为作家手稿的传播范围原本就极为狭窄，一般人难以接触到，另一方面也是因为学界在一定程度上还缺乏利用手稿去进行实证研究的学术意识。当然，研究方法方面的困难也是确实存在的。直到现在，手稿研究也大多仍然只是作为版本研究的一个辅助。所谓“手稿学”虽然一度叫得比较响，但离真正独立的一门学问其实还有相当远的距离。从这方面来说，冯铁先生的手稿研究探索实践就显得非常有价值，而且具有前瞻性和方法论探索的意义。但是如前所述，这一研究领域的边缘化和冷清状态也是不争的事实。当然，冯铁先生显然也对自己的“研究之路远离现代文学的主流研究”（《在拿波里的胡同里·后记》）的状况有着清醒的认识，不过在一些友人与同道的鼓励和支持之下，他坚持了下来，逐步形成了属于他自己的独特的学术面孔，同时也获得了许多中国同仁的赞誉与认可。

近些年来冯铁先生与国内学界联系颇多，经常来中国参加会议、讲学。每次来，我们总要通个电话，聊聊近况，他时间允许的话就尽可能见个面。2015年9月，得知他和Eveline在上海，我便邀请他来山东。他很高兴地答应了。那次来待了三天，我每天陪着他们走走看看，累了就休息，非常放松和随意。第一天晚上吃饭时，我虽然带了白酒，但是考虑到他的身体，并不想让他喝。征求他和Eveline的意见，他说没有关系啊，医生说可以喝一点，到了中国不喝中国的白酒有点可惜啊。那晚我的家人都在，他很高兴，尤其是见到了我刚出生几个月的女儿，更是喜欢得不得了，我也不忍扫他的兴，所以还是开了白酒。没用我提醒，他喝得比较节制，而我也就放了心，后面几顿饭也都开点白酒。闲聊时听我说起徐志摩飞机失事的地方离得不远，他便想去看看。于是我开车带他们去了如今位于山东工艺美院长清校区旁边的徐志摩纪念公园。说是“纪念公园”，其实只是在山坡上立有两块简陋的纪念碑。那天傍晚，夕阳照耀下，冯铁先生捡起一块石头默默地放在纪念碑的顶端，然后退后几步，久久注视着碑上的文字。一旁的我用手机给他拍了张照片，有几只飞舞的蜻蜓碰巧进入画面，远远看去就像是低空掠过的飞机，我将照片拿给他看，他大为感慨。

谁曾想，那就是我和冯铁先生的最后一次见面，那张照片就是我为他拍下的最后一张照片！今年年初的时候，他还计划着明年要在上海庆祝自己的六十岁生日，并给朋友们发了邀请函，邀请大家参加他的生日聚会。想来那时他对自己的健康状况还是保持乐观并充满信心的。不料生日聚会这一天他永远也等不到了。2017年11月4日，他在睡梦中离开了这个世界。他的太太在给王锡荣先生的邮件中说："Today in the early morning Feng Tie died asleep. He had no pain and no fear."突然想到，2008年房东Wegmann教授去世那晚，他接我到他家吃晚饭。那晚我俩一直喝酒聊天到午夜，当然大部分话题都是围绕Wegmann展开。对于Wegmann教授的猝然离世，他感到十分惋惜，他说如今欧洲学界懂拉丁文的教授已经不多了，Wegmann教授去世后就又少了一位。但是对Wegmann在睡梦中辞世的方式他又感到欣慰，他说，希望我也会像Wegmann那样在睡梦中死去。想不到一语成谶，如今十年不到，他也去世了，而且也是在睡梦里……

11月18日葬礼过后，冯铁先生已经入土为安了。但只要一静下来，许多与他相关的画面还是不断浮现在眼前。冷静下来想想，尽管有诸多的不舍与惋惜，但重病缠身的冯铁先生能在睡梦中平静地离开，其实也是幸福的。于他，其实算是另一种苦尽甘来。

愿先生安息！

（原刊于《现代中文学刊》2018年第1期）